Royal secret

Reine par devoir

KELLY HUNTER

Royal secret

Traduction française de
LOUISE LAMBERSON

DIADÈME

HARLEQUIN

Titre original :
SHOCK HEIR FOR THE CROWN PRINCE

Ce roman a déjà été publié en 2018

HARPERCOLLINS FRANCE
83-85, boulevard Vincent-Auriol, 75646 PARIS CEDEX 13
Service Lectrices — Tél. : 01 45 82 47 47 - www.harlequin.fr
ISBN 978-2-2804-7666-9

Composé et édité par HarperCollins France.
Imprimé en septembre 2022 par CPI Black Print (Barcelone)
en utilisant 100% d'électricité renouvelable.
Dépôt légal : octobre 2022.

FSC www.fsc.org MIXTE Papier issu de sources responsables FSC® C159065

Pour limiter l'empreinte environnementale de ses livres, HarperCollins France s'engage à n'utiliser que du papier fabriqué à partir de bois provenant de forêts gérées durablement et de manière responsable.

Prologue

Casimir roula sur le dos en laissant échapper une plainte.

Non, ce n'était pas possible — trois fois le même rêve en une semaine ! Cela tournait à l'obsession…

S'efforçant de chasser les images torrides qui continuaient de défiler dans son esprit, il quitta son lit pour se diriger, nu, vers la double porte qui donnait sur le passage conduisant à ses thermes privés, tout de marbre blanc et coiffés d'une élégante coupole.

Dès qu'il poussa la porte, l'air vif lui fouetta la peau, achevant de le réveiller tout à fait. L'été battait encore son plein à Byzenmaach, mais là, dans les montagnes, les aurores gardaient une fraîcheur quasi hivernale. Cela ne dérangeait pas Casimir, au contraire. Le contraste entre la température régnant à l'extérieur et celle, très chaude, du bain, rendait l'expérience encore plus délectable.

C'était à cause de ces thermes — alimentés par une source chaude et construits d'après ses propres plans — qu'il avait fait de la forteresse isolée sa résidence principale. La quête des plaisirs faisait en effet partie intégrante de sa nature, mais il était davantage qu'un simple jouisseur.

Son aventure avec Ana, dont le souvenir le hantait, avait été une erreur de jeunesse, de la folie pure. Étudiante en langues étrangères, elle vivait alors à Genève ; lui s'apprêtait à rentrer à Byzenmaach après avoir participé à un congrès des plus ennuyeux. Ils s'étaient rencontrés dans un bar.

Pourquoi, sept ans après, se rappelait-il cette soirée dans les moindres détails ? Pourquoi le souvenir d'Anastasia Douglas se présentait-il à son esprit dès que son corps recherchait l'assouvissement des sens ?

Pourquoi se souvenait-il de la façon dont elle prenait son premier café du matin alors qu'il aurait dû se rappeler mille choses bien plus importantes ?

Double, noir, avec un seul morceau de sucre et brûlant.

Les cheveux d'ébène ébouriffés encadrant le beau visage aux traits délicats tandis qu'elle soufflait sur le liquide fumant avant de porter la tasse blanche à ses lèvres.

Un frisson parcourut Casimir, sans aucun rapport avec la fraîcheur de l'air.

Le soir de leur rencontre, il y avait eu quelque chose de particulier dans l'atmosphère, un je-ne-sais-quoi de grisant qui l'avait amené à s'abandonner plus que de coutume. Il l'avait abordée, et le reste s'était fait tout seul si bien qu'avant la fin de la soirée ils s'étaient retrouvés nus tous les deux dans le studio où vivait Ana. Casimir avait passé la nuit avec elle et, au lieu de partir au petit matin et de quitter Genève comme prévu, il avait prolongé son séjour de quatre jours et quatre nuits durant lesquels, tournant le dos à toute autre occupation, il s'était entièrement consacré à Ana, ne se lassant ni de la découvrir ni de lui faire l'amour. S'imposant dans sa vie sans qu'elle n'y oppose de résistance.

Ils avaient passé des moments délicieux allongés au soleil sur la pelouse d'un minuscule jardin public, la tête d'Ana appuyée contre sa hanche tandis qu'elle lui lisait des poèmes russes avant de les lui traduire en anglais. De mère russe et de père britannique, elle maniait les deux langues à la perfection.

La poésie russe n'était pas faite pour être dite en anglais, avait-elle expliqué, amenant ainsi Casimir à lui demander pourquoi elle se livrait à cet exercice impossible.

Elle avait alors répondu qu'elle envisageait de devenir interprète. Et peut-être de travailler pour le Parlement européen, ou le Secrétariat des Nations unies. Par conséquent, elle s'entraînait afin de maîtriser parfaitement l'art de la traduction instantanée.

Avec une générosité émouvante, elle avait tout partagé avec lui, ses rêves et ses ambitions, son corps et son studio d'étudiante.

Tandis que de son côté il ne lui confiait aucun détail sur lui-même ou sur sa vie.

Ana ignorait qu'elle avait affaire au prince héritier de Byzenmaach et tout ce que cela impliquait de titres, de possessions, de devoirs et de responsabilités.

Il ne lui avait pas dit qu'il était le fils dévoué du roi et l'héritier de la Couronne, ni qu'il avait étudié la politique dès qu'il avait été en âge de pouvoir écouter son père.

Durant quatre jours et cinq nuits, il n'avait pas été le Casimir ayant perdu sa mère et sa sœur, ni celui qui devrait tôt ou tard assumer des responsabilités écrasantes. Pour Ana, il était *Casimir*, tout simplement, ce qui avait produit en lui un merveilleux effet libérateur.

Peut-être était-ce à cause de cette sensation de liberté qu'il continuait de penser à elle régulièrement. À ses petits cris adorables et à la douceur de sa peau. À la façon dont elle enroulait ses longues jambes autour de ses hanches… Peut-être la voyait-il comme l'incarnation de la liberté. À moins qu'elle ne représente plutôt *l'illusion* de la liberté ?

La surface de l'eau miroitait doucement, la vapeur

montait en volutes bleutées et, lorsque Casimir descendit les marches, la caresse de l'eau brûlante sur ses chevilles lui arracha un gémissement de plaisir.

Il l'aimait chaude au point de pouvoir à peine la supporter.

De la même façon qu'Ana aimait autrefois son café.

Il ferma les yeux, traversé par des sensations qui ne firent rien pour apaiser sa libido.

Bientôt, il ferait sa demande officielle à la princesse Moriana, sœur de son ami Augustus, roi d'Arun. Moriana était une femme intelligente, cultivée, très au fait des affaires de l'État et possédant en outre un excellent carnet d'adresses. Leur union ne serait pas un mariage d'amour mais Casimir n'en éprouvait aucun regret. Moriana serait parfaite pour lui et pour Byzenmaach. Il le savait.

Moriana. Pas Anastasia.

Cependant il eut beau se forcer à concentrer toutes ses pensées sur sa future épouse, cela ne servit à rien. Ana l'emporta. Comme à chaque fois.

Tournant les talons, il sortit du bain et se dirigea vers la douche à demi dissimulée dans une alcôve. Quelques instants plus tard, il tendit la main vers le flacon d'huile, tout en sachant que le plaisir qu'il allait s'offrir ne suffirait pas à le débarrasser de son obsession.

Le meilleur moyen d'y parvenir consisterait peut-être à découvrir ce qu'était devenue Anastasia Douglas. Elle devait être mariée, à présent, avec un homme dont elle était follement éprise et qui lui avait fait deux ou trois enfants.

À ce moment-là, il serait bien forcé d'admettre que la jeune femme qui l'avait aimé pour lui seul n'existait plus.

De nouveaux souvenirs l'assaillirent, d'Ana repue et souriante, de son corps mince à la peau d'albâtre, de ses longs cheveux noirs. Ana agenouillée devant lui tandis qu'il la suppliait de ne pas s'arrêter. Ana dont la sensualité franche et généreuse avait embrasé et ravi la sienne.

Avec elle, il n'y avait eu aucune pression, aucune réputation à entretenir. Ni attentes ni exigences. Rien que le plaisir et la volupté.

Renonçant à lutter, Casimir offrit son visage au jet puissant et laissa les souvenirs affluer en lui sans plus tenter d'en endiguer le flot.

Chapitre 1

— J'aimerais vous parler quelques instants, Altesse.

Casimir leva les yeux du document posé devant lui et fit signe à Rudolpho d'entrer. Le conseiller du roi paraissait particulièrement soucieux mais cela n'avait rien d'étonnant : le souverain qu'il servait loyalement depuis toujours se mourait.

Bientôt, Casimir devrait quitter sa chère forteresse et s'installer au palais, dans la capitale. Bientôt, il n'aurait plus à suivre l'inéluctable progression de son père vers la mort. Ils n'avaient jamais été proches l'un de l'autre. Casimir mépriserait à jamais celui qui lui avait donné le jour, mais cela ne l'empêchait pas d'avoir pitié de lui. Et, dans un infime recoin de son cœur, de continuer à souffrir du manque de reconnaissance paternelle.

Contrairement à son habitude, Rudolpho ne répondit pas à son invitation et resta immobile sur le seuil de la pièce.

— Comment va mon père ? demanda Casimir.

— Il a passé une soirée tranquille grâce à la morphine. Il dort, à présent.

Le conseiller se rapprocha du bureau et contempla les dossiers posés en piles bien nettes de chaque côté de l'ordinateur portable ouvert.

— Il vous faudra déléguer une partie de votre charge de travail, Altesse.

— J'en ai bien l'intention. Dès que j'aurai terminé le tri de ces dossiers.

Casimir haussa les sourcils d'un air interrogateur.

— Je pensais que vous aviez quitté le palais, Rudolpho.

Puisque le roi dormait tranquillement, pourquoi ne profitait-il pas de l'une de ses rares soirées de liberté ?

D'un geste rapide, comme s'il avait hâte de s'en débarrasser, le conseiller déposa une grande enveloppe brune sur le bureau.

— Le rapport concernant Anastasia Douglas vient d'arriver, Altesse. J'ai pris la liberté d'en prendre connaissance.

— Comme vous le faites pour tous les rapports.

— Oui, mais tous ne me causent pas un tel choc. Étiez-vous au courant ?

— Au courant de quoi ?

— Si vous avez besoin de moi, vous me trouverez dans mon bureau, Altesse, répliqua Rudolpho avant de se détourner et de quitter la pièce, le dos raide.

Casimir contempla l'enveloppe avant de s'en saisir. Il n'avait rien à craindre, se répéta-t-il. Le dossier « Ana » allait se refermer. Une fois pour toutes. Comme il le souhaitait. Alors pourquoi sa main tremblait-elle imperceptiblement lorsqu'il sortit le contenu de l'enveloppe ?

Des photos. Beaucoup de photos. La première étant un gros plan du visage d'Ana. Il retrouvait le grand front lisse, le menton pointu, le regard intelligent, la bouche pulpeuse et sensuelle. Les sourcils noirs, les cils épais, noirs eux aussi et faisant ressortir le bleu céleste des grands yeux au regard envoûtant dans lesquels il s'était noyé autrefois. Sur cette photo, elle avait les cheveux noués en simple queue-de-cheval. Sur la suivante, ils tombaient en cascades de boucles sur ses épaules rondes.

Sa beauté n'avait fait que mûrir.

Il ferma brièvement les yeux avant de passer à la suite.

Sur la troisième, en pied, elle gravissait des marches conduisant à une porte. Elle les montait *quatre à quatre*, à en juger par la position de son corps svelte. Il baissa les yeux sur les jambes minces et galbées, les courbes ravissantes. Ana portait un tailleur gris foncé et un grand sac noir en bandoulière. Elle revenait sans doute du travail.

La photo qu'il découvrit ensuite la montrait en jean et T-shirt rose indien à manches courtes, franchissant le portail d'une école en compagnie d'une fillette. Le photographe les avait prises de dos, au moment où Ana ajustait les bretelles du sac à dos de l'écolière. Ainsi, elle avait une fille… Tant mieux pour elle. Impossible de voir si elle portait une alliance. Avec un peu de chance, elle avait un mari aimant et une vie de famille équilibrée.

Lorsqu'il découvrit la photo suivante, Casimir eut l'impression que tout s'écroulait autour de lui. Il n'y avait plus un seul bruit. Plus un souffle d'air. Sa vision se brouilla.

Non. C'était impossible.

Autrefois, il avait eu une sœur. Une petite sœur de trois ans sa benjamine. Jusqu'au jour où les rebelles du Nord l'avaient enlevée. Le roi refusant d'accepter leurs exigences, ils avaient mis leur menace à exécution et l'avaient tuée.

La mère de Casimir ne s'en était jamais remise. Un an plus tard jour pour jour, elle avait mis fin à ses jours.

Lui et son père ne parlaient jamais ni de l'une ni de l'autre. Alors âgé de dix ans, lui-même avait survécu comme il l'avait pu. Les photographies de sa mère et de sa sœur demeuraient exposées dans le palais, perpétuel rappel d'échec, de perte et de chagrin. Dès qu'il serait couronné, Casimir les rassemblerait toutes dans une pièce et refermerait la porte sur ces souvenirs atroces.

Il continua de contempler la photo de la fillette aux cheveux noirs et indisciplinés, au petit nez droit et noble.

Ces yeux… Casimir ferma les siens mais, quand il les rouvrit, ceux de la fille d'Ana n'avaient pas changé.

Cette teinte fauve reconnaissable entre mille… Ce regard…

Le cœur battant à tout rompre, il repensa au jour funeste où il avait laissé sa sœur jouer dans les jardins du palais pour aller chercher un bocal à la cuisine. Quand il était revenu, elle avait disparu.

Enlevée. Kidnappée. Disparue pour toujours.

Fermant de nouveau les yeux, il s'interdit de regarder le reste des photos et se concentra sur sa respiration. Mais un bruit de verre entrechoqué le força à se ressaisir. Rudolpho était revenu, avec un verre et une bouteille de cognac provenant de la cuvée royale. Le conseiller remplit généreusement le verre et le lui glissa dans la main.

— Je ne sais ce que recommande le protocole dans ce genre de situation, dit-il d'un ton bourru. Mais buvez, vous êtes livide.

Casimir souleva la photo d'une main mal assurée.

— Elle… Ce n'est pas elle.

— Non, affirma Rudolpho d'une voix plus posée. Mais la ressemblance est stupéfiante. Vous avez lu le dossier ?

— Pas encore. Donnez-m'en les grandes lignes, s'il vous plaît.

Le conseiller soupira et contempla un instant la bouteille.

Casimir lui fit aussitôt signe de se servir, mais ne réussit qu'à le choquer. Étant de la vieille école, Rudolpho ne pouvait concevoir de s'asseoir en présence du prince héritier ou de boire devant lui.

— L'enfant a six ans et la nationalité britannique comme sa mère. Anastasia Douglas. Vingt-six ans. Célibataire.

Interprète pour le Parlement européen et le Secrétariat des Nations unies. Elle vit à Genève, à cause de son travail.

— Et le géniteur ?

Il fallait bien poser la question, juste pour la forme.

— Père inconnu.

Ainsi, il avait une fille illégitime de six ans ! Une petite fille qui était le portrait vivant de sa sœur disparue autrefois.

— Votre nom ne figure pas sur l'acte de naissance, fit remarquer Rudolpho avec calme. La mère n'a jamais pris contact avec vous. Elle ne vous a rien demandé. Elle subvient largement aux besoins de sa fille qui est par ailleurs inscrite dans un très bon établissement scolaire ; toutes deux vivent dans un logement confortable et les grands-parents adorent leur petite-fille. Cette enfant est par ailleurs intelligente, aussi ne manquera-t-elle pas d'opportunités plus tard.

— Si je vous comprends bien, vous me conseillez de ne pas la reconnaître ?

Rudolpho demeura silencieux.

— Vous pourriez la faire venir ici, dit-il enfin, les mâchoires serrées. Et vous employer à la protéger.

La colère monta en Casimir.

— Vous ne m'en croyez pas capable, c'est cela ? rétorqua-t-il d'un ton vif. Vous croyez que je suis comme *lui* ?

— Je pense… que cette petite innocente ressemble trait pour trait à votre sœur et que par conséquent elle représenterait une cible de choix pour vos ennemis. Et pour la presse.

Le silence retomba, des plus inconfortables.

— Tout ceci reste entre nous pour l'instant, finit par déclarer Casimir.

— Et peut le rester à jamais, Altesse, répliqua le conseiller en soutenant son regard.

Casimir baissa les yeux sur les photos étalées devant lui. Pouvait-il ignorer l'existence de cette enfant, comme il avait refoulé tous les souvenirs de sa petite sœur et de sa pauvre mère, trop faible pour survivre dans cet univers impitoyable ? Remettre toutes ces photos dans leur enveloppe et ne plus jamais l'ouvrir ? Faire comme si cette fillette n'existait pas ?

— Quel est son prénom ? demanda-t-il d'une voix sourde.

— Altesse, moins vous en saurez sur elle, plus…

— *Quel est son prénom ?*

— Sophia, répondit Rudolpho, l'air abattu. Sophia Alexandra Douglas.

Prénoms parfaits pour la fille d'un monarque.

L'avait-elle su ? Ana avait-elle su avec qui elle faisait l'amour ?

— Altesse…

— Assez !

— Altesse, je vous en supplie. Attendez jusqu'à demain avant de prendre une décision. Réfléchissez bien avant de faire venir l'enfant à Byzenmaach parce que ensuite vous ne pourrez plus revenir en arrière. Pensez aux contraintes auxquelles elle sera soumise, aux dangers dont vous devrez…

— La protéger ? Ce que mon père n'a jamais fait pour moi ? l'interrompit Casimir d'un ton amer.

Rudolpho garda le silence. Jamais il ne se serait risqué à critiquer celui qu'il servait depuis plus de quarante ans.

— Doutez-vous de ma capacité à reconnaître cette enfant en tant que personne à part entière ? reprit Casimir. Me demandez-vous si je saurai la protéger des attentes d'autrui ? Est-ce cela qui vous préoccupe ?

Silence.

— J'ai été cet enfant, Rudolpho. Qui serait mieux placé que moi pour veiller à sa sécurité ?

Il souleva son verre et le porta de nouveau à ses lèvres. Il savait très bien ce qu'aurait fait son propre père à sa place. Il aurait utilisé la fillette à ses fins, l'aurait exhibée pour renforcer les espoirs de la nation en attendant la naissance d'héritiers légitimes. Ensuite, il l'aurait rejetée sans pitié.

— Vous croyez vraiment que je ne suis pas conscient que le meilleur service que je pourrais leur rendre à toutes les deux serait de les laisser tranquilles ?

À cette pensée, il tressaillit malgré lui.

— Cette enfant est ma fille. Je suis responsable d'elle.

Cela l'autorisait-il à l'exposer aux dangers qui la guettaient, là, à Byzenmaach ?

— Il y a autre chose, répliqua Rudolpho, mal à l'aise. Nous ne sommes pas les seuls à les observer. Anastasia Douglas et sa fille sont déjà sous surveillance : une équipe se concentre sur la maison, une autre sur l'école de la fillette. D'après ce que nous savons pour l'instant, ils s'intéressent davantage à celle-ci qu'à sa mère.

Un frisson glacé parcourut Casimir.

— De qui s'agit-il ?

— Nous n'en savons rien pour l'instant. Ils ont disparu avant que nous ne puissions les approcher. Ils sont manifestement bien entraînés.

Casimir hocha la tête en silence.

— J'ai demandé à des agents de notre police secrète de rester sur place en attendant des ordres ultérieurs, poursuivit Rudolpho. Je ne pense pas qu'il soit sage d'informer votre père de l'opération en cours.

Le roi n'ayant plus que quelques jours à vivre, traduisit Casimir, à quoi bon le mettre au courant ?

— En effet. Je me charge de tout.

— Si vous avez besoin de conseils…

— Non, merci, coupa Casimir avec un sombre sourire.

Chapitre 2

D'ordinaire, Ana n'était pas conviée à ce genre de soirée organisée par le Secrétaire général des Nations unies et destinée à collecter des fonds. Or elle avait reçu un message personnel de ce dernier l'invitant à se rendre au musée d'Art et d'Histoire où avait lieu l'événement.

Elle avait beau maîtriser cinq langues au lieu des trois habituelles, elle n'était qu'une simple interprète travaillant, comme ses nombreux collègues, pour de grandes organisations internationales basées à Genève.

D'autre part, elle évoluait sans problème dans les milieux diplomatiques pour avoir grandi auprès d'une mère russe elle-même diplomate.

Ces différents bagages n'expliquaient néanmoins pas sa présence dans l'un des plus célèbres musées de la capitale suisse, à parler tulipes noires avec l'épouse du ministre des Transports. Il fallait absolument qu'elle soit présente, avait insisté le Secrétaire dans le petit mot joint à l'invitation. Quelqu'un désirait la rencontrer personnellement avant de faire appel à ses services.

Si elle avait pu savoir qui était ce *quelqu'un*, cela lui aurait été bien utile, songea Ana en jetant discrètement un coup d'œil à la ronde.

Elle resterait encore vingt minutes, mais si d'ici là son mystérieux rendez-vous n'apparaissait pas, elle s'en irait, point final. D'autant qu'elle percevait les regards masculins dardés sur elle, ainsi que ceux, plus ou moins aimables — pour ne pas dire envieux ou agressifs — de leurs compagnes.

Pourtant, la robe qu'elle portait ce soir-là, cadeau de Noël de sa mère, n'avait rien de provocant. Noire, toute simple, avec un décolleté bateau et sans manches, courte mais pas trop, c'était la tenue parfaite pour ce type de soirée.

Et puis, Ana n'avait jamais cherché à attirer les regards, alors ce n'était pas sa faute si les hommes la trouvaient séduisante…

Lorsque, à dix-neuf ans, elle s'était retrouvée enceinte de celui dont elle ne savait quasiment rien et qui était parti sans lui laisser ses coordonnées, sa mère avait été horrifiée. Tous les projets de grand mariage qu'elle nourrissait pour sa fille étaient envolés ; Ana avait gâché son existence pour un homme qui ne voulait même pas d'elle.

Oh si, il avait bien voulu d'elle. Une semaine. Une merveilleuse semaine durant laquelle Ana avait été le centre de l'univers pour cet homme passionné, attentionné et plein d'humour. Lorsqu'il lui avait souri, dans ce bar, elle avait senti une chaleur délicieuse se répandre partout en elle. Plus tard, quand il avait posé la main sur ses reins avant de l'entraîner vers la sortie de l'établissement, elle avait eu l'impression de s'embraser.

Pour la première fois de sa vie, elle s'était sentie gauche et maladroite. Elle était si jeune, à l'époque ! Si certaine que le lien enivrant qui vibrait entre eux était indestructible. Durant une semaine inoubliable, elle avait trouvé le paradis, là, sur terre. Et puis son merveilleux amant était parti sans un mot, sans même lui dire au revoir.

« Il est marié, c'est certain, avait décrété sa mère avant

d'ajouter : tu n'es pas forcée de garder ce bébé, tu sais ? Tu peux te concentrer sur toi, tes études, tes projets… »

Ana avait toujours éprouvé un immense respect pour sa mère, mais elle n'avait pu se résoudre à faire comme si cette semaine magique n'avait jamais existé. Elle n'avait pu l'effacer de sa mémoire.

Elle était enceinte de neuf mois quand elle avait découvert qui était Casimir.

Il n'était pas marié et n'était autre que le prince héritier de Byzenmaach. Cette révélation l'avait d'abord stupéfiée, puis elle s'était arrangée pour vivre avec. Peu à peu, elle avait réussi à se persuader que Casimir n'avait pas *désiré* la quitter, mais qu'il l'avait fait par devoir envers la Couronne.

C'était mieux que de se dire qu'elle n'avait pas été digne de lui. Qu'il l'avait su dès le départ mais avait choisi de l'aimer avant de la quitter pour toujours.

Ana n'avait pas cherché à le joindre.

L'épouse du ministre des Transports ayant épuisé le sujet des tulipes noires, elles s'éloignèrent d'un accord tacite vers un groupe d'invités, permettant ainsi à Ana de s'éclipser, sa coupe de champagne à la main, et d'aller trouver refuge auprès d'un buste grec. Elle buvait rarement mais, dans ce genre de situation, elle prenait la première boisson qu'on lui offrait, quelle qu'elle soit, pour se donner une contenance.

La sculpture n'était pas la plus impressionnante de celles exposées dans la salle où avait lieu la soirée, mais elle lui servit néanmoins de prétexte pour rester à l'écart de la foule. Son potentiel employeur pourrait l'aborder en privé. À supposer qu'il le souhaite. Sinon, pas de problème, son emploi du temps était bien rempli : elle et Sophia ne manqueraient de rien avant longtemps.

Sentant tout à coup une présence derrière elle, Ana se retourna… et sentit le sol basculer sous ses pieds.

En dépit des années écoulées depuis son départ, elle l'aurait reconnu n'importe où. Le souvenir du beau visage aux traits nobles et fiers demeurait gravé dans son esprit, sur ses lèvres, ses mains. Elle avait exploré ce corps avec sa bouche, ses doigts, et se rappelait chacune des sensations ressenties alors. Ana contempla la solide carrure, la chemise blanche sous la veste noire. Les hanches étroites, les longues jambes, les cuisses musclées…

Détournant les yeux à la hâte, elle se concentra de nouveau sur le buste grec et réalisa qu'elle avait les mains moites et que son cœur battait la chamade.

Elle ne l'avait pas oublié. Elle ne pourrait jamais l'oublier. Chaque matin au réveil, elle pensait à lui. Se rappelait le goût de sa bouche, de sa peau…

— Bonsoir, Ana, dit-il avec calme.

— Bonsoir, Casimir.

— Cela faisait longtemps.

— Oui.

— Tu as l'air en forme. Un peu pâle, peut-être ? Tu travailles beaucoup enfermée.

— Tu sais où je travaille ?

— J'ai fait enquêter sur toi.

Garde ton calme. Il reste une chance qu'il ne soit pas au courant pour Sophia.

— Pourquoi ?

Il lui adressa un léger sourire accompagné d'un haussement d'épaules, comme s'il n'en savait rien.

— Pour tout te dire, mon père est mourant et je dois bientôt me marier avec une jeune femme qui m'est promise depuis l'enfance. Comme j'estime que je lui dois d'être totalement libre avant d'officialiser notre relation, j'ai voulu effacer pour de bon le souvenir de toi, et de ce que nous avons partagé autrefois.

— Je comprends, acquiesça Ana en souriant. Tu es le prince héritier de Byzenmaach, n'est-ce pas ? Tu ne crois pas que j'aurais mérité de connaître ce détail lorsque tu m'as fait l'honneur de partager mon lit, non ?

Casimir fixa à son tour sur le buste grec.

— Je ne dis pas le contraire, avoua-t-il enfin.

Tout en contemplant son profil fier, Ana se demanda pour la énième fois pourquoi il lui avait caché son identité.

— Ainsi, tu as fait enquêter sur moi ? dit-elle avec calme. Et en quoi cela était-il supposé t'aider à effacer pour de bon le souvenir de moi ?

— Je pensais que tu aurais changé, que tu serais moins attirante, répondit-il en tournant lentement la tête vers elle.

— Qu'il me manquerait des dents et que j'aurais des verrues sur le nez ?

— Oui, murmura-t-il avec l'ombre d'un sourire.

Mais il reprit aussitôt son sérieux.

— Tu étais censée être passée à autre chose.

— C'est le cas. Nous nous sommes bien amusés ensemble, mais notre histoire appartient désormais au passé.

— Tu es la mère de mon enfant, dit-il d'un ton neutre.

Ah… Il *était* au courant. Ana s'était préparée à cette situation. Elle savait comment réagir, quels mots employer. Dans au moins cinq langues.

— Tu te trompes, affirma-t-elle.

Sa réplique lui valut un regard dur, presque menaçant.

— Dois-je faire effectuer un test ADN ? demanda-t-il d'une voix doucereuse. Parce que, s'il le faut, je n'hésiterai pas. Et de toute façon j'y serai obligé, mais ne perdons pas de temps, tu veux bien ? Nous savons tous les deux qu'elle est de moi.

Ana carra les épaules.

— Épouse ta princesse, Casimir, donne des héritiers légitimes à ton pays et oublie-nous. Je gagne bien ma vie, je peux élever ma fille sans problème et elle ne manque de rien. Nous n'avons pas besoin de toi.

— Pose-t-elle des questions sur son père ?

— Je lui ai dit que tu étais mort. Personne ne sait qui est son géniteur. Pas même mes parents.

— Tu dis cela comme s'il y avait de quoi en être fière.

— Je le suis, en effet, riposta-t-elle avec hauteur. Considère cela comme une protection plutôt que comme une omission et tu comprendras peut-être ce que j'ai traversé.

Il la dévisagea en silence, les lèvres pincées.

— J'ai découvert qui tu étais par pur hasard, poursuivit Ana. J'étais enceinte de neuf mois, tu étais parti depuis longtemps et j'avais déjà décidé d'élever mon enfant seule. J'ai vu ta photo dans un journal oublié chez mes parents par un invité de ma mère. Et j'ai compris pourquoi tu prenais autant de plaisir aux petites joies de tous les jours. Et pourquoi tu avais disparu sans explication.

Ressentant le besoin de mettre de la distance entre eux, elle contourna la sculpture, mais leurs regards restèrent rivés l'un à l'autre.

— J'ai fait des recherches sur toi, naturellement. J'ai appris la mort de ta sœur et le suicide de ta mère. La détermination farouche de ton père, envers et contre tout. Je me souviens de l'avoir vu en photo et d'avoir pensé qu'il avait l'air loyal. Le roi veuf gardait la tête haute, avec son fils à ses côtés. À dix ans, tu paraissais déterminé à ne pas le décevoir. Tu représentais le dernier espoir pour ton pays. Tu l'es encore.

Autrefois, elle avait réussi à s'en sortir après qu'il l'eut abandonnée. Par conséquent, elle supporterait de le voir disparaître à nouveau de sa vie.

— Je ne saurai jamais pourquoi tu as partagé ces moments avec moi, mais tu m'as quittée pour une raison, ou peut-être une foule de raisons. Alors, si je n'ai pas inscrit ton nom sur l'acte de naissance de ma fille, c'est que j'avais moi aussi une raison.

Elle le regarda un instant en silence avant d'ajouter :

— Rentrez chez vous, Altesse. De mon côté, je suis passée à autre chose.

— Viens avec moi, dit-il d'une voix rauque. Et amène Sophia avec toi.

Ce scénario ne faisait pas partie de tous ceux qu'elle avait imaginés. Casimir aurait dû s'en aller, soulagé.

— Tu ne m'as pas écoutée, dit-elle sans perdre son sang-froid.

— Au contraire, j'ai été très attentif. Tu sembles comprendre les enjeux de la situation, ce qui me facilite la tâche. J'ai découvert l'existence de ma fille il y a trois jours et je désire faire sa connaissance.

Ana fit un pas de côté, si bien qu'elle ne le vit plus qu'à demi.

— Non, répliqua-t-elle d'un ton ferme. Ce ne serait pas une bonne idée.

— Ce n'était pas une proposition. Un jet m'attend, prêt à décoller, et des agents de sécurité sont postés autour de chez toi, attendant mes ordres.

Un sourire amer se dessina sur les lèvres de Casimir.

— Je regrette, Ana. J'aurais préféré m'y prendre avec plus de délicatesse, mais des circonstances indépendantes de ma volonté m'en ont empêché. J'ai besoin de toi et de Sophia à Byzenmaach.

— Non.

— Pour votre bien, pour votre sécurité, ainsi que pour la mienne. C'est peut-être toi qui devrais m'écouter avec plus d'attention, Ana. Parce que, je le répète, il ne s'agit pas d'une proposition.

Il était sincère. Il aurait préféré s'y prendre autrement pour faire connaissance de l'enfant, de façon moins brutale. Mais pour cela il lui aurait fallu avoir du temps, or Casimir n'en avait pas.

— Ma voiture est garée devant le musée, dit-il.

— La mienne dans le parking.

— Quelqu'un la ramènera à l'endroit de ton choix.

— J'aimerais passer aux toilettes, répliqua Ana en regardant autour d'elle.

Si elle croyait pouvoir s'enfuir, elle se faisait des illusions.

— Je t'en prie, acquiesça-t-il.

Casimir adressa un léger signe de tête à la garde du corps en costume noir, immobile au pied de l'escalier.

— Katya va t'accompagner.

Voyant Ana vaciller, il se rapprocha aussitôt d'elle et lui posa la main sur la taille pour l'aider à reprendre son équilibre. Un petit soupir franchit les belles lèvres pulpeuses. Sous la robe noire, la peau était chaude... Casimir dut faire un effort surhumain pour ne pas se pencher pour en humer le parfum. Le désir avait pris possession de lui, plus puissant encore qu'autrefois.

— Tu as peur de moi ? demanda-t-il doucement.

Quand elle tourna les yeux vers lui, leurs regards se croisèrent. Elle avait peur de lui, en effet. Il le sentit au frison qui la parcourut.

— Oui, je pense à ce que tu pourrais me prendre, répondit-elle en soutenant son regard sans ciller.

Un serveur muni d'un plateau passant à côté de lui, Casimir prit une coupe de champagne.

— Mon père ne va pas bien, aussi dois-je rentrer à Byzenmaach sans tarder. J'aurais pu envoyer des agents, mais j'ai pensé que tu préférerais avoir affaire à moi plutôt qu'à des inconnus.

Et, surtout, il n'avait pas voulu qu'elles connaissent l'horreur de l'enlèvement.

— Tu désires toujours passer aux toilettes ? demanda-t-il d'un ton neutre.

Comprenant qu'elle n'avait pas le choix et devait le suivre, elle se contenta de secouer la tête.

Après avoir fait signe à Katya pour lui indiquer qu'ils partaient, il entraîna Ana vers la sortie. Lorsqu'elle aperçut un deuxième agent qui les attendait, son manteau sur le bras, elle tressaillit de nouveau.

— Non, je ne veux pas, supplia-t-elle en se tournant vers Casimir. Je sais ce qui va se passer : Sophia se retrouvera exposée publiquement et deviendra une cible pour tes opposants. Or je ne veux ni de l'un ni de l'autre pour elle. Je veux qu'elle soit en sécurité.

Quant à lui, il devait lutter contre les sensations impérieuses qui l'envahissaient. Contre le désir de la toucher, de retrouver le goût de ses lèvres, de sa peau…

— C'est bien pour cela que je vous emmène toutes les deux. Je te jure sur l'honneur de vous protéger, Ana. Vous serez en sécurité à Byzenmaach.

Cette fois, elle se contenta de plisser le front d'un air inquiet et se laissa conduire vers la voiture qui les attendait. L'aborder dans un lieu public étant risqué, le chef de sa sécurité lui avait déconseillé ce type d'approche. Mais Casimir tenait à ce que sa fille ne soit pas présente et ne disposait que de quelques heures. En outre, cela avait été pour lui un jeu d'enfant de faire inviter Ana à cette soirée.

Sans dire un mot, elle monta en voiture puis il s'installa

à côté d'elle, tandis que Katya se dirigeait vers un autre véhicule et que son collègue s'asseyait à l'avant, sur le siège du passager. Ils étaient huit en tout. Quatre autres agents se trouvaient postés sur place, surveillant le domicile d'Ana.

— Ça va ? demanda-t-il à celle-ci en remarquant que ses mains tremblaient.

— La formation de traducteur ne comprend pas la conduite à adopter en cas d'enlèvement.

— Tu t'en sors très bien.

Un petit rire amer et bref franchit ses lèvres en même temps qu'elle tournait les yeux vers la vitre.

— De quoi souffre ton père ? s'enquit-elle après un léger silence.

— Cancer, répondit-il brièvement.

— Quel est le pronostic ?

— Ses jours sont comptés.

Elle tourna la tête vers lui.

— Tu as l'intention de lui présenter Sophia ?

— Ce n'est pas prévu.

— Parce que ton père serait déçu que tu aies engendré une enfant illégitime ? rétorqua-t-elle avec calme.

— Non, parce que Sophia est le portrait vivant de ma sœur et qu'il n'est pas toujours lucide. Il pourrait confondre souvenirs et réalité, et je voudrais éviter ce genre de confusion à Sophia.

— Et toi, qui verras-tu quand tu la regarderas ?

— Je ne sais pas. Repose-moi la question dans quinze minutes.

— Casimir, je ne suis pas prête à vivre cela.

Lui non plus, mais il n'avait pas le choix.

— Mon père réside au palais, dans la capitale. Ce n'est pas là que nous irons, mais dans ma résidence privée. Il s'agit d'une forteresse entièrement sécurisée. Il n'y aura aucun journaliste, aucun membre de la Cour. Personne ne t'importunera, là-bas.

— J'étais en parfaite sécurité ici.

— Non, Ana, tu te trompes. Toi et Sophia étiez déjà surveillées quand mes agents t'ont retrouvée.

— Je ne te crois pas, répliqua-t-elle en redressant le menton. Nous *sommes* en sécurité ici. Plus qu'avec toi.

Casimir sortit une enveloppe de sa poche et la lui tendit.

— C'est ce que nous avons pu rassembler sur les individus qui vous surveillent.

Lorsqu'elle ouvrit l'enveloppe, plusieurs photos se répandirent sur ses genoux et Ana souleva la première.

— Le nouveau jardinier embauché par l'école de Sophia, poursuivit-il. Cet homme vient de Byzenmaach et a partie liée avec les ravisseurs de ma sœur.

Les lèvres pincées, elle prit une autre photo.

— Tes nouveaux voisins, arrivés il y a trois mois et installés en face de chez toi. La femme vient elle aussi de Byzenmaach et est la petite-fille du porte-parole des tribus du Nord. L'homme que tu vois avec elle sur la photo est son vrai mari, de nationalité suisse. Nous ignorons s'il est de mèche avec les autres.

Ana en saisit une troisième, sur laquelle on la voyait assise à la terrasse d'un café en compagnie d'une collègue ou amie. Sa voisine était installée deux tables plus loin et lisait un journal.

— Ils me surveillent, et alors ? lança-t-elle d'un ton irrité. Ils n'ont rien fait de mal.

— Pour l'instant. Ana, écoute-moi, s'il te plaît. Sophia est de sang royal et les rebelles du Nord pourraient se servir d'elle contre moi. Je préfère l'avoir sous ma protection plutôt que de la voir entre leurs griffes. Je sais ce dont ils sont capables, crois-moi.

— Casimir, commença-t-elle en secouant la tête. Je ne peux pas… Ce n'est pas ma vie.

— Je regrette de devoir te détromper à nouveau, Ana. Si ces individus n'avaient pas été là à vous surveiller, j'aurais peut-être pu vous laisser ici. Je ne dis pas que je l'aurais fait, mais ç'aurait été une possibilité. À partir du moment où mes services de sécurité les ont repérés et identifiés, ce n'était plus envisageable. Je *devais* intervenir. Et maintenant que je l'ai fait, il n'y a pas de retour en arrière possible. Pour aucun de nous trois. Ta vie ne sera plus jamais la même, Ana.

Elle demeura silencieuse.

— Si cela peut te consoler, mon univers a complètement basculé dès l'instant où j'ai appris que j'avais une fille.

— Nous sommes à égalité, alors, répliqua-t-elle sans dissimuler son ironie.

— Non. Tu as toujours été très douée pour les euphémismes. Plus que moi. Au fait, combien de langues maîtrises-tu, maintenant ?

— Six.

— Ton CV transmis aux Nations unies en mentionne cinq.

— Ils en ont oublié une.

— Laquelle ?

— Celle de ton pays.

Casimir la regarda en haussant les sourcils.

— J'en suis ravi.

— Je ne l'ai pas apprise pour te faire plaisir. J'apprends vite, tu le sais.

— Tu la maîtriseras encore mieux si tu la parles au quotidien. Tu pourrais peut-être même travailler comme interprète pour le palais.

— Pourquoi ferais-je une chose pareille ? riposta-t-elle. J'ai déjà suffisamment de travail de mon côté, merci.

— Ils te permettront de travailler à distance, aux Nations unies ?

Si c'était le cas, il n'y voyait pas d'objection.

— Casimir, je ne sais pas ce que tu envisages exactement, mais ma carrière est ici, à Genève. J'ai travaillé dur pour la construire et je n'ai pas l'intention de tout laisser tomber parce que tu penses que moi et Sophia serions plus en sécurité à Byzenmaach. Tu as un problème avec les tribus du Nord ? Règle-le. Et tout le monde sera tranquille.

— Ce n'est pas si simple, Ana.

Il s'était attendu à de la résistance de sa part, s'était préparé à marchander. À dire tout ce qu'il faudrait pour la faire monter à bord du jet avec l'enfant.

— Prends un congé et viens avec moi à Byzenmaach, s'il te plaît, poursuivit-il. Je ne peux pas m'en éloigner et là-bas je serai en mesure de vous protéger, Sophia et toi. Chez moi, nous pourrons discuter tranquillement de tout ceci. Tu as raison : ces gens ne représentent peut-être pas une menace pour vous. Mais pour l'instant nous ignorons ce qu'ils veulent, alors je te demande de m'accorder deux semaines de ton temps afin de décider si oui ou non vous pouvez retourner à Genève. Dans l'immédiat, je suis contre cette éventualité, mais qui sait ? Tu parviendras peut-être à me convaincre que j'ai tort. Je ne suis pas rigide, nous pouvons négocier.

Après avoir remis les photos dans l'enveloppe, elle la lui tendit puis tourna la tête vers la vitre en silence.

— Vous serez bien installées et ne manquerez de rien, cela va sans dire, reprit-il.

— Merci, répliqua-t-elle sans le regarder. Dépendre

de quelqu'un pour le gîte et le couvert, l'habillement, a toujours été une priorité pour moi.

— C'est de l'ironie, je présume ?

Cette fois, elle se tourna vers lui en le foudroyant du regard.

— Je tenais seulement à m'en assurer, enchaîna Casimir. J'en connais qui ne verraient aucun inconvénient à être hébergés gracieusement et dans le plus grand confort.

— L'indépendance n'est pas un défaut, rétorqua-t-elle. C'est plutôt une force.

— J'aimerais partager ton avis.

Il était sincère. Mais, hélas, les exigences de la vie royale ne laissaient pas beaucoup de place à l'indépendance.

Lorsqu'ils arrivèrent à proximité de l'appartement où vivaient Ana et Sophia, Casimir fut soudain assailli par une peur totalement incontrôlable. Il allait faire la connaissance de sa fille, qui ressemblait trait pour trait à sa sœur — et qui le croyait mort…

— Dix minutes, pas plus, dit-il en descendant de voiture. Prends des vêtements, vos passeports et tout ce dont tu penses avoir besoin.

— Tu n'entres pas ?

— Tu m'y invites ?

— Tu fais irruption dans ma vie sans prévenir et tu me demandes de *t'inviter* à entrer ?

— Oui, par courtoisie.

Elle éclata de ce rire mélodieux dont il se rappelait chaque note.

— Tu es vraiment incroyable ! Je suppose que tu as préparé ta rencontre avec ta fille aussi minutieusement que tu as organisé tout le reste ?

— Oui.

La main posée sur la poignée de la porte peinte en bleu cobalt, elle se retourna vers lui.

— Je vais te dire une chose, Casimir : si jamais tu fais quoi que ce soit qui perturbe Sophia ou lui donne l'impression de ne pas avoir été désirée, tu le regretteras.

Sa voix tremblait, mais une lueur déterminée éclairait son regard.

— Je la protégerai jusqu'à mon dernier souffle, tu m'entends ? ajouta-t-elle.

Casimir la regarda ouvrir la porte puis entrer dans l'appartement la tête haute.

Que savait-il des petites filles de six ans ? se demanda-t-il en lui emboîtant le pas. Rien, sinon qu'elles aimaient jouer dans les jardins et courir après les libellules.

Un vestibule plutôt encombré. Une jeune baby-sitter qui se levait précipitamment du sofa quand ils entrèrent dans le salon. Une porte bleu ciel entrebâillée. Une enfant endormie dont seul le visage dépassait de la couette colorée…

Ces images défilaient dans l'esprit de Casimir tandis qu'il montait à bord du jet une heure plus tard, en compagnie d'Ana et de Sophia.

Incapable de rester sur le seuil à regarder Ana réveiller sa fille, il avait regagné le salon déserté par la baby-sitter. Comment se présenter à une enfant de six ans dont la vie allait se retrouver transformée du jour au lendemain, à tout jamais ?

Ana le regardant depuis l'entrée du salon, un sac à dos d'enfant à la main…

« Tu peux encore changer d'avis, avait-elle dit alors. T'en aller et ne jamais revenir. Tu n'entendras plus jamais parler de moi. Ce que nous avons partagé autrefois sera… oublié. Je garderai le secret jusqu'à mon dernier jour. »

« Je suis son père, avait répliqué Casimir. Elle est en danger à cause de moi. Quel homme — quel père — serais-je si je m'en allais sans un regard en arrière ? Sans la protéger ? »

Ana se pencha vers Sophia pour attacher sa ceinture de sécurité. Encore à moitié endormie, la fillette regardait autour d'elle d'un air méfiant, même si les gardes du corps se fendaient d'un sourire inhabituel lorsqu'elle croisait leur regard. Ana elle aussi paraissait mal à l'aise.

À bord du jet équipé d'une chambre, d'un coin salon — où une nourriture excellente et raffinée était servie à la demande —, tout respirait le confort et le luxe, mais Ana semblait y demeurer totalement insensible.

Quand elle l'avait rejoint au salon avec Sophia, elle portait un jean et un pull en coton écru, sa fille un jean et un T-shirt bleu turquoise sous un blouson rose bonbon. Sans doute faite à la va-vite, la queue-de-cheval de l'enfant était en bataille et son regard encore ensommeillé. En dépit de la teinte de ses yeux, elle ne lui avait pas rappelé sa sœur, à ce moment-là. Ni personne d'autre, d'ailleurs, et c'était très bien ainsi.

Elle était toute menue, sa fille, mais elle avait soutenu son regard, l'air nullement effarouché. Il s'était accroupi devant elle et lui avait tendu la main.

— Bonjour, Sophia.

Délibérément, il avait pris un ton un peu bourru, dans l'espoir de dissimuler l'émotion qui lui avait étreint la poitrine en sentant la petite main se glisser dans la sienne.

— Sophia, je te présente l'ami dont je viens de te parler : le prince Casimir de Byzenmaach.

— Tu sais, Sophie, je suis aussi... ton papa, avait ajouté Casimir, désireux d'en finir tout de suite avec les mensonges.

La fillette avait tressailli, puis regardé sa mère d'un air interrogateur. Celle-ci, sous le choc, s'était contentée d'acquiescer en silence.

— Tu as les mêmes yeux que moi, avait alors dit Sophia en tournant de nouveau la tête vers lui.

— Oui.

— Maman dit que tu as un château.

— Oui, c'est vrai. Cela te plairait d'y aller ?

— Non.

— Nous avons des chiots, là-bas.

— Quel genre de chiots ?

— Des petits chiens-loups.

Comme elle le dévisageait en silence, Casimir avait cru bon d'expliquer :

— Les chiens de cette race sont grands, ils ont le poil épais et sont dressés pour protéger les animaux qu'on leur confie.

Toujours aucune réaction.

— Nous avons aussi des chevaux.

— Pas mal, comme tentative, avait murmuré Ana.

Mais quoi ? Il désirait que sa fille arrive à Byzenmaach impatiente, plutôt que d'avoir le ventre noué par la crainte.

Dix minutes après le décollage, Casimir ralluma son portable et trouva trois messages de Rudolpho.

— Nous en avons pour cinq heures de vol, dit-il à Ana. Si vous avez faim ou voulez vous reposer, il y a une chambre avec un écran de télévision et des films pour enfants.

Qu'il avait choisis lui-même.

Il se leva et se tourna vers le seul membre féminin de l'équipe de sécurité.

— Si vous avez besoin de quoi que ce soit, adressez-vous à Katya.

Après avoir coulé un regard en biais à la garde du corps, Ana répliqua avec une pointe d'ironie :

— Et toi, que feras-tu pendant que nous nous *reposons* ?

Peu habitué à devoir rendre compte de ses faits et gestes, il fit néanmoins une exception pour elle.

— Je dois répondre à plusieurs appels. Il y a un espace bureau à l'arrière du jet.

— J'ai encore des questions à te poser.

— Tu devrais d'abord te reposer. Sinon, et si tu n'as pas envie de regarder la télévision, tu trouveras divers ouvrages dans la chambre. En tant que mère d'une enfant de sang royal, tu dois connaître l'histoire de Byzenmaach, ses coutumes et traditions. Je souhaite par ailleurs que tu sois au fait des divers courants politiques, d'autant que cela vous concerne au premier chef, toi et notre fille.

— Tu t'attends à ce que j'ingurgite toutes ces connaissances en cinq heures ? À partir *d'ouvrages* ?

— Non seulement j'ai ouï dire que tu étais très intelligente, mais j'ai choisi ces livres avec le plus grand soin, répliqua-t-il avec beaucoup de sérieux. C'est un début. Ils te fourniront les outils nécessaires pour pénétrer et évoluer dans mon univers. Ces connaissances te permettront de ne pas être un simple pion manipulé par des êtres sans scrupule. Je désire que tu te forges ta propre opinion. J'ai besoin que tu sois en mesure de te protéger et de protéger notre fille. Je ne t'empêcherai jamais d'accéder à aucun savoir ou d'exprimer ton opinion.

Une expression de vulnérabilité passa sur le beau visage ovale.

— Tu le penses vraiment ?

— Oui.

Sur ces mots, il se détourna et s'éloigna rapidement, avant que le désir frémissant entre eux ne devienne trop difficile à gérer.

Chapitre 3

Moins de six heures plus tard, Ana découvrait un autre monde.

Casimir les avait amenées dans une forteresse de pierre claire luisant doucement au clair de lune. Les murs s'élevaient vers le ciel, encadrés par d'impressionnantes montagnes sombres se profilant de tous côtés.

Difficile d'imaginer endroit plus reculé…

— Ils vous attendent, dit Casimir en regardant un garde du corps soulever Sophia endormie et la déposer dans les bras d'Ana. L'aile sud vous sera exclusivement réservée durant votre séjour — il s'agit des anciens appartements de ma mère, où j'ai passé mon enfance.

Il se tourna vers un homme de haute taille.

— Voici Silas. Il veillera à ce que vous ne manquiez de rien en mon absence, car je dois hélas regagner la capitale dès ce soir.

— Tu pars ? s'exclama Ana sans parvenir à dissimuler la panique qui l'envahissait à cette pensée.

Casimir avait travaillé pendant tout le vol.

— Je ne peux pas faire autrement.

— Pourquoi ? insista-t-elle en serrant Sophia contre elle. Pourquoi t'être donné autant de mal pour nous amener ici si tu n'es même pas là ?

— Je suis désolé. Je reviendrai dès que possible.

— Tu ne peux pas nous laisser ici ! se récria-t-elle. Je ne sais même pas où nous sommes !

— Vous vous trouvez dans ma résidence privée, au cœur des montagnes Belarine, à Byzenmaach. Tous les gens qui vivent ici me sont entièrement dévoués, tu peux avoir confiance en chacun d'entre eux.

— Pourquoi aurais-je confiance en eux alors que j'ignore si je peux avoir confiance en *toi* ?

L'espace d'un instant, il eut l'air navré, et terriblement las.

Mais quand il posa de nouveau la main sur sa taille, Ana sentit le désir envahir tout son corps. Aussi pur, aussi ardent qu'autrefois. Un désir incontrôlable, accompagné de crainte.

— Je voudrais avoir confiance en toi, croire que j'ai eu raison de venir ici, poursuivit-elle, mais je ne te connais pas, Casimir. Je ne sais rien de toi, tout comme autrefois. La seule chose que je sache, c'est que tu es apparu dans ma vie, que tu as bouleversé mon existence et que l'histoire ne s'est pas bien terminée…

Quand il se pencha vers elle et lui déposa un léger baiser sur la tempe, Ana ferma les yeux malgré elle pour mieux savourer la douceur et la fermeté des lèvres chaudes.

— Cette fois-ci, je ne veux plus rien perdre, chuchota-t-elle en rouvrant les yeux.

Il se redressa aussitôt.

— Moi non plus, tu peux me croire. Je comptais t'aider à t'installer, te faire visiter ma demeure, et je le ferai, mais pas ce soir. Mon père est à l'agonie et l'on m'appelle à son chevet. Son conseiller m'a prévenu alors que nous nous trouvions à bord du jet.

Il lui souleva le menton pour la forcer à le regarder dans les yeux.

— Demande à Silas de vous montrer les chiots.

— À vos ordres, Altesse.

Un lent sourire arrondit la bouche virile et sensuelle.

— Pour toi je serai toujours Casimir.

Une fois Casimir parti, Ana réalisa qu'elle avait froid, et que Sophia pesait terriblement lourd dans ses bras.

Au même instant, sa fille lui resserra les bras autour du cou.

— Maman ?

— Oui, ma chérie. Tout va bien. Nous allons demander à Silas de nous conduire à notre nouvelle chambre.

— Je suis à votre disposition, acquiesça l'homme de confiance en s'inclinant légèrement devant elle. Voulez-vous que je porte votre fille, madame Douglas ?

— Non, merci.

Il s'inclina de nouveau.

— Si vous voulez bien me suivre…

La chambre qu'il leur fit bientôt visiter était indubitablement digne d'une reine. Murs tapissés de soie, couvre-lit en brocart de fil d'or…

Il s'agissait des anciens appartements de sa mère, avait dit Casimir. Laquelle avait perdu sa fille, puis s'était suicidée.

Silas demeura immobile sur le seuil de la pièce, tandis qu'Ana reposait Sophia sur ses pieds et tournait les yeux vers la cheminée où du feu crépitait doucement. Des bûches étaient empilées d'un côté, toutes du même calibre.

En plus de la chambre, Silas leur montra les autres pièces, notamment un salon ravissant, un immense dressing et une nursery qui aurait pu accueillir toute une ribambelle d'enfants. Ana songea à l'appartement de Genève qu'elle aimait tant, où elle se sentait si bien. Mais à quoi bon ? Elle se trouvait à des milliers de kilomètres de la Suisse et ici, tout n'était qu'incertitude…

Casimir était venu les chercher en lui promettant de les protéger. Et elle lui avait fait confiance alors qu'autrefois il l'avait abandonnée sans explication et sans un mot d'adieu.

Entendant du bruit derrière elle, Ana se retourna et vit deux employés apparaître avec les bagages.

— Merci, je vais m'en occuper, dit-elle en s'avançant vers eux.

Les deux employés se retirèrent aussitôt en silence tandis que Silas disait de sa voix douce et polie :

— Je suis désolé que nous ne soyons pas tout à fait prêts à vous accueillir, mais votre visite nous a été annoncée au dernier moment. Nous chauffons la suite depuis deux jours : la fraîcheur devrait avoir disparu d'ici à demain.

— Je vous remercie, Silas.

— À quelle heure souhaiteriez-vous prendre le petit déjeuner ?

— Quelle heure est-il ?

Ana avait complètement perdu la notion du temps, surtout avec le décalage horaire.

— Un peu plus de 2 heures du matin, madame Douglas. Si vous le souhaitez, vous pouvez appeler les cuisines depuis le téléphone interne et nous faire savoir à quelle heure vous désirez déjeuner.

Après avoir acquiescé d'un hochement de tête, Ana demanda :

— J'aimerais téléphoner à mes parents. Puis-le faire depuis ce même téléphone ?

— Bien sûr. Il suffit de composer le zéro, suivi du code du pays et du numéro.

— Merci. Je vais les appeler.

Et les réveiller, avant d'entamer la conversation qu'elle repoussait depuis bientôt sept ans.

— Bien sûr, répéta Silas.

Sur ces mots, il s'inclina légèrement devant elle puis devant Sophia avant de tourner les talons et de s'éclipser.

Dès que la porte se fut refermée sur lui, Ana regarda sa fille qui contemplait la porte de la nursery d'un air un peu confus.

— Voilà, c'est le château de Casimir, commença Ana.

Sophia hocha la tête.

— C'est grand, hein ?

Nouveau hochement de tête.

— Demain matin, on verra mieux à quoi il ressemble. Tu veux dormir avec moi, ce soir ?

Hochement de tête, nettement plus vigoureux.

— Tu veux que je te raconte une histoire avant de dormir ?

— Une histoire de princesse prisonnière dans un château, avec un dragon qui vient la délivrer ?

— Pas de problème, répondit Ana en fouillant dans les valises.

— Le monsieur, Casimir, il a dit que son père était à l'agonie : ça veut dire qu'il est en train de mourir ?

— Oui.

— Et après, il t'a *embrassée*. C'est vrai que c'est mon papa ?

— Oui.

— Mais… tu avais dit qu'il était mort !

— Oui, je sais. Je croyais…

Je croyais qu'il valait mieux te mentir que de te dire la vérité.

— Je m'étais trompée.

— Qu'est-ce qu'il veut ?

— Pour l'instant, nous protéger. Et ensuite je pense qu'il désire apprendre à te connaître.

— Tu ne vas pas me laisser ici et rentrer à la maison, hein ?

— Bien sûr que non, ma chérie ! Je ne ferais jamais une chose pareille !

— Tu me le promets ?

— Je te le promets. Qu'est-ce qu'on lit, comme histoire ? L'histoire d'une maman qui embrasse sa princesse pour lui souhaiter bonne nuit ?

Sophia hésita un instant.

— Je suis une princesse ?

— Nous poserons la question à ton papa quand il reviendra, d'accord ?

Sa fille la dévisagea en silence.

— Et maintenant raconte-moi l'histoire du château, du dragon et de la princesse, s'il te plaît…

Une demi-heure plus tard, Sophia dormait profondément tandis qu'Ana arpentait le salon en serrant le téléphone dans sa main. Pendant sept ans, elle avait refusé de révéler à ses parents l'identité du géniteur de Sophia. Après la naissance de leur petite-fille, ils l'avaient aidée, financièrement et moralement. Grâce à eux, elle avait pu reprendre ses études et faire garder le bébé. Ils ne l'avaient pas laissée tomber, ils l'avaient soutenue.

Mais ils n'avaient jamais compris son silence. Pas étonnant : Ana se comprenait à peine elle-même.

Se décidant enfin à composer le numéro, elle se remit à faire les cent pas dès l'instant où elle entendit la voix de sa mère.

— Il ne faut surtout pas que tu t'inquiètes, commença-t-elle d'une voix saccadée. Je suis à Byzenmaach avec Sophia et… son père.

— Anastasia, respire. Et recommence, par le début.

— Le début ? Tu ne parles pas sérieusement, j'espère ?

— Le plus sérieusement du monde, répliqua sa mère. C'est indispensable, tu ne crois pas ?

Incapable de se concentrer, Ana s'efforça de contrôler sa respiration.

— Je vais le faire pour toi, reprit sa mère au bout d'un instant. Tu avais dix-neuf ans et je t'avais envoyée à l'étranger seule, pour la première fois. Je te savais précoce, passionnée, pleine de vie et je voulais que tu vives de nouvelles expériences. Que tu rencontres des gens nouveaux, que tu découvres d'autres perspectives. Je pensais t'y avoir préparée.

— C'était le cas, maman ! Rien n'a été ta faute.

— Et puis tu as rencontré un homme, poursuivit sa mère avec calme.

— Oui, murmura Ana avec effort. Il avait vingt-trois ans et je le trouvais merveilleux. Il m'a dit qu'il s'appelait Casimir et qu'il était venu à Genève pour participer à un congrès international. Il s'est installé chez moi, pendant une semaine. Une semaine fabuleuse, hors du temps, coupée de tout. J'étais complètement fascinée par lui. Puis il est parti. Comme tu le sais.

Elle ferma les yeux.

— J'ai découvert qui il était juste avant la naissance de Sophia et j'ai compris pourquoi il avait disparu sans la moindre explication. Mon Casimir était le prince héritier de Byzenmaach. Et il l'est toujours. Son père va mourir et Casimir sera couronné, c'est une question de jours.

Inutile d'en dire davantage. Sa mère, diplomate, connaissait les tenants et aboutissants de ce genre de situation.

— Et à présent, il réclame Sophia, dit celle-ci après un silence.

— Oui.

— Oh ! ma chérie…

— Alors je suis ici, à Byzenmaach, et j'essaie de trouver un moyen d'avancer sans devoir abandonner ma fille ou me fondre dans le décor — somptueux, tu t'en doutes — et perdre tout contrôle sur ma vie et la sienne.

Tout se résumait à cela, songea Ana.

— Je suis désolée de ne t'avoir jamais dit qui était le père de Sophia, continua-t-elle. Je pensais ne jamais le revoir et je croyais qu'il valait mieux pour tout le monde que personne ne le sache.

— Ana…

— Ne me fais pas pleurer, surtout. Il ne faut pas que je montre la moindre faiblesse, sinon ils penseront que je ne suis pas assez forte pour élever ma fille.

— Tu as toujours été forte, répliqua sa mère.

En russe, comme à chaque fois qu'elle était en proie à de vives émotions.

— Je suis si fière de toi, poursuivit-elle. Je l'ai toujours été. Et s'il t'a quittée, c'est lui qui est ressorti perdant de votre aventure. Pas toi.

— Qu'est-ce que je dois faire, maman ? Me battre contre la famille royale pour Sophia ?

Nouveau silence.

— Qu'est-ce que je fais ? insista-t-elle.

— Il va se marier, c'est cela ? demanda enfin sa mère.

— Je ne sais pas. Oui, je crois.

— Que ressens-tu pour lui ?

— *Je ne sais pas.*

— Ah…

— Comment ça, *ah* ?

Silence, plus bref.

— Je pense que tu es tombée follement amoureuse de lui autrefois et que tu n'as jamais cessé de l'aimer depuis.

— *Non* !

Ana réalisa qu'elle avait rougi.

— Bon, d'accord, soupira-t-elle. Je reconnais qu'il ne m'est pas aussi indifférent qu'il le devrait.

— Anastasia, écoute-moi… Ne lui dévoile pas tes sentiments pour l'instant. Il t'a quittée… tu l'as oublié ? Moi pas.

— Moi non plus.

— Tu n'as jamais laissé la moindre chance à un autre homme. Tu t'es immergée dans le travail et ça a toujours fonctionné pour toi. Et tu as brillamment réussi tout ce que tu as entrepris. Mais peut-être aspires-tu à autre chose.

— Maman, je…

— Au fond de ton cœur, tu rêves de fonder une famille, Anastasia. Et d'être reconnue pour toi-même. De vivre aux côtés de l'homme que tu aimes et de vos enfants. C'est cela, ta *vraie* ambition. Je me trompe ?

Ana s'appuya le front contre le mur.

— Non, tu ne te trompes pas.

— C'est tout à fait légitime, mais pourra-t-il t'offrir la vie dont tu rêves ?

— Non.

— Négocie.

Ana ne put s'empêcher d'éclater d'un rire amer.

— Avec qui ?

— Toi-même.

— Tu veux dire, avec celle qu'il a quittée il y a sept ans ? Et qui n'a pas réussi à le retenir au-delà d'une semaine ?

— Fais en sorte qu'il te voie, te désire et t'aime comme tu le mérites. S'il est l'homme qu'il te faut, tu y parviendras sans difficulté.

Ana regarda autour d'elle, leva les yeux vers le haut

plafond aux moulures sophistiquées, contempla les murs tapissés de soie, les tableaux…

— Je ne sais pas par où commencer, soupira-t-elle.

— Tu n'es pas seule, ne l'oublie pas. Nous sommes là, ton père et moi. Et tu as Sophia. Et, surtout, tu es capable d'aimer, et ça, c'est la plus grande force qui puisse exister. En est-il capable, lui ?

— Je n'en sais rien.

— Eh bien, c'est par là qu'il faut commencer…

Chapitre 4

Le roi s'éteignit quelques heures après le retour de Casimir. Dès son arrivée, celui-ci était allé s'installer au chevet de son père. Quand le vieil homme prononça quelques mots inintelligibles, avant de rendre son dernier soupir, Casimir ne ressentit aucune émotion. Pas la moindre tristesse. Il éprouva une sensation de vide. Rien de plus.

Il fit venir les médecins du palais, puis se retira. Lorsqu'il ouvrit la large double porte et s'avança dans le vestibule attenant à la chambre royale, tous ceux qui s'y trouvaient se levèrent puis restèrent immobiles.

— C'est fini, dit-il. Le roi est mort.

Rudolpho fut le premier à réagir :

— Vive le roi !

— Je rentre à la forteresse, déclara Casimir. Préparez mon départ.

— Certainement, Majesté, répliqua Rudolpho en s'inclinant.

— Je désire par ailleurs qu'à mon retour tous les portraits et photographies de ma sœur et de ma mère soient décrochés des murs du palais. À l'exception des deux qui se trouvent dans la galerie. Il est temps que le palais cesse d'être un mausolée.

Tous inclinèrent la tête en silence. Après avoir été les

serviteurs de son père, ils devenaient les siens. De la même façon que lui s'apprêtait à servir son pays.

— Je me dévouerai entièrement à Byzenmaach, reprit-il. Mais je ne suis pas mon père et des changements importants vont avoir lieu. Pas dans cinq ans ni dans dix. Maintenant.

Lorsqu'une dizaine de minutes plus tard, lui et Rudolpho se dirigèrent vers l'hélicoptère prêt à décoller, le conseiller dit d'un ton pince-sans-rire :

— Nous avons tous apprécié vos premières paroles de futur souverain, mais vous auriez pu me prévenir que vous souhaitiez faire ôter les portraits.

Il aurait pu, en effet. Mais ne l'avait pas fait.

— Je voulais voir leurs réactions par moi-même.

— Et qu'en avez-vous pensé ?

— Que certains résisteront toujours au changement mais que d'autres l'accueillent à bras ouverts.

— Vous n'aviez pas besoin de cela pour le savoir.

— J'ai aussi eu compris que le peuple de Byzenmaach était disposé à me laisser une plus grande marge de manœuvre que je ne l'espérais. Et je compte en profiter.

— Vous aurez besoin d'un nouveau conseiller, je présume ? répliqua Rudolpho d'une voix tendue.

— Non. Je désire vous garder, mais à une condition. Que vous renonciez à la servilité dont vous faisiez preuve à l'égard de mon père. Je sais comment vous travailliez : en biaisant, usant en permanence de la plus grande diplomatie pour aplanir les problèmes dont vous saviez que mon père ne voudrait pas entendre parler. Ce temps est révolu. Dorénavant, j'attends de vous que vous vous exprimiez franchement en sachant que je vous écouterai. J'aimerais voir si, ensemble, nous sommes en mesure de réussir là où mon père aurait échoué. Êtes-vous partant ?

— Soyez assurée, Majesté, que je suis *partant*, même si je ne manie pas parfaitement votre langage.

Casimir s'autorisa un sourire.

— Pas de problème, Rudolpho. Vous apprendrez.

Les drapeaux étaient en berne, remarqua-t-il lorsque l'hélicoptère se rapprocha de la forteresse. Tous savaient donc que le roi était mort.

Au moment où, quelques minutes plus tard, Casimir pénétra dans le vaste hall d'entrée, il constata que chacun des membres du personnel avait entendu l'hélicoptère arriver et avait aussitôt tout laissé tomber pour venir former une longue haie silencieuse.

Certains d'entre eux s'étaient occupés de lui depuis son enfance, tels Silas et sa femme, Lor. Ils comptaient énormément pour Casimir. Ainsi que Tomas le fauconnier, son premier compagnon de jeu, et Saul, maître des écuries.

En dépit de sa fatigue extrême, il fit son devoir et commença par le plus proche, un vieux garde forestier qui l'avait vu gambader tout gamin. Tout en lui serrant la main avec chaleur, le vieil homme lui présenta ses condoléances de sa voix chevrotante. Puis Casimir passa au deuxième. Il ne négligerait personne, écouterait chacun et chacune. Parce qu'à l'inverse de son père il se préoccupait davantage du sort de ses employés que des courtisans.

Au moment où il arrivait au milieu de la haie, il tourna les yeux et aperçut Ana, immobile au pied de l'escalier, avec Sophia à ses côtés. Elle paraissait reposée mais distante. Le menton haut, elle soutint son regard, comme si elle était la maîtresse des lieux et s'apprêtait à lui demander des comptes.

S'il s'agissait de protocole, Ana ignorait totalement le rôle qu'elle était censée jouer. Aussi demeura-t-elle immobile au pied de l'escalier avec Sophia, pendant que Casimir serrait la main à tous les membres du personnel alignés dans le grand hall pour lui présenter leurs condoléances.

Son père était mort. Byzenmaach avait un nouveau roi en la personne de Casimir. Une équipe d'agents de sécurité renforcée le suivait, composée d'hommes et de femmes aux visages fermés, tous vêtus de costumes sombres. Ils prirent position partout, dans les couloirs, auprès des portes, dans l'escalier…

Très rassurant…

Ana regarda Casimir prendre la main d'une vieille femme puis lui chuchoter à l'oreille quelque chose qui la fit sourire. Elle était trop âgée pour travailler, mais il permettait manifestement aux retraités de rester à la forteresse.

Quand il arriva au niveau de Silas et de Lor, Ana fut surprise de voir ceux-ci le serrer tour à tour affectueusement dans leurs bras, sans échanger une seule parole.

Un peu après, Casimir tourna de nouveau les yeux vers elle et sourit. D'un sourire malicieux, cette fois, qui lui rappela l'homme merveilleux qu'elle avait connu naguère.

— Toutes mes condoléances, murmura-t-elle quand il vint s'arrêter devant elles deux.

— Merci, dit-il avec calme. Ana, Sophia, je vous présente encore une fois mes excuses de vous avoir laissées vous débrouiller. Il semble que depuis hier je me conduise décidément comme un sauvage avec vous …

— Nous avons des chiots, lança Sophia de but en blanc.

— Vraiment ? fit Casimir avec le plus grand sérieux.

— Tu veux les voir ?

— Oui, je veux bien voir *nos* chiots, acquiesça-t-il.

— Ils sont à Jelly, continua Sophia. Et ils sont *très*

spéciaux. Lor m'a dit que c'était toi qui avais donné son nom à la première Jelly, quand tu étais petit.

— Elle ne t'a pas menti.

— Celle-ci est Jelly Huit. Ce qui veut dire que l'un des chiots devra s'appeler Jelly Neuf.

— L'as-tu déjà choisie ?

— Oui.

Ana vit Sophia s'élancer, puis se retourner vers Casimir pour voir s'il la suivait. Au même instant, Casimir se tourna vers elle :

— Tu viens ?

Ana sentit un frisson la parcourir. Le personnel au grand complet était rassemblé dans le hall. Tous l'observaient, la jugeaient.

Elle redressa les épaules et s'avança vers Casimir.

— Oui, je te suis…

Quelques instants plus tard, ils parvinrent à la cuisine : immense, avec plusieurs celliers et réserves, elle était pourvue de trois énormes cheminées dont une seule était encore utilisée.

L'une des deux autres servait de niche à Jelly et ses chiots. Après s'être approchée de la petite famille avec l'audace propre à son innocence, Sophia s'agenouilla puis s'allongea à plat ventre devant la cheminée. Elle était pieds nus, comme à la maison.

— C'est celle-ci, la nouvelle petite Jelly, dit-elle en caressant doucement l'un des chiots.

— Comment le sais-tu ? demanda Casimir.

— Elle a le bout de la queue tout blanc, comme sa maman.

— Je crois que Sophia sera généticienne plus tard, murmura Ana.

Casimir se dirigea vers une porte, disparut, puis revint

peu après avec une bouteille de whisky. Connaissant manifestement les lieux par cœur, il s'avança vers l'un des placards sans la moindre hésitation et en sortit deux verres.

— Pas pour moi, dit Ana.

— Tu veux boire autre chose ? demanda-t-il en se servant.

— Non, merci.

— Qu'avez-vous fait aujourd'hui ?

— Tu veux vraiment discuter de cela ?

— Oui, répondit-il avec un sourire las.

Il tourna les yeux vers Sophia, le chien-loup et les chiots.

— Nous avons aidé Lor à confectionner des loukoums.

— J'adore ça !

— C'est ce qu'elle nous a dit. Ensuite, nous sommes allés voir les faucons, les chevaux et avons donné à manger à tout le monde. Nous avons aussi visité les thermes.

Il la regarda en plissant un œil.

— Et ? Ils vous ont plu ?

— J'ai l'intention de les emporter avec moi quand je repartirai d'ici !

Comme Casimir portait son regard sur Sophia, Ana demanda :

— Casimir, j'ai besoin de comprendre ce que tu attends de nous maintenant, pas la semaine prochaine. J'aimerais que tu te concentres en priorité sur la question de la garde de Sophia. Parce que sinon je serai obligée de penser que tu ne feras *jamais* passer le bien-être de ta fille en premier.

— Dis-moi comment tu vois les choses.

— Idéalement ? Il n'y a plus aucun danger côté sécurité, j'ai la garde exclusive de ma fille et je reprends ma vie à Genève.

— D'accord pour le premier point, nous nous en occupons en ce moment, repartit-il en hochant la tête. Non au deuxième ; aucune idée en ce qui concerne le troisième.

Que cela te plaise ou non, ta fille fait désormais partie de la famille royale de Byzenmaach. Et toi aussi, par extension. Ce qui entraîne certaines complications.

Ana repensa aux recommandations de sa mère.

— Je veux que tu m'accordes un moment demain, de façon à ce que nous trouvions un moyen d'avancer qui convienne à tout le monde. Et que nous discutions des compromis que nous pourrions envisager de faire *tous les deux*. Sans la présence d'avocats. Rien que toi et moi. Pour l'instant.

— J'ai des rendez-vous toute la matinée.

— Si tu refuses de tenir compte de ma bonne volonté, nous risquons de nous retrouver embarqués dans une bagarre juridique... et publique, murmura-t-elle. N'oublie pas qu'en matière de réputation j'ai beaucoup moins à perdre que toi.

Il la regarda un instant en silence, les yeux mi-clos.

— Où as-tu appris à négocier ?

— Aux Nations unies.

— Je vois, dit-il avant de porter son verre à ses lèvres.

— Je ne suis plus une jeune fille naïve de dix-neuf ans. Ni toi l'homme de vingt-trois ans fuyant ses responsabilités, *n'est-ce pas ?*

— C'est bon, Ana ! Tu l'auras, ton rendez-vous demain matin. Je prendrai le temps qu'il faudra.

— Merci.

Tournant à nouveau les yeux vers Sophia et les chiots, il poursuivit d'un ton neutre :

— Mon père me répétait souvent que je devais me marier et donner un héritier à la Couronne. Je répliquais à chaque fois que j'avais le temps, que je remplirais mon devoir envers mon pays lorsque j'atteindrais la trentaine. D'ici là, je ne voulais pas me marier. Ni avoir des enfants.

Parce que je savais que je craindrais en permanence pour leur sécurité.

Il se passa la main dans les cheveux.

— J'avais raison. Certaines des peurs relatives à votre sécurité n'existent que dans mon esprit, mais je ne sais pas comment m'en débarrasser.

— Je peux peut-être t'aider.

Quand il se tourna vers elle, il avait le regard sombre et tourmenté.

— T'aider à reconsidérer ces craintes basées sur des expériences passées, continua-t-elle. En retour, tu pourrais chasser ma peur de voir Sophia intégrée dans un univers privilégié auquel je n'aurais pas accès.

— D'accord, murmura-t-il. Et je ne suis pas un monstre, Ana. Je ne ferais jamais rien qui puisse te séparer de ta fille. Nous allons trouver une solution.

— Je suppose que Sophia n'héritera jamais de ton titre ? demanda Ana sans réfléchir.

— En effet. Elle ne régnera jamais sur Byzenmaach, ce qui ne la rend pas moins précieuse à mes yeux. Elle est ma fille et je suis plus qu'heureux qu'elle existe. Et que… vous soyez ici aujourd'hui avec moi. Toutes les deux.

— Sophia est désormais ta seule famille.

Il leva son verre et le vida d'un trait avant de répliquer :

— Tu repenses parfois au passé ? À ce que nous avons vécu ensemble ?

— Oui, reconnut Ana.

— Tu en gardes des souvenirs agréables ?

— Nous étions doués pour certaines choses. Dont le sommeil ne faisait pas partie.

Les lèvres de Casimir tressaillirent légèrement.

— Nous ne passions pas non plus beaucoup de temps à cuisiner, dit-il d'une voix rauque.

— Tu étais nul, de ce côté-là. Ça crevait les yeux !

Elle promena le regard sur l'immense cuisine de Lor.

— Et maintenant je sais pourquoi.

— Je n'ai jamais ressenti le besoin d'apprendre, reconnut-il. Tu te nourris toujours de gâteaux aux pommes ?

— Ça m'arrive… Je me souviens aussi du jour où tu m'as quittée. Pourquoi t'être comporté ainsi avec moi, alors ? Que t'avais-je fait pour mériter un tel traitement ?

— J'ai cédé à une impulsion, sans songer à l'avenir ou aux conséquences. Je t'ai désirée dès l'instant où je t'ai vue et n'ai pas pu résister.

Il se détourna d'un mouvement brusque et alla poser son verre vide sur le bord de l'évier.

— Mais le passé est le passé. Il faut avancer, maintenant. Lorsque tu auras mis Sophia au lit, tu pourrais peut-être venir me rejoindre ? Pour discuter encore un peu…

— Tu ne vas pas te reposer ? Quand as-tu dormi pour la dernière fois ?

— Je ne sais même plus ! répondit-il avec humour. Mais je maintiens ma proposition, c'est à prendre ou à laisser.

— D'accord.

Quand Casimir sortit de sa chambre, une demi-heure plus tard, après une bonne douche, il se sentait un peu rasséréné.

Ana l'attendait dans le salon.

— Silas m'a indiqué où te trouver, expliqua-t-elle.

— Il t'a dit de venir me retrouver dans mes appartements privés ?

— C'est toi qui m'y as invitée. Tu devrais t'habiller, non ?

Voyant une adorable roseur colorer les joues d'Ana, il eut au contraire envie de se débarrasser de la serviette qui lui ceignait la taille.

— Non, je voulais te proposer de m'accompagner aux thermes. Tu viens ?

Elle le rejoignit.

— Je n'ai pas de maillot, murmura-t-elle soudain.

— Tu crois que je vais en mettre un ?

— Sophia aimerait savoir si elle est une princesse, dit Ana sans préambule. Ma mère s'interroge, elle aussi, sur le statut de sa petite-fille.

— Officiellement, elle n'a pas droit au titre. Officieusement, oui.

— Je me vois très bien expliquer ça à une petite fille de six ans…

— Le duché de ma sœur est vacant. Je trouverais juste qu'il revienne à Sophia, auquel cas elle obtiendrait le titre de duchesse. Et un château. Un très joli château.

— Tu envisages sérieusement d'intégrer Sophia dans la famille royale ?

— Tu penses que j'ai tort ?

— Je pensais que tu nous offrais ta protection. Pas une… intégration.

— Je vous offre les deux. Sophia est aussi ma fille, Ana. Verrais-tu un inconvénient à ce que je te présente un conseiller ? J'aimerais que tu sois initiée au protocole royal et à la diplomatie locale, afin de pouvoir à ton tour guider notre fille. J'étais sérieux en disant que je ne te séparerais pas de Sophia.

Comme ils avaient atteint le premier bassin, il appuya sur la touche commandant les spots placés au fond de l'eau.

— Non, je n'y vois pas d'inconvénient, répondit-elle enfin. J'aimerais aider Sophia à faire la transition entre sa vie de petite fille ordinaire et celle de… duchesse.

— Je m'en occupe dès demain, dit-il en s'avançant vers son bassin préféré.

Plus petit que les autres, celui-ci était situé à l'emplacement même de la source chaude, dans une alcôve.

— As-tu avancé concernant les individus qui nous surveillaient à Genève ? Sais-tu pourquoi ils étaient là ?

— Non, pas pour l'instant.

— Que se passera-t-il si, dans deux semaines, tu ne sais toujours pas ce qu'ils veulent ?

— Vous resterez ici.

— Si c'est une question de sécurité, pourquoi ne pas mettre en place des mesures de protection à Genève ?

Parce que cela ne suffirait pas à me rassurer.

— J'ai une proposition à te faire, Ana. Je souhaite que toi et Sophia vous installiez à Byzenmaach pour de bon. En retour, je m'engage à faire tout ce qui est en mon pouvoir pour que tu puisses continuer à travailler comme interprète.

— Ici. À Byzenmaach, répliqua-t-elle d'une voix morne.

— Oui. Mais pas forcément au palais. Tu pourrais jouir de plus d'indépendance et profiter des nouvelles opportunités qui s'offriront à toi. Mes assistants seront là pour t'y aider.

— C'est *cela*, ta solution qui conviendrait à tout le monde ?

— J'attends de toi que tu me dises ce qui te plaît ou te déplaît dans ma proposition. Et j'en tiendrai compte.

Il dénoua sa serviette et la laissa tomber sur le sol pavé de marbre avant de descendre les marches.

— Tu essaies de me troubler en t'exhibant dans ta glorieuse nudité ?

— En matière d'amour et de négociation, tout est permis, rétorqua-t-il, pince-sans-rire. Alors ? Ça fonctionne ?

— Eh bien, je dois reconnaître que oui, ça fait son effet. Mais je ne perds pas la tête pour autant : je veux que Sophia vive avec moi à Genève. Elle pourra venir passer les week-ends avec toi.

— Non.

— Je veux continuer à travailler pour les Nations unies.

— Tu bénéficieras d'un visa spécial te permettant de voyager librement à travers le monde entier. Côté engagements professionnels, tu jouiras de plus de liberté qu'auparavant, lorsque tu élevais Sophia seule. Tu es une interprète brillante, Ana, et je suis certain que tu vas te servir du changement pour avancer dans ta carrière. À supposer que ce soit ton but.

Elle se contenta de le foudroyer du regard.

— Mais tu devras informer le palais de tous tes déplacements, naturellement. Tu seras en contact direct avec mon secrétaire.

— Et serai-je informée de chacun de *tes* déplacements ? répliqua-t-elle d'une voix suave.

Plutôt que de réagir à la provocation, Casimir dit tranquillement :

— Je ne sais pas encore de quel type de sécurité tu auras besoin au quotidien.

Tournant les yeux vers Ana, il la vit ôter ses sandales. Le bruit que fit ensuite la fermeture Éclair de sa jupe passa comme un frisson sur l'eau, puis l'étoffe noire tomba autour de ses pieds nus, tandis qu'il déglutissait avec peine en découvrant les minuscules sous-vêtements blancs.

— Sommes-nous encore en train de négocier ? demanda-t-il après s'être éclairci la gorge.

— Ah... Parce que tu appelles ça *négocier* ?

Le haut avait rejoint la jupe. Mais elle gardait culotte et soutien-gorge en dentelle...

Avec sa grâce coutumière, elle s'agenouilla pour tâter l'eau.

— Je ne suis pas une marionnette que tu pourrais manipuler à ta guise, Casimir. J'ai mes propres opinions. Ma vie.

— Je suis tout ouïe.

— Je ne sais pas ce que tu fais, mais, non, tu ne m'écoutes pas !

Ses courbes étaient plus voluptueuses encore qu'autrefois. Il brûlait de les explorer avec ses mains, sa bouche…

— Dès qu'ils t'auront vue, les journalistes ne te laisseront plus en paix une seconde !

Le regard soudé au sien, elle se redressa puis descendit à son tour les marches.

— Et si je ne veux pas vivre à Byzenmaach et être liée à la famille royale ? demanda-t-elle lentement.

— Il n'y a pas que des inconvénients, Ana. Tu n'auras plus jamais aucun souci au plan financier ou matériel.

— Je n'ai jamais eu de problème de ce côté-là. Ma vie est déjà très confortable.

— Tu auras de l'influence.

— Sur qui ? Sur toi ?

— Pour tout ce qui concerne notre fille, je resterai toujours à ton écoute.

— À quoi cela me servira-t-il ? Tu ne fais que parler.

Elle fixa les lèvres de Casimir.

— Tu as porté un membre de la famille royale, Ana. Tu…

— Non, l'interrompit-elle. J'ai porté notre enfant. L'enfant de celui qui m'avait donné l'impression d'être choyée, chérie. Qui allait me chercher des croissants chauds à la boulangerie chaque matin. L'homme au sourire et à l'humour faciles. Nous faisions attention, tu t'en souviens ? Nous n'avions prévu de grossesse ni l'un ni l'autre. Et pourtant je suis tombée enceinte, et quand je l'ai découvert tu étais parti depuis longtemps. J'ai porté un enfant conçu avec amour, Casimir, pas un membre de la famille royale.

Lentement, elle se rapprocha de lui.

— Je t'en veux, poursuivit-elle. Tu ne peux pas t'imaginer à quel point. Il y a sept ans, tu as bouleversé ma vie de fond en comble. Et maintenant tu recommences !

— Et si je désirais changer ta vie d'une façon plus positive qu'il y a sept ans ? répliqua-t-il.

— Cela me paraît impossible.

Quand il se pencha vers elle, Ana ne recula pas. Sa bouche pulpeuse avait un goût divin et le désir qui le consumait devenait presque douloureux.

Approfondissant son baiser, il lui passa les bras autour de la taille pour l'attirer contre lui.

— Je te préviens, murmura-t-elle en enfouissant les mains dans ses cheveux. Si tu me fais l'amour maintenant et que tu en épouses une autre, je transformerai ta vie en enfer.

Casimir redressa la tête.

— J'en ai l'habitude, dit-il avant de reprendre possession de la belle bouche offerte.

À aucun moment, Ana ne chercha à le repousser. Ni quand il l'entraîna vers les marches et l'allongea au bord du bassin, ni quand il lui prodigua la caresse la plus intime qui soit. Il se souvenait de tout. Il savait comme la faire trembler de désir, haleter, gémir.

Elle jouit dans un cri. Un long tremblement la parcourut tout entière, exacerbant le désir qui le dévorait. Il brûlait de la prendre, de la faire jouir à nouveau. Encore et encore…

Après l'avoir soulevée dans ses bras, il lui appuya le dos contre le fût d'une colonne de pierre et, lui retenant les poignets d'une main, il referma l'autre sur ses reins pour la presser contre lui tandis qu'elle enroulait les jambes autour de sa taille…

Quand il commença à bouger en elle, Ana ondula avec lui. Leurs corps s'unissaient d'instinct, se reconnaissaient, et bientôt le plaisir les envahit, tel un courant indomptable.

— Jouis, maintenant…, chuchota-t-il contre sa bouche.

Chapitre 5

Casimir souleva les paupières et réalisa qu'il était étendu sur le ventre, en travers du lit.

Tournant la tête, il aperçut Rudolpho qui le contemplait d'un air impassible, un plateau entre les mains.

— Quelle heure est-il ? murmura Casimir en remontant un peu le drap sur ses reins.

— 11 heures, Majesté.

Quoi ? Il avait rendez-vous avec Augustus et Moriana à 10 heures, dans la capitale. Et la veille au soir il avait oublié de demander à Rudolpho d'annuler ledit rendez-vous.

— J'avais rendez…

— Il a été repoussé.

— À quelle heure ?

— 14 heures. J'ai pris la liberté de décider que vous aviez besoin de repos. J'ai des yeux et des oreilles, Majesté, et suis habitué à devancer les besoins d'autrui, même quand ils ne sont pas exprimés.

— Vous avez certes l'esprit d'initiative, acquiesça Casimir avec une pointe d'humour.

Se redressant, il descendit du lit et se dirigea vers la salle de bains, pendant que le conseiller allait déposer le plateau sur la table placée à côté de la fenêtre, puis tirait les rideaux.

— La presse a-t-elle publié l'hommage que j'ai rendu à mon père ?

— Oui. Et les médias le repassent en boucle. Ils en veulent davantage.

— Organisez une conférence de presse pour lundi midi. Ils ne seront pas déçus : je cède le duché de Claudia à Sophia.

Le conseiller ne fit aucun commentaire. Ce qui n'était pas bon signe.

— C'est… votre façon de l'intégrer à la famille royale, répliqua-t-il enfin, immobile devant la fenêtre.

— Et j'épouse Anastasia Douglas.

À ces mots, le conseiller blêmit.

— Quand ?

— Après les obsèques. Et après le couronnement. Lorsque j'aurai reconnu officiellement Sophia comme ma fille. Cela me paraît logique, comme processus.

— Logique…

Rudolpho jeta un regard en biais en direction du lit qui ressemblait davantage à un champ de bataille qu'à une couche royale.

— La logique a-t-elle quelque chose à faire dans tout ceci ?

Probablement pas. Mais après la nuit passée avec Ana, Casimir se sentait bien dans sa peau pour la première fois depuis une éternité.

— Vous avez l'air sceptique.

Rudolpho se fendit d'un sourire crispé.

— C'est mon rôle, Majesté. Et Moriana d'Arun ? Vous vous êtes engagé vis-à-vis d'elle.

— Moriana n'était pas pressée de m'épouser.

— Mais elle souhaite néanmoins se marier un jour. Et elle a été promise à un futur roi.

— Elle peut épouser un autre monarque. Theodosius de Liesendaach.

Rudolpho haussa les sourcils avec stupeur.

— Ce bon à rien ?

— C'est un genre qu'il se donne et qu'il cultive avec soin, alors qu'en réalité Theo est un homme sur qui l'on peut compter.

De toute évidence, Rudolpho ne le crut pas une seconde. Peu importait. Ce n'était pas lui qu'il fallait convaincre mais Moriana.

— Concentrons-nous sur des problèmes plus immédiats, poursuivit Casimir. Je veux que le nom et la photo de Sophia apparaissent le moins possible dans les médias. Elle est aussi innocente que l'était Claudia et doit être protégée.

— C'est le message que vous désirez faire passer ?

— Oui. Les comparaisons avec ma sœur seront inévitables : servez-vous-en.

— Et la maîtresse qui vous a caché l'existence de votre fille durant toutes ces années ? La femme que vous envisagez d'épouser ? Comment souhaitez-vous que nous présentions cela ?

— Nous dirons la vérité. Elle ignorait qui j'étais parce que je ne l'en avais pas informée. Nous avons passé une semaine ensemble. Je l'ai quittée pour retrouver Byzenmaach et mes obligations. Je l'ai fait rechercher récemment sur un coup de tête, nous sommes tombés amoureux et avons hâte de nous marier.

— C'est vraiment le message que vous voulez faire passer ?

Casimir dévisagea son conseiller.

— Il ne vous plaît pas ?

— Là n'est pas la question. Mais je trouve…

— Vous trouvez cela stupide, l'interrompit la voix d'Ana.

Se retournant, Casimir la découvrit, immobile sur le seuil de la chambre. Vêtue d'un pantalon gris perle et d'un T-shirt blanc décolleté en V, elle affichait un air détaché. Son maquillage était parfait, ses cheveux rassemblés en chignon souple sur la nuque.

— T'épouser est pour moi le meilleur moyen de t'éviter les calomnies, dit-il.

— Que représentent quelques calomnies pour la maîtresse intéressée d'un roi ? Je m'y habituerai. Et qui sait ? Je pourrais même tourner la chose à mon avantage.

Elle redressa le menton.

— Je ne t'épouserai pas, ajouta-t-elle d'un ton ferme.

— Je peux savoir pourquoi ?

— Parce que tu ne m'as pas demandé mon avis !

S'ensuivit une tirade véhémente exprimée dans une langue qu'il ne connaissait pas, mais dont il devina le sens.

Après s'être effacée pour laisser passer le conseiller, Ana le suivit.

— Je ne t'épouserai pas ! répéta-t-elle avant de disparaître.

— Déjeuner à midi sur la terrasse ! lui cria Casimir.

La terrasse choisie par Casimir pour le rendez-vous surplombait un jardin clos où quantité d'arbres fruitiers plantés en espalier côtoyaient des parterres de fleurs multicolores, conférant une note de gaieté et de fantaisie à l'ensemble.

Au-delà des murs de pierre, Ana aperçut les écuries et, en arrière-plan, un col étroit qui s'enfonçait dans la montagne. Hormis quelques bâtiments destinés au bétail disséminés çà et là, il n'y avait aucune habitation alentour. La forteresse de Casimir jouissait d'un isolement total et dégageait une impression de rudesse en dépit du luxe des aménagements intérieurs.

Dans le jardin, Sophia bavardait avec Lor qui cueillait des herbes aromatiques et des légumes, en compagnie de Jelly. La chienne les avait suivies en laissant ses chiots, songea Ana. Sans doute les savait-elle en sécurité à la cuisine.

Il était presque midi et, arrivée en avance, elle attendait Casimir depuis déjà dix minutes lorsqu'il apparut soudain à côté d'elle. Midi moins deux. Elle ne pouvait pas lui reprocher d'être en retard.

— Je me demande comment tu supportes cet isolement, dit-elle en guise de salut.

— Qu'est-ce que *tu* ne supportes pas, au juste ? répliqua-t-il en haussant un sourcil.

— Le fait de ne pas pouvoir m'en aller si j'en ai envie.

— Il faut une journée entière pour traverser la montagne à cheval en empruntant le col et parvenir au village qui se trouve de l'autre côté, mais c'est faisable. Et à peine une demi-heure d'hélicoptère pour rejoindre la capitale.

— À condition de savoir piloter ce genre d'engin ou de monter à cheval.

— Exactement.

Il portait un pantalon noir et une chemise blanche ouverte à l'encolure, et des lunettes de soleil. Sa version de la tenue décontractée, sans doute. Il exhalait en outre de délicieux effluves de bergamote et de lavande, rehaussées d'une note boisée plus sensuelle.

— Tu avais disparu, lorsque je me suis réveillé ce matin.

— Je n'étais plus dans ton lit parce que Lor était venue me chercher, Sophia s'étant réveillée et se demandant où j'étais passée.

Lor n'avait semblé ni surprise ni choquée en la trouvant dans le lit de Casimir, alors qu'elle-même s'était sentie mortifiée.

— Tu as été embarrassée ?

— Oui, terriblement. Tu fais ressortir le pire en moi.

— Et le meilleur. En revanche, je ne sais pas ce que tu fais ressortir en moi. Le désir de mener une vie plus tranquille, peut-être. Rudolpho pense que j'ai perdu l'esprit.

— Tu devrais probablement considérer cela comme un avertissement. J'exerce une mauvaise influence sur toi.

— C'est possible. J'ai scandalisé Rudolpho, en tout cas.

— Il m'a l'air d'être un homme raisonnable. Tu devrais l'écouter.

— Il sert ma famille depuis quarante ans.

— Raison de plus pour tenir compte de son avis, avant de commettre une très grosse erreur.

— Ma proposition est sincère, Ana. Je désire vraiment t'épouser.

— Parce que cela t'arrange.

— Oui, ce serait commode. Byzenmaach n'a pas eu de première dame depuis très longtemps. Je pense qu'un changement en la matière serait le bienvenu.

— Et on leur a promis la princesse idéale en la personne de Moriana, si j'ai bien compris ?

— Si tu le décidais, poursuivit-il en ignorant sa question, tu serais parfaite pour le rôle. Envisage cela comme une nouvelle carrière.

— Non, merci. J'en ai déjà une. Alors, tu peux garder tes privilèges royaux !

— Tout n'est pas négatif, Ana. Être en mesure d'exercer de l'influence à grande échelle peut se révéler gratifiant. Tu pourras soutenir les causes qui te passionnent. Mettre en lumière des situations qui ont besoin d'être améliorées. Réfléchis-y pendant que nous déjeunons.

Sur ces mots, le déjeuner fut servi comme par magie. Ana aperçut une corbeille de pain, des plats de viande, un plateau de fromages, des pâtisseries et des fruits ; des serviettes de table en lin vert brodé de marguerites.

— Qui déjeune avec nous ? demanda-t-elle en remarquant que trois couverts avaient été posés

— Notre fille, répondit-il, l'air surpris. Elle ne prend pas ses repas avec toi, d'habitude ?

Ainsi, elle s'était fait des idées en s'imaginant qu'il désirait déjeuner avec elle en tête à tête. Sophia était la seule raison de sa propre présence en ces lieux.

— Si, bien sûr. Je vais la chercher…

Quand Ana s'approcha de Sophia, la fillette lui jeta un regard un peu méfiant. Elle avait passé une matinée fantastique, sans devoirs à faire pour l'école, s'occupant des animaux et « aidant » Lor à de menus travaux domestiques.

— C'est l'heure de déjeuner, ma chérie.

— Avec lui ?

— Oui, avec Casimir.

— Je crois qu'il ne m'aime pas, dit Sophia.

— Qu'est-ce qui te fait croire cela, ma chérie ?

Sa fille prit la main qu'elle lui tendait.

— Et si moi, je ne l'aime pas ?

— Attends un peu de mieux le connaître. Tu changeras peut-être d'avis…

Lorsqu'elles rejoignirent Casimir, il tira les chaises pour elles et s'installa en face d'elles deux.

Après l'avoir dévisagé d'un air solennel, Sophia déclara gravement :

— Maman dit que ton père est mort.

— Il est mort, en effet.

— Mort *pour de vrai*, ou mort comme toi ?

— Mort *pour de vrai*.

— Maman dit que je ressemble à ta sœur.

— Elle ne t'a pas menti.

— Où est-elle ?

— Elle est morte.

— Morte *pour de vrai*, ou morte comme toi ?

— Pour de vrai, dit Casimir, visiblement ému. Mais parlons plutôt de toi. Veux-tu devenir princesse ?

— Je resterais tout le temps enfermée dans la plus haute tour du château, gardée par un dragon qui crache du feu ? demanda Sophia en le regardant d'un air anxieux. Je devrais habiter ici ?

— De temps en temps.

— Maman ne veut pas rester ici.

— Je sais. Alors, nous devrions chercher un endroit où toi et ta maman aimeriez habiter. Et vous pourriez venir me voir ici quand tu aurais envie de t'entraîner à ton rôle de princesse. Et de voir Jelly Neuf, et Alberto le hibou grand duc.

— Alberto le *hibou grand duc* ? répéta Sophia en écarquillant les yeux.

— Tu ne l'as pas encore vu ? Il est arrivé ici quand il était tout petit et malade, et n'avait pas encore appris à avoir peur des humains. Tomas, le fauconnier du château, l'a soigné et élevé. Et maintenant il l'utilise pour l'aider à s'occuper des autres oiseaux blessés qui arrivent ici terrifiés. Il est grand, très grand, il a de gros yeux rouge orangé, et des aigrettes qui ressemblent à des oreilles et qu'il peut replier en arrière ou dresser quand il est dérangé.

— Il vient, quand on l'appelle ?

— Oui. C'est ça que j'aime, avec les oiseaux. Mais il dort, en ce moment, et je ne voudrais pas le réveiller. On pourra peut-être l'appeler ce soir et lui donner à manger.

— Je le connais, Tomas, répliqua Sophia. Il sera là ? Il ne m'aime pas.

— Ah ? fit Casimir en dévisageant sa fille avec calme. Comment le sais-tu ?

— Lor m'a emmenée voir les faucons dans la grande cage et quand Tomas m'a vue j'ai cru qu'il allait pleurer. Après, il ne m'a plus regardée et il est parti sans me dire au revoir. Tous les autres me disent bonjour et au revoir, ici.

— Je vois…

— Alors, il ne m'aime pas.

— Je ne crois pas que ce soit la raison de son attitude.

Sophia attendit d'autres explications, mais Casimir n'était manifestement pas prêt à en donner pour l'instant.

— Mange, maintenant, dit-il gentiment à Sophia en lui désignant son assiette.

Le repas se poursuivit tranquillement, Casimir et sa fille bavardant de toutes sortes de choses : des pays où ils étaient allés, de leurs plats préférés, des noms idéals pour chiots. Mais lorsqu'un papillon vint voleter au-dessus d'une pâtisserie et que Sophia tendit la main pour l'attirer, Casimir se leva d'un mouvement brusque et chassa le papillon qui s'envola vers le jardin.

Sophia lança un regard de reproche à son père.

— Désolé de t'avoir fait peur, murmura-t-il. Je dois… On m'attend pour travailler. Excusez-moi.

— Je t'en prie, dit Ana. Ça va ?

— J'ai vu un fantôme, lâcha-t-il.

Sophia le dévisagea en écarquillant les yeux.

— Pas un fantôme pour de vrai, corrigea-t-il à la hâte en lui faisant un clin d'œil. Nous n'en avons pas au château. Il n'y en a *jamais* eu. Ni de dragons.

— Amuse-toi bien ! lança Ana. Et merci encore pour le déjeuner !

Chapitre 6

En fin d'après-midi, Ana trouva Casimir dans la bibliothèque, occupé à trier des coupures de journaux et des photographies dont certaines étaient jaunies par le temps.

Dès qu'elle entra, il leva les yeux et lui sourit.

— Je ne te dérange pas ?

— Non, pas du tout. Et puis, il serait temps que je fasse une pause.

— C'est ce qu'a dit Lor, avant d'ajouter que si je prononçais le mot *börek*, tu cesserais aussitôt de travailler.

— Oui, ce sont des pâtisseries salées dont je suis particulièrement friand. Fourrées à la viande. Mais tu peux utiliser autre chose, du fromage, des épinards…

— Je vois… Le roi a des goûts tout simples…

— Détrompe-toi, ce mets n'a rien de simple, répliqua-t-il d'un ton malicieux.

Ana retrouvait l'homme qu'elle avait connu autrefois, l'être adorable, irrésistible.

— Lor a dit aussi qu'elle les sortirait du four dans dix minutes. Qu'est-ce que tu fais ?

— Je choisis la photo de ma sœur qui sera transmise à la presse demain. Et je jette un coup d'œil à ce qu'ils ont déjà pour anticiper sur ce qu'ils risquent d'écrire après avoir eu vent de l'existence de Sophia. Trouve-t-on des photos d'elle sur Internet ?

— Non.

— Tant mieux.

Ana se pencha pour regarder les clichés étalés sur la longue table en noyer. Quand elle avait fait des recherches en ligne sur Casimir, elle avait lu des articles relatant la mort de sa sœur et vu des photos de celle-ci, mais cela faisait déjà longtemps, à présent. Et puis, leur fille n'était pas encore née, à ce moment-là.

Soulevant une photo de la fillette, Ana fut frappée par la ressemblance avec Sophia.

— Je me souviens d'avoir lu quelque part que ton père avait refusé de négocier avec ses ravisseurs.

— En effet.

— Que désiraient-ils ?

— L'eau. Il y avait un projet de barrage, dans les montagnes. C'était une bonne idée pour l'époque mais, comme toujours, le projet a rencontré de l'opposition. Il aurait fallu déplacer des villages, faire des études environnementales, négocier les droits de distribution d'eau avec les tribus du Nord — des gens fiers et farouches qui n'ont jamais supporté la domination de mon père. Il les avait rencontrés, pour tenter de les calmer.

Il s'interrompit, une moue ironique aux lèvres.

— C'est du moins ce qu'il disait. Il a invité leur chef au palais afin de poursuivre les discussions. Je me souviens de l'avoir rencontré.

— Comment était-il ? demanda doucement Ana.

— Gentil, répondit Casimir avec un effort visible. Pourtant un jour mon père s'est fâché avec cet homme et a refusé tout droit d'accès à l'eau aux tribus du Nord. Les négociations se sont arrêtées. Les pétitions envoyées par ces tribus sont restées lettre morte. Les conseillers de mon père ont tenté d'infléchir son attitude, de l'adoucir, mais en vain. Mon père était un homme orgueilleux et rigide. Personne n'avait d'emprise sur lui. Certains ne se sont pas privés de dire qu'il était responsable de ce qui s'était passé par la suite.

— Que s'est-il passé ?

— Les tribus du Nord ont voulu forcer mon père à se rendre compte de l'injustice dont ils étaient victimes. Mais ceux qui sont venus nous enlever, ma sœur et moi, ont commis une erreur. Ils n'ont pris que Claudia.

— Pourquoi ?

— Parce qu'ils ne m'ont pas trouvé, tout bêtement. Ayant un allié sur place, un garde du palais, ils avaient choisi le moment d'intervenir avec soin. Nous étions autorisés à jouer dans le labyrinthe de buis durant l'heure précédant le dîner, toujours servi au crépuscule. Les kidnappeurs s'attendaient à nous trouver tous les deux. Malheureusement pour eux, j'étais allé chercher un bocal pour y mettre une libellule attrapée par Claudia, qui voulait la montrer à Tomas avant de lui rendre sa liberté. C'était une petite fille très douce, ma sœur. Elle avait sept ans et moi dix, je n'aurais jamais dû la laisser seule.

— Personne n'a dit que c'était ta faute, j'espère ? Et les autres gardes du palais, où étaient-ils ?

— Plusieurs étaient dans le coup, en fait, et ils s'étaient arrangés pour que les autres soient appelés ailleurs.

Ana le regarda en silence, le cœur serré.

— La première demande de rançon est arrivée quelques heures plus tard : libre accès à l'eau pour les tribus du Nord en échange de la libération de ma sœur. Mon père a refusé. La suivante était accompagnée d'une mèche de cheveux de Claudia. Ils proposaient de la rendre en échange du roi — espérant ainsi le forcer à négocier. Il a refusé. La robe de Claudia était jointe à la troisième demande, laquelle demandait que je leur sois livré en échange de ma sœur. Mon père a éclaté de rire et refusé encore une fois.

— Tu étais présent ?

— Oui, répondit-il, le regard sombre. J'ai vu mon père refuser *toute* tentative de négociation.

— Tu avais dix ans, Casimir. Il ne peut pas t'avoir demandé de participer à…

— Détrompe-toi, l'interrompit-il avec un sourire amer. Mon père était partisan de l'apprentissage par l'exemple.

— Et qu'as-tu appris ?

— À ne jamais devenir comme lui. Il s'est évertué à me modeler à son image, mais j'ai résisté et sauvegardé mon indépendance d'esprit. À sa place, j'aurais échangé les droits d'accès à l'eau contre Claudia sans la moindre hésitation. J'aurais négocié.

Il se leva, la tête toujours penchée au-dessus des photos. Mais il ne les voyait probablement plus.

— Et ta mère ? Qu'a-t-elle pensé ?

— Je ne le saurai jamais. Elle s'est enfermée dans ses appartements le jour où la mèche de cheveux de Claudia nous est parvenue et n'en est ressortie que six mois plus tard, l'esprit embrouillé et accro aux antidépresseurs.

Ana essaya de se mettre à la place de la pauvre femme mais n'y parvint pas. Sa petite fille avait disparu, mais il lui restait un enfant, qui souffrait lui aussi et qui était désormais à la merci de son impitoyable père.

— Elle n'était pas très forte, reprit Casimir avec calme. Mais je l'aimais énormément.

Comment le consoler ? Il repousserait tout geste de tendresse, pressentit-elle.

— J'ai attendu longtemps le jour d'accéder à la Couronne, Ana. Je désire offrir un avenir brillant et prospère à tous les enfants de Byzenmaach et je suis prêt à négocier avec les ravisseurs de ma sœur s'il le faut. De la même façon que je suis prêt à reconnaître mes torts envers toi. Il n'y a pas de mal à vouloir réparer ses erreurs.

Ana le contempla un instant en silence, admirant sa force et son courage. Tout en mesurant combien il était seul.

— À mon avis, tu devrais choisir ces trois photos pour la presse, dit-elle en pointant le doigt vers celles-ci, déjà mises de côté avec d'autres. Ensuite, je te propose de m'aider à mettre les *böreks* que tu aimes tant dans un panier de pique-nique et de m'emmener dans la montagne. Je veux m'asseoir sur un rocher et contempler la vue pendant que tu me parles de la beauté de cet endroit perdu au bout du monde.

Après l'avoir dévisagée d'un air surpris, il répliqua tranquillement :

— Tu as de quoi t'équiper pour une randonnée ?

— J'ai des baskets et un jean, ça fera l'affaire.

Deux heures plus tard, après un trajet en hélicoptère suivi d'une ascension difficile mais exaltante, Ana s'assit sur une grande pierre plate pour reprendre son souffle, tandis que deux faucons traversaient le ciel bleu en battant des ailes.

Une bonne moitié de ses cheveux s'étaient échappés de la queue-de-cheval et lui tombaient sur le visage, elle avait mal aux mollets à force d'avoir grimpé, mais cela en valait la peine.

Non seulement le panorama était grandiose, mais Casimir souriait.

Les derniers cent mètres avaient été particulièrement difficiles : lui grimpait sans la moindre difficulté, mais Ana avait peiné à le suivre. Jusqu'à ce qu'enfin il se retourne et lui tende la main pour l'aider.

L'hélicoptère avait atterri sur une plate-forme rocheuse, quelque cent mètres en contrebas, et les attendait sagement.

Fermant les yeux, Ana respira les parfums des fleurs sauvages et refit sa queue-de-cheval. Quand elle les rouvrit, elle surprit le regard de Casimir posé sur elle.

— Cela aurait peut-être été un peu plus facile avec une tenue plus adéquate, reconnut-elle de bonne grâce.

Ils étaient seuls, les agents de sécurité étant montés avant eux pour s'assurer que le coin était désert avant de se volatiliser comme par enchantement. Casimir avait piloté lui-même, bien sûr, portant lunettes et blouson d'aviateur, pantalon kaki et boots de randonnée tout, terrain.

— Où sommes-nous, exactement ? demanda-t-elle.

— À la Passe du Fauconnier, nommée ainsi pour des raisons évidentes. Nous nous trouvons dans un site du Patrimoine mondial. Il y a toutes sortes d'espèces d'oiseaux en voie de disparition, ici. Et des tours de guet.

Il pointa le doigt en direction de l'autre extrémité de la passe.

— Il y en a une là-bas, et une autre là, sur le flanc de cette montagne, tu les vois ?

— Oui ! répondit-elle en s'abritant les yeux de la main. Tu veux un *börek* ? Je meurs de faim… et je l'ai bien mérité !

Un léger sourire aux lèvres, il fit glisser le sac à dos de ses épaules et s'assit à côté d'elle avant de déposer le pique-nique sur le rocher. Puis il sortit un petit livre relié de cuir.

— Tu as emporté un livre ? fit Ana avant de mordre dans un *börek* fort appétissant.

— C'est l'histoire d'un héros qui s'appelle Pechorin, répondit-il en lui tendant l'ouvrage. Je veux l'entendre en russe.

— Mais c'est une traduction anglaise, dit-elle en feuilletant le livre. Et tu ne parles pas le russe.

— Cela ne t'a jamais arrêtée, murmura-t-il. T'écouter traduire est très apaisant, je ne sais pas pourquoi.

— Qu'est-ce que tu lui trouves de si intéressant, à cette histoire ? demanda-t-elle après avoir terminé le délicieux feuilleté à la viande.

— Je n'en sais rien. Je ne l'ai jamais lue.

Il prit à son tour un *börek* qu'il dévora en un clin d'œil.

— Tu as plus d'appétit que ce midi, fit-elle remarquer en haussant un sourcil moqueur.

Voyant qu'il restait silencieux, elle enchaîna :

— Merci d'avoir passé du temps avec Sophia aujourd'hui. Elle se pose des tas de questions à ton sujet. Pour l'instant, elle te voit comme un être un peu distant.

— Ce n'est pas l'image que je désire lui donner de moi, lâcha-t-il, le regard perdu au loin. Je préférerais qu'elle voie quelqu'un qui se soucie de son bien-être et fait tout pour la rendre heureuse.

— Et l'amour ? Voudrais-tu qu'elle voie l'amour que tu éprouves pour elle ?

Il s'éclaircit la gorge.

— À supposer que je sache montrer ce genre de chose.

— Laisse faire le temps, répliqua-t-elle d'un ton léger. Il te réserve peut-être des surprises.

— Tu l'as aimée dès le début ?

Ana hocha la tête en silence et battit des cils pour refouler les larmes qui lui montaient soudain aux yeux.

— Y a-t-il eu un moment où tu ne l'as pas désirée ? poursuivit-il en tournant la tête vers elle.

— Tu poses beaucoup de questions, Casimir !

Au lieu d'insister, il désigna le livre.

— Tu veux bien me le lire en russe ? En souvenir du bon vieux temps ?

Quand Ana eut pris l'ouvrage, Casimir s'installa de nouveau à côté d'elle en posant la tête sur le sac à dos.

Elle ouvrit le livre et commença à lire l'histoire d'un homme entreprenant un long voyage. Dix pages plus loin, elle se lança dans une tout autre histoire, connue d'elle seule, et qui était la réponse aux questions de Casimir.

— J'ai découvert que j'étais enceinte six semaines après ton départ… J'avais dix-neuf ans, mon amant m'avait quittée et je portais son enfant. Tous mes projets d'études se retrouvaient ruinés. Je ne pouvais m'arrêter de pleurer et je pensais tout le temps à ce que nous avions partagé, toi et moi. Je n'avais jamais éprouvé de sentiments aussi puissants envers quiconque. Ils… m'étourdissaient, m'aveuglaient.

Ana tourna la page et lut les deux premières lignes de la suivante, avant de repasser à sa propre histoire.

— J'ai essayé de nier qu'un enfant grandissait dans mon ventre. Peut-être qu'il s'en irait de la même façon que tu étais parti… Et alors je retrouverais le sourire, je serais soulagée et je pourrais faire comme si je ne regrettais rien. Ça n'a pas fonctionné. Ma grossesse a continué. À quatre mois, j'ai pris rendez-vous chez une gynécologue pour me faire suivre comme il le fallait. À cinq, j'ai annoncé à mes parents que j'étais enceinte. Mais sans jamais mentionner ton nom. J'ai traversé des sacrés moments de solitude, je t'assure. Personne à qui confier mon chagrin. Tu sais ce que c'est, je crois. Peut-être même encore plus que moi.

Le sentant remuer légèrement, elle s'interrompit.

— Continue, dit-il doucement.

— J'étais enceinte de neuf mois lorsque j'ai vu ta photo dans un journal et appris qui tu étais. Je passais le week-end chez mes parents, j'étais près d'accoucher et je refusais toujours de leur dire qui était le père. Je me suis enfermée dans la salle de bains et j'ai pleuré toutes les larmes de mon corps parce que j'avais compris que tu ne reviendrais jamais.

Elle s'interrompit de nouveau et battit des cils.

— Continue, murmura-t-il.

Tournant une nouvelle page, Ana ferma les yeux.

— Ç'a été la chose la plus difficile et la plus douloureuse que j'aie jamais eu à faire : t'oublier. Renoncer à mes fantasmes de famille heureuse. Tu n'étais pas là à la naissance de notre fille. L'accouchement a été difficile, mais quand j'ai vu mon bébé, ma fille… Elle était si belle que je suis retombée amoureuse, d'une façon toute différente. Et j'ai remercié la vie de me l'avoir donnée et de t'avoir rencontré.

Casimir lui caressa les cheveux, comme pour l'inciter à continuer.

— Je me suis réveillée. J'ai repris mes études et accepté l'aide que m'offraient mes parents. Je me suis construit une nouvelle existence et me suis juré de ne jamais regretter ce que j'avais vécu avec toi. J'aimerais de nouveau, je m'en sentais capable. Mais ce n'était jamais aussi bien avec les quelques hommes que j'ai connus par la suite. Et puis tu es revenu et tu m'as offert un véritable conte de fées alors que je ne désirais qu'une chose : ton amour. Tu es un amant fabuleux, mais tu ne m'as jamais aimée.

Au moment où elle s'apprêtait à tourner à nouveau la page, Casimir saisit le livre et le referma avant de le laisser tomber dans l'herbe, puis de l'embrasser avec passion.

Ce baiser avait un goût de sel, de larmes, songea Ana tandis que Casimir continuait de dévorer sa bouche, presque avec désespoir.

— Nous allons devoir rentrer, murmura-t-il sans rouvrir les yeux. La nuit tombera bientôt.

— Oui, il vaut mieux, chuchota Ana. Sinon, une armée d'agents de sécurité va se lancer à notre recherche…

— Vous êtes différent, en présence d'Anastasia Douglas, fit soudain remarquer Rudolpho. Plus détendu, moins soucieux.

Après s'être excusé auprès d'Ana, Casimir s'était éclipsé dès leur retour pour aller rejoindre le conseiller afin de régler quelques problèmes importants et urgents.

— Oui, cela m'arrive.

— Pourquoi ?

— Je ne sais pas. Elle a toujours eu cet effet sur moi.

Rudolpho continuait de le regarder, l'air indéchiffrable.

— Ana possède un sens de l'humour et une force à toute épreuve, poursuivit Casimir. Cela m'aide sans doute à supporter le poids des responsabilités qui m'incombent. Et sa franchise me fait un bien fou. Quand je suis avec elle, je peux lâcher prise, me laisser aller. Comment qualifieriez-vous cela ?

— Je dirais que c'est un cadeau.

— Je me suis conduit en lâche avec elle, autrefois.

— Ce qui me pousse à croire que vous ne recommencerez pas.

— C'est tout ce que vous avez à me donner comme conseil ?

— Je ne suis pas le responsable du courrier du cœur de la gazette royale. D'autant que celle-ci n'existe pas.

Casimir ne put retenir un sourire, ravi de voir Rudolpho suivre *son* conseil à la lettre et s'exprimer aussi librement devant lui.

À 20 heures, le conseiller prit congé. À 23 heures, Casimir était épuisé. Il travaillait trop. Pourquoi s'évertuer à peaufiner son discours officiel alors qu'il n'avait qu'à dire ce qu'il avait à dire, à laisser venir les mots ?

Regagnant sa suite, il se déshabilla rapidement et se dirigea vers la double porte. Un bain lui ferait le plus grand bien.

Il ne s'était pas vraiment attendu à trouver Ana chez lui. Après avoir partagé son lit la veille, elle avait refusé sa demande en mariage le matin suivant. Puis l'avait bouleversé en lui racontant son histoire.

Parce qu'il parlait russe, à présent. Pas couramment, et avec un accent prononcé, mais il avait compris chaque mot prononcé par Ana. Et désormais il savait ce qu'elle attendait de la vie : de *l'amour*.

Elle désirait aimer et être aimée comme elle le méritait.

Or lui avait passé tant d'années à verrouiller son cœur et ses pensées, afin de ne pas sombrer dans le chagrin et le désespoir, qu'il s'était enfermé dans sa solitude et ne savait plus comment en sortir.

Chapitre 7

Incapable de trouver le sommeil, Ana s'était levée et était sortie sur le balcon après avoir enfilé un simple peignoir. Durant un long moment, elle avait contemplé le ciel violet constellé d'étoiles, jusqu'à ce que les souvenirs brûlants de la nuit passée perdent un peu de leur vivacité.

Mais Casimir continuait d'occuper ses pensées. L'homme, pas le roi. À vrai dire, Ana ne parvenait toujours pas à se sortir de la tête cette demande en mariage stupide. Autrefois, elle aurait accepté avec joie. Pourquoi refuser maintenant ? Elle aurait pu refouler doutes et hésitations, et envisager de vivre aux côtés d'un roi. D'être sa reine. De cette façon, elle participerait pleinement à l'éducation et à la vie de leur fille.

Accorde-moi deux semaines de ton temps, avait-il dit en venant les chercher à Genève. Et à présent il lui proposait de l'épouser. Et il ne s'agirait pas d'un mariage blanc.

Il lui demandait de renoncer à son ancienne existence pour de bon. D'apprendre à devenir une autre. Peut-être finirait-elle par y arriver ? À condition d'oublier tout fantasme d'amour réciproque.

L'air frais la fit frissonner tandis qu'elle se dirigeait vers les thermes. Elle songea à l'homme qui avait hanté ses rêves nuit et jour pendant tant d'années. L'amant merveilleux auquel elle avait été incapable de résister, la nuit passée.

Car, il avait beau ne pas l'aimer, elle le désirait avec la même passion qu'autrefois.

Lorsqu'elle poussa la porte, Ana le découvrit étendu dans le grand bassin peu profond, la tête appuyée contre le rebord et les bras en croix. Ne s'attendant pas à le trouver là, elle s'arrêta, fascinée par la vision qui s'offrait à ses yeux.

Lentement, il redressa la tête et la dévisagea en silence tandis qu'elle s'asseyait au bord du bassin et glissait un pied puis l'autre dans l'eau chaude et bienfaisante. Mais c'était le regard de Casimir qui la consumait. Elle le sentait sur sa peau, ses seins…

Elle se noua les cheveux sur le dessus de la tête, sans se soucier du fait que le chignon improvisé ne tiendrait pas longtemps en place.

— Comment vas-tu ? murmura-t-elle.

— Après avoir déjeuné avec une fille que je ne comprends pas, j'ai fâché une princesse que j'étais supposé épouser, déçu le frère de celle-ci, qui est par ailleurs un ami de toujours et un souverain voisin, et rompu une promesse faite à mon père.

Il ferma les yeux.

— Et maintenant, te voici…

— Tu as dit à Moriana que tu ne désirais plus l'épouser ?

— Oui.

— À cause de moi ?

— Oui, répondit-il en rouvrant les yeux. La nuit dernière je t'ai choisie. C'est toi que je désire épouser.

— Parce que c'est commode ! riposta-t-elle.

— Plus commode que toute autre union que je pourrais envisager, c'est vrai. Notre mariage réparerait mes torts envers toi et te permettrait de faire partie intégrante de la vie de Sophia. Cela ne te suffit pas ?

— Tu m'offres la moitié du conte de fées, en quelque sorte.

— Ce n'est pas réel, les contes de fées, murmura-t-il.

— En quoi consisterait mon rôle, si je t'épousais ?

— Nous aurions d'autres enfants ? Cela te poserait un problème ?

— Non.

Elle avait toujours désiré avoir plusieurs enfants, et Sophia rêvait d'avoir un frère ou une sœur. Ou les deux.

— Je pourrais continuer à travailler ?

— Pourquoi souhaiterais-tu poursuivre ta carrière ?

— J'ai travaillé dur pour la construire. J'en suis fière, cela fait partie de mon identité. Sans elle, je me sentirais... diminuée.

— Tu pourrais peut-être mettre tes talents au service de ton nouveau statut, ton nouveau rôle ?

— Je pourrais peut-être aussi avoir envie de m'échapper du palais et de ma vie privilégiée de temps en temps. Redevenir moi au lieu d'être liée par des devoirs royaux.

— Enfin un argument que je peux comprendre, murmura-t-il. Tu pourrais toujours essayer de naviguer entre les deux univers et trouver un équilibre. Je n'aurais rien contre.

— Tu crois cela impossible ?

— J'ai réussi à m'échapper de cette vie et de mes obligations une seule fois en trente ans : quand je t'ai rencontrée.

Une lueur fauve éclaira son regard avant de s'éteindre.

— S'il existe un moyen de concilier mes devoirs royaux et une vie d'homme libre et indépendant, je ne l'ai pas encore découvert. Avec certaines personnes, je peux ressembler à peu près à un simple être humain. Peut-être trouveras-tu dans ta nouvelle vie un équilibre qui ne dépende pas de ton travail mais des gens que tu rencontreras. Je ne vois aucune objection à ce que tu continues à exercer ton activité et à ce que tu fasses venir ta famille, tes amis, tes collègues. Crée-toi un univers qui te convienne, Ana. Tu en as la force.

Il s'interrompit un bref instant avant d'ajouter :

— Tes compétences linguistiques pourraient m'être très précieuses. Et ta capacité d'écoute serait un atout.

Ana demeura silencieuse. Les perspectives qu'il lui faisait miroiter n'étaient pas désagréables. Il y avait pire, comme existence.

— Sophia s'opposerait-elle à notre mariage ? demanda-t-il. Est-ce à cause d'elle que tu t'y refuses ?

— Non, je ne pense pas qu'elle serait contre.

Il se leva et s'approcha d'elle, des gouttelettes scintillant sur sa peau hâlée, ses solides épaules, son torse, son ventre…

Lentement, il dénoua la ceinture du peignoir ; Ana sentit les grandes mains chaudes se refermer sur sa taille.

— Épouse-moi.

Les doigts experts descendirent sur sa peau nue, l'empêchant de se concentrer.

— Non. Parce que tu ne m'aimes pas.

Cette fois, le *non* avait été plus difficile à prononcer.

— Jamais personne ne m'avait regardé comme tu l'as fait, murmura-t-il. Avec toi, j'étais un homme, rien qu'un homme.

— De mon côté, je t'ai laissé pénétrer dans ma vie, mon univers. Je me suis donnée à toi tout entière, chuchota-t-elle, et tu m'as brisé le cœur.

— Pas cette fois-ci. Il n'y a plus de secrets entre nous, dorénavant.

Puis il pencha la tête et l'embrassa avec fougue, avant de l'entraîner dans la chambre royale où il la fit allonger sur le lit avant de reprendre ses caresses.

— Tu es à moi, chuchota-t-il.

Il n'avait pas dit : *je t'aime*.

— Non, je ne t'appartiens pas, répliqua Ana.

D'un puissant coup de reins, il la pénétra, puis répéta :

— Tu es à moi, Ana.

Ana eut l'impression de sombrer, de s'envoler, tandis qu'il accélérait le rythme. Ils n'avaient plus besoin de mots, désormais. Leurs corps s'exprimaient dans un langage connu d'eux seuls.

Casimir s'offrit tout entier et elle l'accepta. Parce qu'elle ne désirait plus qu'une chose : être avec lui.

Quand Ana avait insisté pour regagner sa suite, Casimir avait fini par comprendre qu'elle tenait à se trouver à proximité de Sophia au moment du réveil de celle-ci.

Mais leur fille s'était levée à l'aube et se trouvait déjà à la cuisine, avec Lor, Jelly et les chiots. Si bien que lorsqu'il entra dans la chambre d'Ana, celle-ci dormait d'un profond sommeil.

— Debout…, murmura-t-il en lui secouant doucement l'épaule. Tu m'as fait promettre de te réveiller avant de partir…

Ana repoussa la couette et se redressa sur son séant.

— Oh mon Dieu, la conférence de presse !

Casimir contempla les longs cheveux répandus sur les épaules rondes et les seins haut perchés, les belles lèvres gonflées par les baisers…

— Comment fais-tu pour avoir l'air aussi frais et dispos le matin ? demanda-t-elle en haussant les sourcils.

— J'ai dormi quatre heures, ce qui ne m'était pas arrivé depuis longtemps, j'ai pris une douche… et je pars pour la capitale dans une demi-heure. Alors si tu veux m'accompagner…

Cette fois, elle bondit du lit et se précipita vers la salle de bains, entièrement nue. Seigneur, ne pas la suivre équivalait à un véritable supplice !

— Je dois assister à la conférence incognito ? demanda-t-elle sans se retourner.

— Tu ne seras pas dans la salle. Tout sera filmé, tu pourras la regarder en direct.

— Ce n'est pas pareil, répliqua-t-elle en se retournant. Je ne veux pas seulement me concentrer sur toi mais aussi sur les journalistes. Voir les échanges de regards, entendre les murmures. Fais-moi entrer en tant qu'interprète travaillant pour le compte d'une agence bidon. Je prendrai des notes !

Casimir la regarda, amusé malgré lui.

— Tu comptes confier Sophia à Lor, je suppose ?

— Pardon ?

— Tu ne voudrais tout de même pas l'emmener avec toi ?

— Il n'y a pas une pièce où je pourrais la laisser ? Avec des agents de sécurité, bien sûr.

— Non, tu peux m'accompagner, mais Sophia reste ici. Avec Lor.

— Pourquoi ? insista Ana en fronçant les sourcils.

— Parce qu'elle pourrait être vue en train de descendre de l'hélicoptère et qu'un journaliste risquerait de la photographier.

— Et alors ?

— Je ne veux pas la présenter officiellement. Pas encore. Les photos qui feront la une des journaux de demain ont été choisies par moi et le chef des relations publiques du palais. Je sais ce que je veux voir en première page, Ana. Et Sophia doit rester ici.

Elle redressa le menton d'un air rebelle, mais retint manifestement la riposte qui lui venait aux lèvres.

— Mets le pantalon noir et le chemisier blanc que tu portais l'autre jour, ce sera parfait.

— Je n'ai pas emporté grand-chose d'autre, de toute façon. Ni pour moi ni pour Sophia. En plus, je sais quoi porter à Genève, mais ici…

— Je demanderai à Moriana de t'emmener faire les boutiques. Elle sera une excellente conseillère.

— Moriana ? Tu veux dire la princesse que tu devais épouser ? demanda-t-elle, l'air suffoqué.

— Elle-même.

— Tu parles sérieusement ? Elle doit m'en vouloir, non ?

— Ne t'inquiète pas pour Moriana. Elle n'a pas vraiment passé sa vie à m'attendre : elle est diplômée en sciences politiques et en arts plastiques, et elle s'occupe de divers organismes caritatifs. Entre autres.

— Tu es certain qu'elle n'est pas amoureuse de toi ?

— Absolument, rétorqua Casimir avec un demi-sourire. C'est difficile à croire, je sais, vu que je suis irrésistible…

Au lieu de sourire ou de répliquer avec humour, elle plissa le front, l'air franchement inquiet.

— Tu te sens nerveuse ? À cause des déclarations que je m'apprête à faire ?

— Oui. Pas toi ?

— Je suis bien préparé.

— Ils vont te poser des tas de questions…

— Je suis prêt à répondre à *toutes* les questions.

— Eh bien, je te souhaite bonne chance !

— De ton côté, tu resteras au fond de la salle avec deux agents de sécurité. Et quand ils te diront qu'il est temps de partir, tu les suivras sans protester. D'accord ?

— J'ai le choix ?

— Non. Et j'ai besoin que tu me donnes ta parole, sinon je ne t'emmène pas.

— Tu es toujours aussi paranoïaque ?

— Toujours. Et j'ai de bonnes raisons de l'être.

Elle détourna les yeux.

— Je te donne ma parole.

— Décollage dans vingt minutes, répliqua Casimir avant de quitter la pièce.

Le palais était beaucoup plus majestueux que la forteresse et d'un style plus sophistiqué. Des flèches se découpaient fièrement dans le ciel et des galeries couvertes entouraient l'immense cour centrale. À leur arrivée, hormis un ou deux regards curieux dans sa direction, personne ne fit attention à elle, remarqua Ana.

Casimir la fit entrer devant lui dans un bureau où Rudolpho les attendait, tandis que les agents de sécurité restaient à l'extérieur.

— Voici la liste des journalistes, des cameramen et autres techniciens qui seront présents à la conférence de presse, dit le conseiller en tendant un dossier à Casimir.

Il était à peine 9 heures et la conférence n'aurait lieu qu'à midi. Allait-elle devoir se fondre dans le décor pendant trois heures ?

— Si vous le souhaitez, je peux demander que l'on vous fasse visiter le palais, reprit Rudolpho à l'adresse d'Ana.

— Peut-être tout à l'heure, dit-elle. Ne faites pas attention à moi, je vais me plonger dans l'étude de…

Elle s'avança vers la bibliothèque recouvrant tout un mur, derrière le bureau massif.

— … la politique monétaire internationale, acheva-t-elle en tendant la main vers un ouvrage.

— Je me charge de lui faire visiter le palais moi-même, intervint Casimir. Rudolpho, voyez-vous une personne qui serait capable de faire office de conseiller vestimentaire pour Ana et Sophia ?

— Non, répondit le conseiller d'un ton catégorique.

Casimir le regarda en plissant le front.

— Et Lady Serah ?

— Je peux organiser une rencontre entre Lady Serah, Mlle Douglas et Sophia, en effet.

Rudolpho se tourna vers Ana.

— Comme Sa Majesté ne le fera pas elle-même, permettez-moi de vous préciser que je n'entends pas me passer de la précieuse collaboration de Lady Serah, laquelle occupe ses fonctions depuis vingt-deux ans et possède en outre des qualités indéniables en matière de relations diplomatiques tant internes qu'internationales.

— Par conséquent, elle doit s'y connaître en matière de mode, répliqua Casimir.

Le conseiller hocha brièvement la tête, puis contempla le parquet ciré.

— Prévoyez un rendez-vous entre Lady Serah et Ana, je vous prie.

Après un nouveau hochement de tête, Rudolpho s'éclipsa sans dire un mot.

— Tu peux m'expliquer ce qui vient de se passer ? demanda Ana dès que la porte se fut refermée.

— Rien de grave, répondit Casimir d'un ton détaché. J'encourage Rudolpho à dire franchement ce qu'il pense. Le processus est lent et un peu fastidieux, mais nous allons y arriver.

Reposant le dossier sur le bureau, il ajouta :

— Il est inquiet à cause de la conférence de presse.

— Tu n'as pas besoin de t'occuper de moi. Comme je l'ai dit il y a un instant, je peux très bien me débrouiller seule.

Elle tourna les yeux vers l'ordinateur portable.

— Et en profiter pour écrire à mes parents, par exemple. Enfin, si tu m'autorises à me servir du matériel royal…

— Viens. Nous allons commencer par l'armurerie. Il regorge de pièces des XVIIe et XVIIIe siècles.

— J'ai toujours rêvé d'être chevalier…

Dix minutes plus tard, Ana portait un heaume et un gantelet de combat en mailles métalliques.

— C'est un peu lourd, dit-elle. Mais sinon, ce serait le camouflage parfait et la protection idéale pour aller faire un peu de shopping en ville, non ? Ne me manque plus que l'épée. Tu dois te déguiser aussi : tu seras mon homme d'armes.

— Pourquoi serais-je ton homme d'armes alors que je suis roi ? répliqua-t-il en lui tendant une épée. Tout ce dont j'ai besoin, c'est d'une reine, et j'en ai trouvé une.

— Il faudrait que son amour pour toi soit assez fort, continua Ana. Et que tu l'aimes en retour.

— Un roi ne peut pas se permettre d'aimer.

— Je n'en crois pas un mot.

Il lui reprit l'épée sans répondre et l'aida à ôter heaume et gantelet.

Après les avoir remis à leur place, il dit d'un ton neutre :

— Il y a deux autres endroits que j'aimerais te montrer.

Prenant une dague au manche serti de pierres précieuses, il traversa la pièce et en glissa la pointe dans une fente invisible du mur.

Un pan entier de celui-ci coulissa d'un côté, révélant une immense porte de fer. Casimir se rapprocha du panneau de contrôle et présenta son œil droit à l'écran. Un déclic se produisit, puis la porte s'ouvrit tandis que l'éclairage s'allumait.

— Qu'est-ce que c'est ? murmura Ana.

— La chambre forte où sont entreposés les joyaux de la Couronne, répondit-il en lui faisant signe de le suivre.

Après une légère hésitation, elle lui emboîta le pas.

— Rien de ce que tu vois ici ne m'appartient, poursuivit-il. Tous les joyaux sont la propriété de la monarchie.

Il s'arrêta devant une vitrine.

— Voici la couronne que je porterai. C'est une pièce d'apparat qui ne reverra sans doute le jour qu'à l'occasion du couronnement de mon successeur. Nous avons toute une collection de sceptres, d'orbes, de poignards et de bagues, chacun représentant un symbole et ayant un rôle bien précis.

Après l'avoir entraînée vers une autre vitrine, Casimir se tourna vers elle.

— Il y a aussi les joyaux portés par les femmes de la famille royale. Tu veux les voir ?

— Quelle question !

Les bijoux étaient présentés sur des plateaux d'acier qui s'avançaient lentement, au simple contact du pouce de Casimir sur un petit panneau prévu à cet effet.

— Normalement, l'épouse du roi possède et garde en sa possession sa collection privée, mais, après la mort de ma mère, tous ses bijoux ont été incorporés aux collections royales. Broches, boucles d'oreilles, bracelets, pendentifs…

Il appuya le pouce sur un autre panneau, faisant saillir quatre nouveaux plateaux.

Fascinée, Ana contempla les bijoux fabuleux en retenant son souffle.

— Chaque pièce a une histoire que celle qui le porte se doit de connaître, expliqua Casimir.

Il souleva une bague sertie d'un énorme diamant.

— C'était la bague de fiançailles de ma mère. Vu l'état de son mariage et son suicide, je doute qu'aucun monarque ne choisisse de l'offrir à sa future épouse.

— Tu es superstitieux ?

— Peut-être un peu, dit-il en lui tendant la bague. Tu

la porterais ? À supposer que tu acceptes de m'épouser, naturellement.

— Ce qui n'est pas le cas. Mais, non, je ne la porterais pas.

Après avoir remis la bague sur son coussinet de velours pourpre, il en prit une autre.

— Et celle-ci ?

Ana contempla le bijou ancien serti d'un diamant taillé en émeraude, épaulé par de plus petits brillants baguette, enchâssés dans la monture de la bague.

— Elle est très belle.

Il lui prit la main et lui glissa la bague à l'annulaire.

— Elle appartenait à mon arrière-grand-mère. Seize carats et aucune imperfection.

— Très jolie, murmura Ana en l'ôtant avant de la lui rendre.

Celle qu'il lui essaya ensuite était d'une nuance rare et superbe.

— Le diamant rose de ma grand-mère, expliqua Casimir. Offert par son mari pour leur cinquantième anniversaire de mariage. Laquelle préfères-tu ? Celle-ci, ou la précédente ?

Elle le regarda d'un air soupçonneux.

— Sommes-nous en train de me choisir une bague de fiançailles ?

— Pas du tout. D'autant que je ne suis pas sur le point de me fiancer, si j'ai bien compris, répliqua-t-il avec un sourire en coin. Je te montre nos trésors, c'est tout.

— Celle-ci est vraiment magnifique, reconnut Ana en l'ôtant à son tour.

— Tu ne t'es jamais mariée, dit-il d'un ton neutre en faisant disparaître le plateau de bagues comme par magie. Durant les sept dernières années, tu n'as pas non plus eu d'amant attitré. Pourquoi ?

— Tu crois que je suis restée célibataire par loyauté envers toi ?

— Je n'en sais rien…

— Et toi ? Tu as eu des maîtresses, durant ces sept dernières années ?

— Oui.

— Eh bien, j'ai eu des amants, moi aussi.

Le regard de Casimir s'assombrit.

— Rien de sérieux, c'est vrai, poursuivit Ana. Mais je n'ai pas renoncé à la perspective de trouver celui avec qui j'aimerais partager ma vie.

— Mais tu ne veux pas de moi.

— Tu ne m'aimes pas.

— Cela ne m'empêche pas de désirer faire tout mon possible pour que tu sois heureuse. Et je t'ai promis la fidélité. Que veux-tu de plus, exactement ?

Faisant coulisser un nouveau plateau, il choisit une paire de boutons de manchette noirs qu'il fourra dans sa poche.

— Ce qu'un homme et une femme ressentent l'un pour l'autre dans le monde fou où nous vivons. L'amour ne se décrète pas. C'est un sentiment.

— Merci pour l'explication.

— Tu ne me comprends pas, murmura-t-elle.

— Au contraire, je te comprends très bien. C'est seulement que je n'ai jamais éprouvé ce que tu décris.

— Je sais. Pourquoi crois-tu que je persiste à décliner ta proposition ?

— Il pourrait y avoir plusieurs raisons, répondit-il avec un sourire crispé. J'aime penser qu'en en parlant avec toi je parviendrai à les anéantir. Viens, je veux te montrer une dernière chose.

Il leur fallut cinq minutes pour sortir du corps principal du palais, puis ils marchèrent dix minutes à travers les jardins et les immenses pelouses avant de se diriger vers une bâtisse en pierre blonde, à un seul étage. Les murs en étaient percés de nombreuses fenêtres donnant au sud et, au niveau du rez-de-chaussée, recouverts de rosiers grimpants d'un ravissant rose orangé.

Des buissons de lavande bordaient l'allée longeant la façade tandis que des massifs de fleurs débordaient d'un exubérant mélange de plantes diverses : roses, romarin, thym…

— C'est le jardin du cuisinier, dit Ana en rompant une tige de lavande avant d'en respirer le parfum.

— Oui. Ceux du palais viennent s'y approvisionner. Ma grand-mère, la propriétaire de la bague que tu as préférée, habitait cette maison et elle adorait son jardin. Cet endroit possède en outre l'avantage d'être situé dans l'enceinte du palais tout en en étant complètement séparé.

Casimir se retourna vers elle.

— J'aimerais que toi et Sophia réfléchissiez à la possibilité de vous installer ici de façon permanente.

— Pardon ?

— Le duché que j'envisage de donner à Sophia se trouve à une certaine distance de la capitale. Ce serait mieux pour vous de vivre ici, ce qui ne vous empêcherait bien sûr pas de vous rendre au duché de temps à autre.

— C'est trop grand.

— J'assumerai naturellement tous les frais de fonctionnement et veillerai à ce que vous soyez entourées de tout le personnel nécessaire. Si je me souviens bien, certaines pièces sont petites. Et je ne me rappelle pas ma grand-mère vivant dans un cadre austère.

Il lui prit la main et s'avança vers un portail en fer forgé ouvrant sur un jardin potager enclos de murs de pierre et bien entretenu. Il y avait de nombreux arbres fruitiers et l'ensemble ne dégageait pas une impression d'austérité, en effet. Tout au fond, Ana aperçut des ruches.

— Les jardiniers du palais l'utilisent comme pépinière et repiquent les plans dans les jardins royaux. Si vous acceptez de vous installer ici, tout sera transplanté ailleurs, bien sûr. Il y a aussi la serre. Viens, je vais te la montrer.

En forme de demi-cercle, la serre formait une extension de la maison et abritait un foisonnement de végétaux déclinant tout un éventail de verts.

— Après la mort de ma grand-mère, la maison a été fermée.

Casimir dégagea une brique du mur, glissa la main dans l'orifice et en sortit une vieille clé.

— Très efficace, comme mesure de sécurité..., ironisa Ana.

— C'est à revoir, en effet.

À l'intérieur de la maison, tout était d'une propreté impeccable. Il y faisait sombre mais pas humide, et Ana apprécia le charme des lieux. La maison était certes trop grande pour elle et Sophia, mais elle découvrit bientôt de belles pièces communes et des chambres aux dimensions raisonnables.

Ouvrant la porte de la salle de bains, Ana resta figée sur le seuil, éblouie par l'harmonie régnant dans la pièce. Pavée de jaune safran et doré, celle-ci était équipée d'une gigantesque baignoire ronde où l'on pouvait largement tenir à deux. Au-dessus de celle-ci, une ouverture circulaire laissait pénétrer la lumière.

— Quel luxe..., murmura-t-elle.

— Cette salle de bains te plaît ? répliqua Casimir derrière elle.

— Oui.

— Tu pourrais transformer une partie de la maison en bureaux et en faire ton QG professionnel, enchaîna-t-il.

— Et ma vie à Genève ?

Doucement, il la prit par les épaules puis la fit se retourner vers lui.

— Cette vie est terminée, Ana. J'essaie de te proposer des choix, mais je ne peux pas te laisser retourner là-bas.

Jusqu'à présent, Ana n'avait pas vraiment regardé la réalité en face mais là, dans cette maison, devant cette nouvelle *option*, elle s'y retrouvait forcée.

— Je suis désolé.

— Tu mens !

— Non, je suis sincère. Je connais la valeur de la liberté, même si je n'en ai jamais profité. Et je comprends l'importance que cela représente pour toi.

— Tu compenses ma perte en m'offrant des choses matérielles.

— Oui. Des choses utiles. De belles choses qui prendront peut-être un jour de la valeur à tes yeux.

Il contempla la salle de bains.

— Je m'installerai bientôt dans les anciens appartements de mon père, comme l'exige la tradition.

— Alors que tu préfères ta forteresse ?

— Oui. Et tout en vivant à proximité du palais, toi et Sophia jouirez d'une indépendance totale. Vous serez ici chez vous et je ne viendrai jamais sans y avoir été invité.

— Fais-moi visiter l'étage.

Les pièces du haut dégageaient encore plus de charme que le rez-de-chaussée, constata bientôt Ana. Il suffirait de quelques aménagements pour qu'elle et Sophia s'y sentent chez elles.

Casimir la regardait évoluer dans l'espace, l'air tendu. Il attendait le verdict…

— Il va nous falloir quelques chiots, dit-elle enfin.

— Entendu.

— Et les jardiniers du palais peuvent rester, à condition que nous ayons libre accès au jardin et le droit de goûter la production de temps en temps.

Un léger sourire ourla la belle bouche virile.

— Vous ne manquerez plus jamais de fleurs ou de légumes frais.

Chapitre 8

Debout au fond de la salle et arborant un badge délivré par le palais, Ana contempla les boiseries recouvrant les murs, le podium sculpté… En fait, il y avait largement assez de place pour la centaine de personnes présentes et leur matériel.

Deux agents de sécurité se trouvaient à proximité, lesquels s'étaient entretenus avec elle avant de pénétrer dans la salle de conférences. Quant aux journalistes, aucun n'avait semblé prêter attention à elle depuis son arrivée. Pour l'occasion, Ana travaillait pour le compte d'Associated Press TPR, agence jusque-là inconnue au bataillon.

Soudain, les voix se turent tandis que Casimir apparaissait à l'autre extrémité de la salle et s'avançait vers le podium. L'air grave et solennel, il parcourut l'assistance du regard mais ne fit pas non plus attention à elle.

Ana repensa au moment où Rudolpho lui avait présenté une bague. C'était le seul instant où Casimir avait paru hésiter.

— Elle a été ajustée à votre taille, avait dit le conseiller.

Casimir avait hoché la tête puis glissé la bague à son doigt sans dire un mot.

Le discours débuta par un hommage à son père. Casimir évoqua les réussites accomplies par le défunt roi sur le plan politique, les projets en cours. Puis il passa à la question de l'eau.

— Depuis plusieurs années, et de concert avec les souverains des nations voisines, Augustus d'Arun, Theodosius de Liesendaach et Valentin de Thallasia, je travaille sur un projet qui me tient à cœur. Nous envisageons la création d'un réseau d'alimentation en eau qui traversera diverses frontières et régions. Ce dispositif fournira tous ceux qui en ont besoin, et nous recourrons à une technologie de pointe aussi bien pour la collecte qu'en ce qui concerne les usines de recyclage. Individuellement, aucune de nos quatre nations ne serait en mesure d'entreprendre un projet d'une telle envergure, mais ensemble nous réussirons à le mener à bien et tous en récolteront les fruits. Vous trouverez de plus amples détails dans les dossiers de presse qui vous seront distribués tout à l'heure, mais auparavant je voudrais mettre l'accent sur un aspect particulier de ce projet.

Il s'interrompit un instant, les traits légèrement crispés.

— Tous ceux qui sont concernés sont invités à la table des négociations. J'ai bien dit *tous*, quelles que soient leurs origines, le lieu où ils vivent et les actes qu'ils ont pu commettre par le passé. Leur présence et leurs opinions seront les bienvenues, et leurs besoins en eau pris en compte.

S'interrompant à nouveau, il promena le regard sur l'assemblée.

— Je refuse de m'appesantir sur le passé. Je ne reviendrai pas en arrière et ne laisserai pas la peur et la haine dominer ce nouveau règne. Pour le bien de vos enfants et des miens, il est temps de regarder devant nous et non plus derrière.

Le journaliste se trouvant à gauche d'Ana se tourna vers son voisin, l'air suffoqué.

— Il vient *vraiment* d'inviter les tribus du Nord à négocier ?

— Oui.

— Leonidas doit se retourner dans sa tombe…

Ana se retint d'ajouter que pour sa part Leonidas pouvait bien brûler en enfer et se concentra de nouveau sur Casimir. Celui-ci parla de sa sœur et des jours sombres qui avaient suivi la disparition de celle-ci, puis de la fin tragique de sa mère. Des photos défilaient sur l'écran géant se trouvant derrière lui au fur et à mesure qu'il évoquait leur souvenir, tantôt en souriant, tantôt la mine sombre, mais toujours avec la plus grande sincérité.

Soudain, Sophia apparut sur l'écran.

— J'ai dit tout à l'heure que j'avais l'intention d'œuvrer pour le bien des enfants de Byzenmaach, dit Casimir. A ce propos, je vous présente ma fille…

Ana reconnut le parc en arrière-plan, les vêtements que portait Sophia. La photo avait dû être prise une semaine plus tôt. Par *qui* ? Ana croisa les bras en pinçant les lèvres, attendant avec appréhension la prochaine surprise.

Autour d'elle, les flashs crépitaient tandis que Casimir continuait :

— Elle s'appelle Sophia Alexandra et a été conçue il y a sept ans, et je veille avec le plus grand soin à sa protection.

Une deuxième photo remplaça la première.

— Comme vous pouvez le constater, elle ressemble beaucoup à ma sœur. Par moments…

Il s'éclaircit la gorge et tourna les yeux vers Ana.

— Par moments elle me surprend par un geste ou un regard, la ressemblance est telle que j'en ai le souffle coupé. Mais je le répète : je refuse de regarder en arrière et me concentre sur le présent et l'avenir.

Une nouvelle photo montrait cette fois Ana de dos parlant à Sophia devant la barrière de l'école. *Qui* l'avait prise ? s'interrogea-t-elle à nouveau. Et comment avait-elle pu ne pas se rendre compte que quelqu'un les espionnait ?

— Ma fille a vécu une enfance heureuse, loin des médias, et j'aimerais que cela continue. Toute tentative d'intrusion dans sa vie privée sera traitée avec une sévérité qui paraîtra peut-être excessive à certains, mais je leur dirai ceci : songez à ce que Byzenmaach, à ce que moi-même, avons perdu.

Il y eut encore une photo de Sophia, à plat ventre sur le sol à côté de Jelly et des chiots, la queue-de-cheval de travers comme d'habitude, en jean et T-shirt bleu passé, les pieds nus. Une petite fille dans toute son innocence. L'image était parfaite, le message on ne peut plus clair.

Casimir sourit à la cantonade.

— Je sais que vous avez des questions à me poser et j'anticiperai sur quelques-unes. Mesdames et messieurs, la mère de ma fille parle couramment six langues, y compris la nôtre, et elle travaille comme interprète pour les Nations unies et le Parlement européen.

Il caressa brièvement la bague qui ornait son doigt.

— Jusqu'à présent, ma fille et sa mère vivaient loin de Byzenmaach mais cela va changer. Ma fille découvrira bientôt les rôles qui lui reviennent en tant que membre de la famille royale. Elle prendra possession du duché destiné autrefois à ma sœur et deviendra par conséquent la duchesse de Sanesch. J'ai estimé que ce choix était juste.

Les questions fusèrent, de toutes parts…

Était-il marié ? Le défunt roi avait-il été au courant de l'existence de cette enfant ? Qu'en était-il de sa relation avec Moriana d'Arun ?…

Un sourire accroché aux lèvres, Casimir répondit à certaines de ces questions. Non, il n'était pas encore marié. Ses relations avec Moriana étaient amicales. Il éprouvait énormément de respect et d'admiration envers la princesse mais leur mariage était improbable.

Ana surprit des échanges de regards, vit des journalistes hausser les sourcils... Puis les questions reprirent.

— Envisagez-vous sérieusement d'engager des négociations avec les anciens ravisseurs de votre sœur ?

— Oui.

— Quand pourrons-nous voir l'enfant ?

— Lorsque je le jugerai opportun.

— Et votre relation avec la mère ? Comptez-vous l'épouser et avoir d'autres enfants avec elle ?

Soudain, Ana sentit qu'on lui touchait le bras. C'était l'un des agents de sécurité qui donnait le signal du départ, comme convenu. Ana le suivit vers la sortie avec réticence, tandis que l'autre leur emboîtait le pas, mais le premier s'arrêta devant la porte.

Se retournant, elle vit une photo d'elle-même apparaître sur l'écran. Le visage dépourvu de tout maquillage, les cheveux rassemblés à la va-vite sur le dessus de la tête. Elle se concentra sur l'arrière-plan. Le parc de Genève, à côté de l'appartement ? Non. Le jardin clos de la forteresse ? Non plus. La photo avait été prise dans l'une des galeries couvertes du palais.

— Je vous la présenterai bientôt en personne, dit Casimir. Mais sachez déjà qu'elle s'appelle Anastasia Victoria Douglas, a vingt-six ans, est d'origine russe et britannique, et la mère de ma fille. C'est par ailleurs la femme la plus déterminée que je connaisse. Ce qui représente un atout pour moi et pour Byzenmaach : une telle compagne ne peut qu'être une bénédiction pour nous tous.

Ana serra les poings. Une telle *compagne* ?

— Nous serons mariés dans moins d'un an.

Deux enfants apparurent à leur tour sur l'écran, se

poursuivant dans un jardin, accompagnés d'un énorme chien-loup. On aurait dit Sophia mais ce n'était pas elle. Il s'agissait de Casimir et de sa sœur.

— Il a terminé, murmura l'agent de sécurité. Allons-y.

Lorsque, quelques minutes plus tard, Casimir rejoignit Ana qui l'attendait dans son bureau, elle se tourna vers lui et le foudroya du regard.

— Tu peux t'expliquer, s'il te plaît ?

— J'ai fait ce qu'il fallait faire, répondit-il avec calme.

Il n'était pas d'humeur à supporter les critiques. Ana devait comprendre qu'il avait joué son va-tout.

— J'ai *refusé* de t'épouser ! Dans quelle langue traduis-tu cela par : *je désire t'épouser dans moins d'un an* ?

— Tu brûles d'accepter, Ana. Tu n'y es pas encore décidée complètement mais cela viendra, je le sais.

— Peut-être, admit-elle, les yeux étincelants. Mais je n'ai pas encore dit *oui* !

S'appuyant au bureau, Casimir la regarda faire les cent pas dans la pièce.

— Je veux que le peuple de Byzenmaach reconnaisse ta valeur et te protège, Ana. Je désire la stabilité pour Sophia. C'est la meilleure façon d'y arriver.

Glissant la main dans sa poche, il en sortit la bague de sa grand-mère et la lui tendit.

— Non ! Je n'en veux pas !

— Tu préfères celle de ma mère ?

— Casimir, je ne suis *pas* ta fiancée.

— Tu veux aussi de l'amour, je sais. J'y travaille.

— Cela ne s'obtient pas par du travail, riposta-t-elle. Tu…

La porte s'ouvrit sur Rudolpho qui entra en trombe.

— Vous pouvez m'expliquer ce que cela signifie ? demanda-t-il en s'arrêtant au milieu de la pièce.

Il posa les yeux tour à tour sur Ana, la bague, et blêmit.

— Dieu merci. Vous ne lui avez pas encore demandé !

— Je suis en train de le faire, comme vous pouvez le constater. Alors si vous voulez bien m'excuser, je vais poursuivre ma demande.

Le conseiller ferma les yeux et se couvrit le visage de ses mains en laissant échapper un petit rire presque… hystérique.

— Majesté, je vous connais depuis toujours. Je vous ai fait sauter sur mes genoux. Je vous ai appris tout ce que je sais sur l'art de gouverner avec diplomatie. Et moins d'une semaine après la mort de votre père, vous invitez les tribus du Nord à négocier et annoncez votre mariage, sans même avoir obtenu l'assentiment de la future épouse ? Cherchez-vous délibérément à abréger votre règne ? Ce n'est pas moi qui vous ai appris à agir de la sorte, pourtant !

— Durant trente ans, j'ai été manipulé comme une marionnette, répliqua Casimir d'une voix ferme. Cela suffit. Je sais ce que je veux et comment j'envisage de l'obtenir. J'ai été très clair quant à mes choix. À présent, il ne me reste plus qu'à faire en sorte que tous les soutiennent.

— Vous êtes conscient que vous risquez l'exil, n'est-ce pas ? fit Rudolpho en secouant la tête.

— Nous verrons.

— Vous auriez au moins pu me mettre au courant de vos intentions ! Je m'attendais à ce que vous lâchiez *une* bombe : l'existence de votre fille. Pas *trois* !

— Je reconnais que j'ai peut-être commis une erreur en annonçant mon mariage.

— Et vos projets concernant l'eau ?

— Non, ce n'était pas une erreur.

Après les avoir dévisagés d'un air lugubre, Rudolpho

tourna les talons et quitta la pièce tandis que Casimir le suivait du regard en soupirant.

— Qu'est-ce qui t'arrive ? demanda Ana, l'air toujours aussi furieux. Tu ne peux pas forcer les gens à faire ce que tu veux qu'ils fassent !

— Mais tu m'épouseras si je suis amoureux de toi. Or je suis déjà à mi-chemin.

— Tu te leurres *complètement* !

Casimir s'avança vers elle.

— Donne-moi ta main.

Sans attendre sa permission, il la prit doucement et la porta à ses lèvres. Les yeux bleus flamboyèrent mais Ana le laissa faire.

Lentement, il en baisa la paume avant d'y déposer la bague de sa grand-mère.

— Garde-la, dit-il en refermant les doigts d'Ana sur le bijou. Elle est à toi, désormais.

— Je ne la porterai pas.

— Peu importe. Tu ne veux pas me faire un peu confiance ? Tu avais raison en disant que ce que je redoutais le plus, c'était une nouvelle perte. Eh bien, je ne te perdrai pas encore une fois. Par conséquent je vais t'aimer comme tu désires l'être.

— J'admire ta détermination, Casimir. Mais je ne peux que te répéter ce que je t'ai déjà dit : l'amour n'est pas le fruit d'une démarche intellectuelle ou d'un travail. C'est un *sentiment.*

Un coup bref fut frappé à la porte, annonçant Rudolpho. Le conseiller réapparut, le téléphone à la main, et promena son regard acéré sur Ana, puis sur Casimir.

— Vous n'êtes pas encore fiancés, dit-il d'un ton neutre.

— Non, pas encore. Mais je lui ai donné la bague.

— Très bien.

— Qui est en ligne ?

— Sa Majesté Theodosius de Liesendaach aimerait vous parler. Je le cite : « Passez-moi cet abruti qui vient de larguer Moriana et qui semble vouloir me voler ma réputation de *bad boy* ! » Je suppose qu'il a suivi la retransmission de votre discours en direct.

— Parfait, dit Casimir avec un large sourire. Rudolpho, veillez à ce qu'Ana regagne la forteresse dès cet après-midi.

— Vous pouvez compter sur moi, Majesté. Avant de la laisser partir, vous ne désirez pas lui offrir autre chose ? Votre royaume, par exemple ?

Casimir faillit éclater de rire. Il préférait de loin voir Rudolpho le provoquer avec humour plutôt que de faire des courbettes.

Il se tourna vers Ana.

— À plus tard.

— Rudolpho et moi allons te trouver un thérapeute, rétorqua-t-elle en plissant les yeux.

Sur ces mots, elle s'en alla, Rudolpho sur ses talons.

Nerveux, Casimir se passa la main dans les cheveux et prit le combiné. Il n'avait que ce qu'il méritait.

— Cela faisait longtemps, Theo ! Tu as vu le spectacle ?

— Pour l'avoir vu, je l'ai vu. Une fille de six ans conçue hors mariage et une future reine inconnue de tous ? Je ne peux pas te surpasser. Cela me prendrait des années.

— N'oublie pas notre projet.

— Non, n'oublions pas la seule chose dont j'étais déjà au courant. Je prends la relève et affronte la presse dans moins d'une heure, alors ça tombe bien que je sache un peu ce que tu as dans la tête… Je vais pouvoir te féliciter d'avoir soutenu notre projet et te présenter mes vœux de bonheur. Mais j'espère que tu sais ce que tu fais. Et comment va Moriana ? Elle accepte encore de te parler ?

— Justement. Je me disais que tu pourrais l'inviter à Liesendaach pour… estimer les collections royales.

— Je connais la valeur exacte de mes collections. Pourquoi demanderais-je l'avis de cette harpie ?

— Je sais, Theo. Mais elle a besoin que quelqu'un l'aide à sauver la face et tu es…

— … désespérément dissolu, irresponsable et immature. C'est elle-même qui l'a dit. Pas moi.

— J'allais dire disponible. Et un homme au grand cœur.

— On pourrait débattre longtemps sur le sujet, répliqua son ami d'enfance d'un ton pince-sans-rire.

— Et si tu te disputais un peu avec Moriana ?

Leurs querelles étaient légendaires.

— Tu aimes ça, poursuivit Casimir.

— Encaisser les coups ?

— Il suffirait d'une photo de toi la regardant d'un air transi, tu sais.

— Cela lui serait utile à elle, pas à moi.

— Je ne veux pas voir la presse se déchaîner contre Moriana à cause de cette histoire.

— Cela aurait pu être évité si tu ne lui avais pas été promis depuis vingt ans. Qu'est-ce qu'il t'a pris, bon sang ? Elle comptait sur toi, Casimir ! Tu crois que ç'a été agréable pour elle de t'attendre et de dépendre de ton bon plaisir ?

Casimir contempla le téléphone. Augustus lui avait dit à peu près la même chose, mais il était le frère de Moriana, donc se montrait protecteur envers elle. Mais que Theo prenne son parti… Ça, c'était une première !

— Ai-je bien affaire au play-boy légendaire connu dans le monde entier pour ses innombrables conquêtes ? Parce que tout à coup j'ai eu l'impression de m'adresser à un homme qui se souciait *vraiment* des sentiments d'une amie — la seule qu'il ait jamais eue, d'ailleurs —, qui était *ému* à la pensée que celle-ci puisse être blessée.

— Tu étais parfait pour elle, lâcha Theo. Vous auriez formé le couple du siècle. Tu n'avais jamais fait le moindre faux pas et maintenant tu fiches tout en l'air !

— Moriana n'a pas le cœur brisé. Je lui ai parlé et elle est furieuse, c'est vrai. Elle m'en veut. Elle ne m'a pas caché son déplaisir d'avoir l'impression de passer pour une idiote. Mais nous n'avons jamais eu de relation intime, pas une seule fois durant toutes ces années.

Nouveau silence à l'autre bout du fil.

— Tu parles sérieusement ? demanda enfin Theo. Qu'est-ce que tu es, un moine ?

— Comparé à toi ? Oui.

Le silence retomba à nouveau.

— Je vais voir ce que je peux faire. L'inviter à dîner, peut-être. Elle refusera et je serai débarrassé.

— Merci.

— Je t'en prie, dit Theo, radouci. Cette fois, on va y arriver. Après toutes ces années, toutes nos discussions…

— Oui, on va y arriver. Après toi, Augustus prononcera son discours, puis ce sera le tour de Valentin.

— Nous te demandions beaucoup en exigeant que ce soit toi qui invites les gens du Nord à la table des négociations, mais tu l'as fait et je n'ai jamais été aussi fier de toi. Ni de quiconque.

Casimir sentit une légère tension lui étreindre la poitrine.

— Merci, Theo.

Son ami s'éclaircit la gorge.

— Bon, il faut que je raccroche, espèce d'ingrat. J'ai du travail, moi.

— Appelle Moriana.

Cette fois, seule la tonalité lui répondit.

Quarante minutes plus tard, Casimir rejoignit Rudolpho qui s'entretenait avec ses assistants.

— Vous avez tous suivi la conférence de presse de Theodosius ?

Ils hochèrent la tête en chœur.

— Augustus d'Arun parlera dans moins d'une heure, puis Valentin prendra le relais.

Rudolpho ponctua ses paroles d'un profond soupir.

— Vous n'approuvez pas ma stratégie ?

— Je pense aux tribus du Nord, Majesté. Et à l'émissaire à qui nous risquons d'avoir affaire.

— Vous l'aimiez bien, autrefois.

— Oui. Avant de voir ce dont il était capable. Vous aurez du mal à sécuriser sa venue.

— Il pourra venir à la forteresse. Là-bas, je suis certain de pouvoir assurer sa sécurité.

— Vous le laisseriez s'aventurer à proximité de votre fille ? De votre future épouse ?

— Je les enverrai ailleurs.

Rudolpho soupira de nouveau.

— Inutile de tenter de vous faire renoncer à ce projet, n'est-ce pas ?

— J'y travaille depuis des années. Je m'y suis totalement investi.

— De concert avec Liesendaach, Arun et Thallasia. Quand est né ce projet, exactement ?

— Il y a très longtemps. À l'époque où nous étions jeunes et ne voyions pas de limite à nos rêves.

— Pourquoi ne pas m'en avoir parlé ? répliqua le conseiller d'une voix tendue.

— Vous auriez été contraint de prévenir mon père, qui aurait détruit tout espoir que ce projet se réalise un jour.

— Il est mort depuis quatre jours. Cela vous laissait le

temps de me mettre au courant, notamment lorsque nous avons travaillé sur votre discours hier soir. Discours que vous n'avez pas prononcé.

— J'en ai conservé certaines parties. Et j'aurais pu vous parler de ce projet, c'est vrai. J'ai préféré m'en abstenir.

Casimir regarda les assistants. Certains faisaient semblant de travailler, d'autres ne dissimulaient pas l'intérêt qu'ils portaient à la discussion.

— J'ai attendu des années le moment de pouvoir redresser des torts remontant à plusieurs décennies, et si vous pensez que j'ai omis de planifier les quelques jours à venir, vous vous trompez. Des communiqués officiels seront envoyés aux tribus du Nord pour les inviter à participer aux négociations. Et Theo, Augustus et Valentin se tiendront à mes côtés parce que ce projet sera bénéfique pour nos quatre nations.

Casimir redressa les épaules.

— Vous me connaissez. Durant trente ans j'ai été celui que mon père désirait que je sois et j'ai fait tout ce qu'il me demandait de faire. J'ai servi mon pays et tiré des leçons des erreurs de mon père : je ne laisserai pas l'État stagner plus longtemps. Si vous ne partagez pas ma vision de l'avenir, si vous ne vous sentez pas capable de négocier avec tous ceux qui seront présents autour de la table, libre à vous de vous retirer…

Personne ne bougea.

— Très bien, dit Rudolpho. Remettons-nous au travail.

Ana arriva juste à temps à la forteresse pour pouvoir regarder la rediffusion de la conférence de presse avec Lor, qui opina du chef à plusieurs reprises.

— Félicitations pour vos fiançailles, dit-elle une fois le discours terminé.

— Nous ne sommes pas… fiancés, protesta Ana en secouant la tête. Je n'ai pas accepté de l'épouser.

Lor demeura silencieuse.

— Mais le reste du discours était bien, reprit Ana. Excellent, même. Casimir est un homme d'État accompli.

— Votre mère a appelé pendant que vous étiez au palais. Elle aussi voulait vous féliciter.

— Je vais la rappeler, fit Ana en se dirigeant vers la porte.

La voix de Lor l'arrêta.

— Madame Douglas…

— Je n'ai plus droit à *Ana* ?

— Casimir est aussi un homme bon, Ana.

Lor s'essuya les mains à son tablier.

— Il était déjà ainsi dans son enfance. Loyal en toutes circonstances, même quand il était traité durement par son père… ce qui était souvent le cas, croyez-moi. Il ne le montre peut-être pas, mais vous comptez énormément pour lui, vous et la petite. Il a beaucoup changé depuis qu'il est allé vous chercher.

— Il est incapable d'aimer, déclara tristement Ana. Et de se laisser aimer.

— Eh bien, apprenez-le-lui ! rétorqua Lor d'un air de défi.

Ana reposa le téléphone d'une main mal assurée. Sa mère avait avoué avoir pleuré en écoutant le discours de Casimir. À cause de la manière dont il avait parlé de Sophia et d'elle, Ana. De toute évidence, il l'avait conquise. Et après avoir appris sa proposition de leur offrir le manoir de son aïeule comme résidence permanente, elle avait répliqué qu'elle espérait qu'il y aurait des chambres d'amis. Ana avait eu beau insister qu'elle était consciente des efforts de Casimir, de sa générosité, mais qu'elle refusait de l'épouser, sa mère avait demandé avec calme :

— Qu'est-ce qui te retient *vraiment*, Ana ?

— Il ne m'aime pas, maman. Ce mariage l'arrangerait, c'est tout. Je ne représente pour lui qu'un moyen de redresser des torts. Je pourrais céder, et même être heureuse ici. Sophia vivrait à proximité de son père, nous aurions d'autres enfants. Je pourrais continuer à travailler en tant qu'interprète. Les projets de Casimir m'intéressent et je sais que je pourrais me rendre utile, vu mes connaissances, notamment en politique et diplomatie.

— Mais… ?

— Mais il ne m'aime pas. Et si je l'épouse et qu'il ne m'aime jamais, j'en serai anéantie, ce que je ne veux pas. Alors je vais me créer une place dans son univers et peut-être qu'un jour… Peut-être qu'un jour je me tiendrai à ses côtés, certaine qu'il m'aime autant que je l'aime. Mais tant que ce ne se sera pas le cas, je refuserai de l'épouser.

— Je te reconnais bien là, ma fille.

Quand, après avoir regagné la forteresse six heures plus tard, Casimir pénétra dans sa chambre, il s'arrêta au milieu de la pièce en retenant son souffle.

Éclairé par la lumière tamisée, un pichet de jus de fruits était posé sur la table basse. À côté, il aperçut une coupelle emplie de biscuits aux pépites de chocolat accompagnés d'un petit bouquet. S'en approchant, Casimir distingua des trèfles, des violettes, des bris de brindilles et de jolies feuilles choisies manifestement en raison de leur forme originale.

Un mot était appuyé contre le bouquet, orné d'une flèche fantaisie pointée vers les biscuits et sous laquelle une main enfantine avait écrit : *Pour mon roi. Bisous, Sophia.*

Casimir sentit la petite main de sa fille se refermer sur son cœur et le serrer, très fort.

Il y avait aussi une enveloppe sur la table basse. Il sut ce qu'elle contenait avant même de l'ouvrir : la bague de sa grand-mère… En revanche, il était curieux de lire le mot l'accompagnant.

Il est trop tôt. Je veux être sûre de ne pas commettre d'erreur. Quant à ton discours, à ton désir de réunifier le pays, je l'approuve et te félicite de vouloir partager cette vision aussi audacieuse que généreuse.

Concernant la façon dont tu nous as présentées, Sophia et moi, et ta promesse de nous protéger, je ne peux que te remercier.

Dors bien, Casimir. Et à demain matin.

Elle refusait de porter la bague, mais elle ne l'avait pas quitté. C'était l'essentiel.

Chapitre 9

Durant les jours suivants, Ana ne manqua pas d'occupations. Il fallait faire venir leurs affaires de Genève. Acheter de nouveaux vêtements pour elles deux, plus appropriés à leur nouvelle vie. S'occuper de la scolarité de Sophia. Mais, tout en réglant les problèmes les uns après les autres, elle voyait Casimir devenir de plus en plus sombre.

Trois jours avaient passé depuis son discours et les tribus du Nord n'avaient toujours pas répondu à son invitation. Rudolpho avait beau lui répéter qu'il devait se montrer patient, Casimir ne l'écoutait pas.

De son côté, Lor refusait d'en parler, mais discutait volontiers de la scolarité de Sophia, ce qui aidait beaucoup Ana.

— Est-ce que je demande vraiment l'impossible en désirant que Sophia aille à l'école comme les autres enfants ? Quel est l'usage habituel, pour les membres de la famille royale ?

— Il n'y a pas de règle stricte.

— Casimir m'a dit qu'il avait eu des tuteurs.

— Oui, affirma Lor en hochant la tête. Même avant les deux tragédies, il pouvait rarement rencontrer d'autres enfants hormis ceux qui faisaient partie comme lui de familles royales. Augustus et Moriana, Theo de Licsendaach — quel casse-cou c'était, celui-là ! Valentin de Thallasia et sa sœur, très beaux tous les deux. Casimir est toujours resté très proche d'eux tous.

— C'est ce que j'ai cru comprendre, répliqua Ana. Ils sont allés à l'école, eux, ou ils avaient des tuteurs ?

— Augustus et Moriana sont allés à l'école. Theo aussi.

Lor fronça les sourcils.

— Mais pas Valentin et Amira. Ils avaient des tuteurs.

— Qu'est-ce qui serait le mieux pour Sophia, à votre avis ?

— Je pense qu'elle a besoin d'être entourée d'enfants de son âge, de se faire des petits copains et copines et d'avoir une éducation aussi normale que possible, vu les circonstances.

La mère d'Ana avait dit la même chose.

— Elle est en ce moment à la fauconnerie avec Tomas : il lui apprend à nourrir les oisillons orphelins. Et je suis sûre que lorsqu'elle en aura terminé avec les oiseaux, elle persuadera quelqu'un de l'emmener voir la petite selle rose et la pouliche pur-sang arabe qui sont apparues miraculeusement dans les écuries. Alors je crois que l'éducation normale, c'est raté !

— Pour ce qui est de la selle, posez la question à Casimir, suggéra Lor. Pour la pouliche aussi.

— Je le ferais si j'en avais l'occasion ! s'exclama Ana. Travaille-t-il toujours autant ?

— Il traverse un moment difficile.

Lor reprit le châle posé sur le dossier d'une chaise.

— Casimir croit qu'il a quelque chose à prouver, à régler, continua-t-elle. Ne vous gênez pas pour lui faire comprendre qu'il se trompe.

— Je n'hésiterai pas ! Le problème, c'est que j'approuve ce qu'il essaie de faire et que je lui souhaite de réussir.

Après avoir enregistré le fichier où elle avait répertorié les écoles des environs, Ana referma son ordinateur portable.

— Je vais faire un tour, ajouta-t-elle en souriant. Qui sait, cela m'aidera peut-être à prendre une décision pour Sophia ?

— Mettez un imperméable et ne vous éloignez pas trop. Un front orageux nous arrive par l'ouest, le temps va changer.

— J'emmène Sophia, l'avertit Ana. Et nous n'irons sans doute pas plus loin que les écuries.

Elle trouva sa fille avec Tomas et les regarda achever de nourrir les oisillons. Tomas faisait preuve d'une patience infinie, avec les oiseaux et avec Sophia. Et si de temps en temps son sourire se teintait de tristesse à cause de souvenirs douloureux, il n'en parlait jamais.

Après lui avoir indiqué qu'elle trouverait des imperméables suspendus derrière la porte de la sellerie, à l'entrée des écuries, Tomas baissa les yeux sur Sophia en fronçant les sourcils. Puis il sembla changer d'avis et finit par déclarer que sa parka rose et ses boots feraient l'affaire.

La nouvelle pouliche s'appelait Duchesse, lui apprit bientôt sa fille, et elle aimait les carottes et les pommes.

Sophia connaissait bien sûr tous les chevaux par leur nom. Et leur caractère. Aussi savait-elle lesquels tendaient le cou au passage pour se faire caresser et lesquels gardaient leurs distances.

Sa fille était heureuse, avec Lor et Silas prêts à tout pour lui faire plaisir et entourée d'animaux. De toute évidence, Sophia se fichait bien de l'interruption de sa scolarité. D'autant qu'avec ses nouveaux amis, elle apprenait et découvrait quantité d'autres choses.

Après avoir quitté les écuries, elles franchirent bientôt le haut mur d'enceinte pour aller cueillir des fleurs sauvages et s'avancèrent sur un sentier qui serpentait en direction de la montagne. Ce n'était pas la première fois qu'elles s'aventuraient ainsi hors de la forteresse. Tant que les agents de sécurité pouvaient les voir, ils les laissaient faire, heureux de leur donner l'illusion de pouvoir aller et venir en toute liberté.

Une heure plus tard, au moment où elles s'apprêtaient à faire demi-tour, le soleil disparut brusquement derrière un amoncellement de gros nuages noirs. Un instant plus tard, un brouillard épais se refermait autour d'elles.

Prenant Sophia par la main, Ana hâta le pas en se rappelant les paroles de Lor. Mais il était trop tard. L'atmosphère devint complètement opaque — impossible de distinguer quoi que ce soit à plus d'un mètre !

— Qu'est-ce que c'est ? demanda Sophia en désignant la masse cotonneuse.

— Un gros nuage, venu de la montagne et qui nous est tombé dessus.

— Il va s'en aller ?

— Oui.

Mais *quand*, c'était une autre histoire.

— En attendant, reprit Ana, nous allons nous asseoir.

— Et après, qu'est-ce qu'on va faire ?

— Chanter.

En espérant que quelqu'un parte à leur recherche et les retrouve, ou que ce satané brouillard disparaisse.

Casimir se passa nerveusement la main dans les cheveux. Il sortait d'un long entretien, plutôt mouvementé, avec Rudolpho, et n'en menait pas large. Bientôt il devrait se montrer en public avec Ana et Sophia, et la pensée des risques auxquels elles seraient alors exposées le hantait jour et nuit.

Il était cependant prêt à tout pour assurer le bonheur de sa fille. Et résolu à faire en sorte que la sécurité soit renforcée au maximum.

Pressé de les retrouver, Casimir se dirigea vers la cuisine mais elles n'y étaient pas. Elles ne pouvaient pas s'être aventurées dans les jardins : il revenait de la capitale et son pilote avait tout juste pu atterrir à cause du manque de visibilité.

Elles ne se trouvaient pas non plus dans les anciens appartements de sa mère ni dans la véranda dont Ana avait fait son bureau. Ni aux thermes. Ni dans la bibliothèque.

Dix minutes plus tard, il fut pris d'un sombre pressentiment que Lor renforça en lui apprenant qu'Ana avait emmené Sophia *faire un tour.*

Une fois que les agents de sécurité eurent exploré la fauconnerie, les écuries, les jardins et tous les bâtiments annexes, Casimir sentit le malaise grandir en lui. Tout le personnel avait été mis à contribution. Au grand complet.

— Fouillez la forteresse de fond en comble, ordonna-t-il. Chaque pièce, chaque recoin, chaque placard !

— Elles sont allées se promener, répéta Lor.

Mais aucun agent de sécurité ne les avait vues franchir le mur d'enceinte.

— Elles se sont dirigées vers les écuries, ajouta Tomas.

— Peut-être, mais elles n'y sont *plus* ! tonna Casimir. Retournez explorer les jardins. *Immédiatement* !

Chacun s'empressa d'obéir, en évitant son regard.

C'était la première fois qu'il élevait la voix. Réalisant qu'il commençait à perdre le contrôle de lui-même, il se ressaisit et se demanda s'il fallait lâcher les chiens-loups. Jelly et Sophia étaient quasiment devenues inséparables…

— Où est Jelly ?

— À la cuisine, répondit Lor, la seule à avoir osé rester avec lui.

La chienne parut heureuse de le voir et, quand il lui mit une chaussure de Sophia sous le museau, elle sembla aussitôt comprendre ce qu'il attendait d'elle.

Laissant ses chiots sous la surveillance de Lor, elle le conduisit droit aux écuries et gratta bientôt la porte ouvrant sur le sentier que Casimir connaissait par cœur.

Appelant Tomas, il sella son étalon noir tandis que le fauconnier sellait la jument occupant le box voisin, puis ils suivirent Jelly qui les attendait avec impatience.

Des agents avaient déjà dépassé le mur, constata-t-il bientôt. Mais comment se fier à des incapables qui laissaient une enfant de six ans et sa mère leur filer entre les doigts ?

— Je les ai déjà vues aller se promener par là, dit Tomas d'une voix tendue. Elles font la chasse aux papillons, cueillent des fleurs…

Comme Claudia autrefois. Alors qu'elle se trouvait *dans* l'enceinte du château, en « sécurité ».

Et un jour, elle avait disparu.

— J'ai provoqué les gens du Nord, commença-t-il d'un ton lugubre. J'aurais dû m'y prendre autrement.

À Tomas, qu'il continuait à considérer comme son égal, il pouvait confier la crainte atroce qui le taraudait.

— Non, répliqua celui-ci d'une voix raffermie. Vous leur avez offert une chance de participer aux négociations et ils ne la refuseront pas, j'en suis certain.

— Vous ne pouvez pas l'affirmer. Pas plus que moi.

— Je sais en tout cas que personne ne rôde alentour. Aucun individu mal intentionné ne guette l'occasion d'enlever Sophia et Ana. J'ai lâché les faucons aujourd'hui : ils sont dressés pour repérer la présence d'humains. Vous pouvez leur faire confiance.

— Plus qu'aux humains ? demanda Casimir.

— Oui, bien plus.

Le sentier traversait des pâturages avant de rejoindre la route. Avec un peu d'espoir, elles auraient pris cette direction, pas celle du col.

À intervalles réguliers, Casimir les appelait, mais ni Ana ni Sophia ne lui répondaient.

Tomas avait raison. Personne ne les avait enlevées, se répéta-t-il. Il *devait* le croire.

Elles s'étaient perdues, tout simplement.

Jelly les conduisit sans faillir jusqu'à elles. Assises sur un rocher au bord du sentier, elles chantaient. Dieu soit loué ! Il décernerait une médaille à la chienne, se promit Casimir. Il donnerait son nom à une vallée !

— Tu vois ? fit Ana à sa fille. Je t'avais bien dit que si nous chantions, quelqu'un finirait par nous trouver.

— As-tu une idée du nombre de personnes qui vous cherchent ? commença-t-il en sautant à terre.

— Euh…

— Tout le monde ! *Tout le monde* vous cherche !

— Nous voulions simplement…

— Je t'interdis de dire que vous êtes allées vous promener.

— Même si c'est la vérité ?

— Où est votre guide ?

Une expression mutine envahit les traits d'Ana.

— Nous ne sommes pas allées loin. On peut voir la forteresse, d'ici !

— Comme c'est étrange…, dit-il en plissant les yeux. Parce que depuis la forteresse, personne ne peut *vous* voir.

— Eh bien, nous, nous pouvions la voir, insista Ana.

Et quand c'est devenu impossible, nous nous sommes assises en attendant que ça se dissipe. Et maintenant, tu es là. Alors, tout va bien.

— Tu ne connais pas ces montagnes.

— Nous sommes parties il y a à peine une heure.

— Vous auriez pu être enlevées. Ou tuées !

Sophia s'était levée et le dévisageait en écarquillant les yeux. Il lui faisait peur, il s'en rendait compte.

— Bonjour, dit-il en s'accroupissant devant elle. J'étais inquiet pour toi, tu sais.

— Moi aussi, chuchota Sophia.

Elle se rapprocha de lui et prit son visage entre ses petites mains.

— Tu pleures ?

— Non, c'est l'humidité. À cause du brouillard, mentit Casimir. Tu sais, c'est Jelly qui vous a retrouvées.

Puis il prit la petite fille — *sa* fille — dans ses bras et la serra contre lui. Comment avait-elle pu trouver le chemin de son cœur aussi vite ?

— Et mon cheval va te ramener à la maison.

— C'est le grincheux, répliqua Sophia en nouant les bras autour de son cou. Tomas m'a dit qu'il ne fallait pas le monter.

— Pas toute seule, non. Tu préfères rentrer avec Tomas ?

— Et maman ?

— Elle montera avec moi.

Se redressant avec sa fille dans les bras, il se tourna vers Ana. Elle avait les larmes aux yeux.

— On allait rentrer, expliqua Sophia, les bras toujours serrés autour de son cou. On voulait revenir te retrouver, mais on n'arrivait plus à voir le chemin, tu comprends ?

Ils regagnèrent rapidement la forteresse et les écuries. Le brouillard ne s'était pas levé, mais Casimir et Tomas semblaient connaître le chemin par cœur. Et puis, ils n'avaient qu'à suivre Jelly.

Dès qu'ils eurent mis pied à terre, Ana se tourna vers Casimir qui ne desserrait pas les lèvres.

— Je suis vraiment désolée, murmura-t-elle. J'aurais dû écouter Lor.

Celle-ci prit Sophia des bras de Tomas et la serra contre elle. Quant au fauconnier, il se détourna, le visage livide.

Casimir s'éloigna à grands pas et sortit des écuries. Personne ne prononça un mot. Jusqu'à ce que Tomas se retourne enfin vers elle.

— Comme les tribus du Nord ne répondaient pas à son invitation, il a cru que vous aviez été enlevées.

Après avoir contemplé son visage blême, Ana regarda Lor et sa fille.

— Sophia a besoin d'un bon bain, dit-elle avant de s'élancer à la poursuite de Casimir.

Elle le rattrapa au bas de l'escalier menant à la terrasse.

— Je n'ai pas réfléchi, dit-elle, à bout de souffle. J'aurais dû dire à quelqu'un dans quelle direction nous partions. Je suis désolée de t'avoir causé autant d'inquiétude et d'avoir dérangé tout le monde. Cela n'arrivera plus, je te le promets.

— Non, cela n'arrivera plus, répliqua-t-il sans se retourner.

Il monta les marches quatre à quatre.

— Désormais, tu n'iras plus nulle part sans être accompagnée d'agents de sécurité.

— C'est un peu… extrême, non ?

— Tu trouves ? Pas moi, riposta-t-il sèchement.

Au lieu de se diriger vers la terrasse, il prit le chemin de la bibliothèque. Là, il se servit un whisky qu'il avala d'un trait.

Sa main tremblait, remarqua Ana.

— Cela n'arrivera plus, assura-t-elle. Ce n'est pas la peine de monopoliser des agents pour moi vingt-quatre heures sur vingt-quatre. Je serai plus prudente, Casimir…

— Je préférerais que tu te taises, coupa-t-il d'un ton brutal.

Très bien. Elle attendit, mais il demeura silencieux. Durant un long moment, elle resta immobile à le regarder faire les cent pas, l'air furieux, et sans tourner une seule fois les yeux vers elle.

— Cela irait mieux si tu parlais, dit-elle enfin. Casimir, je suis toujours là. Prête à t'écouter.

Par où commencer ? La colère l'étouffait. La peur lui nouait encore le ventre. Casimir se sentait raide, endolori. Et il ne pouvait se résoudre à la regarder, de crainte de…

De quoi, au juste ? De craquer ? De se précipiter vers elle et de la prendre dans ses bras ?

— Je t'ai mêlée à tout ceci contre ton gré, commença-t-il d'une voix sourde. Je sais que je n'aurais pas dû mais je l'ai fait. Et si toi ou Sophia souffriez à cause de moi, parce que je n'aurais pas pris en compte tous les dangers, j'en serais entièrement responsable et je ne me le pardonnerais jamais.

— Comment peux-tu dire que tu m'as…

— En vous faisant venir ici, je vous ai peut-être exposées à la mort, bon sang ! Alors ne me provoque pas ! Ne me fais pas cela !

La maudite crainte était là, exposée, à vif. La crainte de perdre ceux qu'il aimait. Il l'avait enfin exprimée. À présent, il fallait qu'il s'en aille, avant que la colère et la peur ne l'amènent à dire des choses qu'il ferait mieux de taire. Mais il ne pouvait se résoudre à s'en aller.

— Ne me quitte pas ! enchaîna-t-il malgré lui.

Il voulut se détourner, mais Ana l'avait rejoint et levait la main pour lui effleurer la joue. Casimir ferma les yeux.

— Cette peur n'est pas réelle, murmura-t-elle. Elle vient des ombres qui te hantent. Casimir, regarde-moi.

Il ne pouvait pas. Il ne pouvait pas répondre à un amour aussi profond, aussi… absolu.

— J'ai besoin que tu sois plus prudente, parvint-il à dire, les mâchoires serrées.

— Je le serai. Ce n'est pas de cela que je te parlais, répliqua-t-elle en l'embrassant.

Il ne voulait pas l'aimer. Pas de cette façon. Il haïssait cette pensée. Alors que de son côté elle était prête à se donner tout entière. À lui offrir son cœur, tout son être.

Les paupières toujours closes, il prit possession de sa bouche, presque durement, et lui appuya le dos contre le mur. Puis il rouvrit les yeux et lui repoussa une mèche de cheveux avant de l'embrasser dans le cou, là où le pouls battait avec frénésie.

— Je suis là, répéta-t-elle avec calme. Je crois en ce que tu fais, en tout ce pour quoi tu te bats. Je suis là auprès de toi et je n'ai pas peur.

Elle lui referma les mains sur la nuque et l'embrassa.

— Pouvons-nous faire l'amour ici, maintenant ?

— Oui, répondit Casimir d'une voix rauque.

Chapitre 10

Une semaine supplémentaire avait passé sans que les tribus du Nord ne se manifestent. Et Casimir venait de partir pour la capitale où il avait rendez-vous avec Augustus.

De son côté, Ana était impatiente d'aller s'installer dans sa nouvelle demeure, où elle espérait pouvoir jouir d'un peu plus d'intimité qu'à la forteresse. Car depuis « l'incident du brouillard », comme elle préférait appeler ce malencontreux épisode, elle n'était quasiment jamais seule.

Si Casimir ne se trouvait pas à proximité, Tomas surgissait comme par magie, ou Silas, ou encore la nièce de Lor, devenue la gouvernante de Sophia.

Dire que deux semaines plus tôt, elle jouissait d'une indépendance totale… Cependant, Ana ne restait pas inactive. Quand elle n'étudiait pas à la bibliothèque, elle s'entretenait avec Rudolpho qui lui parlait politique et diplomatie ou la mettait par exemple au courant de détails importants concernant le protocole en vigueur au palais.

D'autre part, elle n'avait pas donné sa démission aux Nations unies, mais avait demandé une mise en disponibilité qui lui avait été accordée.

Au moment où elle allumait son ordinateur, Sophia entra en courant dans la véranda transformée en bureau.

— Tomas veut que tu viennes à la tour, dit-elle, les joues rouges et les yeux brillants.

— Pourquoi ? Vous lâchez des faucons, aujourd'hui ?

— Oui, et des cavaliers arrivent, répondit sa fille, tout excitée. Une dame et un monsieur, et ils sont armés. Tomas est tout bizarre, alors il faut que tu viennes ! Tout de suite !

— Tu dis qu'ils sont *armés* ?

— Oui ! Ils ont des *chiens-loups*.

— Ah, je vois… Il vaut mieux emmener Silas avec nous.

— Il est déjà là-bas ! Viens, dépêche-toi, maman !

Après avoir monté un nombre incroyable de marches, Ana rejoignit Tomas et Silas qui lui désignèrent les deux cavaliers se dirigeant vers la forteresse, accompagnés de deux chiens-loups.

Il avait lâché un faucon en direction des cavaliers après lui avoir enroulé autour du tarse un morceau d'étoffe pourpre, la couleur du royaume, au lieu des bracelets en cuir habituels, expliqua-t-il. Il avait fait cela en signe de bienvenue, pour signifier aux arrivants qu'ils se trouvaient maintenant sous la protection personnelle du roi.

— Très bien, acquiesça Ana en tournant brièvement les yeux vers Silas. Et ensuite ?

— Le faucon est revenu avec un morceau d'étoffe blanche et deux de pourpre. Ce qui signifie qu'un membre de la famille royale vient vers nous, en paix.

Tomas s'interrompit, manifestement troublé.

— C'est sur une impulsion que j'avais utilisé ce morceau d'étoffe. Par superstition. Il s'agit d'une très ancienne coutume. Et *elle* a eu l'audace d'appeler *mon* faucon, en utilisant *mes* signaux.

Ana comprit mieux la remarque de sa fille. Jamais encore elle n'avait vu le placide fauconnier aussi agité.

— Ce qui veut dire que… que cette femme connaît elle aussi l'art de la fauconnerie ? demanda-t-elle.

— Il pense qu'il s'agit de Claudia, intervint Silas avec calme en regardant Tomas.

— Je n'ai pas dit cela, protesta celui-ci.

— Non, mais tu l'as pensé.

— Juste pour que ce soit clair : vous parlez bien de Claudia, la sœur disparue de Casimir ?

Elle les dévisagea l'un après l'autre.

— Oui, c'est bien cela, conclut-elle en hochant la tête.

— Nous n'avons jamais récupéré sa dépouille, fit Tomas.

— Seulement une mèche de cheveux et sa robe, enchaîna Silas.

— Je vous rappelle, répliqua Ana à la hâte, qu'une petite fille de six ans est là, qui vous entend…

Tomas piqua un fard. Silas ferma les yeux en secouant la tête.

— Pouvons-nous voir son visage ? s'enquit Ana.

Sans dire un mot, Tomas lui tendit ses jumelles.

— Elle porte la coiffe traditionnelle, dit-il. On ne voit qu'une partie de son visage. Ça pourrait être elle. Ou n'importe qui d'autre…

— Mais vous pensez que c'est elle.

— Je n'en sais rien ! s'exclama le fauconnier avant de se détourner en jurant haut et fort.

Décidément, il était dans tous ses états…

— *Elle* connaissait l'usage de l'étoffe et sa signification. Ce détail figure dans l'un des traités de fauconnerie royale et je lui avais lu ce chapitre un jour où elle était venue m'aider à soigner un faucon qui s'était cassé l'aile. Elle était douée avec les oiseaux. Ils avaient confiance en elle. Et elle connaissait les appels.

— Pourquoi serait-elle restée à l'écart durant toutes ces années et pourquoi reviendrait-elle maintenant ? répliqua Silas.

— Peut-être parce que le père qui l'a laissée tomber est mort, que son frère a survécu et est heureux, que Byzenmaach fait un grand pas en avant et qu'elle veut rentrer chez elle !

— Mais vous pensez vraiment que c'est elle ? insista Ana.

— Oui, acquiesça-t-il d'une voix sourde.

— Dans ce cas, nous devons prévenir Casimir.

— Et lui dire quoi ? Vous voudriez que je lui dise que je pense que sa sœur est en vie ? Il croira que je suis devenu fou. Comme je le pense moi-même.

— Est-ce qu'il y a une autre personne pas morte pour de vrai qui revient ? questionna Sophia. Comme Casimir ?

Ana hésita un instant avant de répondre :

— Peut-être.

Ils regardèrent tous les quatre, au loin, les cavaliers qui lançaient leurs montures au petit galop.

— Combien de temps leur faut-il pour arriver jusqu'ici ? demanda Ana.

— S'ils gardent cette allure, une heure, répondit Silas.

— Et s'ils l'accélèrent ?

— La moitié.

Alors qu'il s'entretenait avec Augustus et toute une assemblée de conseillers, Casimir vit son assistant apparaître sur le seuil de la pièce et faire signe à Rudolpho de venir le rejoindre. Cela n'avait rien d'étrange en soi, mais quand le conseiller revint en lui tendant un téléphone, il tressaillit.

— Ana, dit Rudolpho.

Craignant aussitôt le pire, Casimir sortit précipitamment sans même s'excuser auprès d'Augustus et des conseillers.

— Qu'y a-t-il ? demanda-t-il d'une voix crispée.

— Deux cavaliers s'approchent de la forteresse, répondit

Ana. D'après Silas, ce sont des émissaires venant du nord et Tomas pense connaître l'un d'eux. Il faut que tu sois ici dans moins d'une heure pour les accueillir.

— Toi et Sophia ne devez pas être sur place. Prépare vos bagages.

— Pas question.

— Vous ne resterez pas à proximité, répliqua-t-il en s'efforçant de contrôler la colère qui montait en lui.

— D'accord. Jusqu'à ce que tu arrives. Ensuite, on verra. Tu es seul ?

Casimir referma la porte derrière lui.

— Oui.

— Tomas dit que tu peux le congédier s'il se trompe, mais personnellement je pense que ce ne sera pas nécessaire : il sautera sans doute du haut d'une falaise si c'est le cas.

— Ana, que se passe-t-il ?

— L'un des deux cavaliers est une femme, Casimir. Et comme je ne sais pas comment te l'annoncer, je te dirai juste que Tomas pense qu'il s'agit de Claudia.

Quarante-sept minutes plus tard, l'hélicoptère se posa dans la cour de la forteresse. Les agents de sécurité avaient identifié le cavalier comme étant un haut dignitaire et l'un des membres les plus influents des tribus du Nord. Ce qui n'avait rien de surprenant. Quant à la femme, ils n'avaient pas réussi à l'identifier, mais Casimir avait vu la photo prise grâce aux équipements sophistiqués dont étaient équipés ses agents. L'image avait beau être floue, il comprenait fort bien que Tomas ait pu prendre la cavalière pour sa sœur et lui pardonnerait volontiers si ce n'était pas elle.

— D'autres informations ? demanda-t-il en s'avançant bientôt avec Silas vers la tour.

— Ils ne sont plus qu'à dix minutes d'ici, Tomas peut à

peine articuler un mot, et Sophia a mis sa plus belle robe et ses chaussures les plus brillantes pour faire honneur à sa tante morte pour de faux.

Oh ! Seigneur…

— Respirez, dit Silas.

— Sophia est en sécurité ?

— Dans la salle de jeux, avec deux gardes du corps.

— Et Ana ?

— Là-haut, répondit Silas en levant les yeux vers le sommet de la tour. Avec Tomas.

— Très bien. Allons les rejoindre.

Quand ils arrivèrent en haut des marches et qu'Ana l'accueillit en souriant, Casimir reprit espoir. Il prit Tomas par le bras et murmura :

— Drôle de journée, hein ? Allons voir de qui il s'agit.

— Ils se sont arrêtés, dit Ana.

En effet, à moins de cent mètres des murailles, les deux cavaliers descendaient maintenant de leurs montures. L'homme écarta les bras et tourna lentement sur lui-même, puis ôta son manteau et sa tunique qu'il plia puis posa en tas sur le sol avant d'y ajouter un cimeterre. Le fusil qu'il portait sur le dos les rejoignit bientôt, ainsi qu'un poignard sorti de sa botte de cuir. La femme se départit à son tour de ses armes, allant jusqu'à ôter les longues tiges retenant ses cheveux noirs.

— Ce sont des couteaux, expliqua Tomas.

— Eh bien, elle s'en débarrasse, c'est déjà ça, répliqua Ana.

Une fois déroulés, les longs cheveux nattés arrivaient à la taille de la cavalière dont les gestes étaient empreints de grâce et de fierté. Casimir se concentra sur son visage, essayant d'y retrouver les traits de l'enfant d'autrefois, mais c'était peine perdue. Qu'il s'agisse de Claudia ou non, les années avaient passé et celle qui se tenait fièrement à côté de son compagnon n'était plus celle dont il avait gardé le souvenir.

Laissant leurs effets en piles bien nettes, ils remontèrent à cheval et se remirent en route. Au pas, cette fois.

— Envoyez quelqu'un chercher leurs affaires et dites aux tireurs embusqués de quitter leurs postes, ordonna-t-il à Silas.

— Il y a des tireurs embusqués ? fit Ana, l'air horrifié.

— Pure précaution, répondit-il en lui tendant la main. Viens…

Puis il lui prit la main pour qu'elle sente la sienne trembler et comprenne que son contrôle ne tenait qu'à un fil, et qu'il avait besoin d'elle.

— Je suppose qu'il n'y a pas de règles prévues pour ce genre de situation ? dit-elle en haussant un sourcil. Pas de protocole à suivre ?

— Non. Mais si je faiblis, prends la relève.

— Tu peux compter sur moi. Mais tu ne faibliras pas, affirma-t-elle avec calme.

Son attitude lui fit un bien fou. Soudain, Casimir sentit ses dernières défenses tomber.

Aimer, totalement. Et être aimé aussi fort en retour.

C'était ce qu'il désirait. Au plus profond de son être.

— Je t'aime, dit-il en russe. Et je comprends ce que tu voulais dire, à présent.

Elle trébucha et, s'il ne lui avait tenu la main, elle aurait pu tomber.

— Tu choisis bien ton moment, murmura-t-elle.

Immobile devant l'immense porte grande ouverte des écuries, Ana attendait, encadrée par Casimir et Tomas.

Une douzaine d'agents de sécurité étaient disséminés alentour, tous armés.

L'homme fut le premier à descendre de sa monture. Les yeux fixés sur Casimir, il continua à pied en tenant son cheval par la bride, puis lâcha celle-ci.

— Bonjour, Majesté, dit-il en s'arrêtant devant Casimir. Cela faisait bien longtemps.

Casimir hocha la tête.

— Soyez le bienvenu, Lord Ildris. Qui est celle qui vous accompagne ?

Lord Ildris attendit un instant avant de répondre, comme s'il choisissait ses mots avec soin.

— L'émissaire que vous avez demandée et qui est prête à s'asseoir à la table des négociations, en son nom propre et au nom des tribus du Nord.

La femme avait mis pied à terre mais gardait les yeux baissés. Elle s'avança d'un pas léger et assuré, suivie de son cheval et des chiens. Qui qu'elle soit, elle ne manquait pas d'allure. Et quand elle redressa soudain la tête, son regard…

Ses yeux étaient de la même forme et de la même teinte que ceux de Casimir. Que ceux de Sophia.

— Bonjour, Casimir, dit-elle.

Elle tourna les yeux vers Tomas.

— Bonjour, Tomas. Tu es le fauconnier de la forteresse, maintenant ?

Le pauvre, il semblait avoir perdu l'usage de la parole.

— Oui, répondit Ana à sa place.

— C'est bien ce que je pensais, répliqua la femme avec un doux sourire.

Puis elle reporta de nouveau son attention sur Casimir.

— Salut, mon frère. Il y avait longtemps…

Casimir paraissait lui aussi figé sur place.

— Il semblerait qu'elle n'est pas morte pour de vrai, murmura Ana en russe pour le sortir de sa torpeur.

Car de toute évidence il parlait couramment cette langue.

— Souhaite-lui la bienvenue, poursuivit-elle.

Comme mû par un ressort, il s'avança et attira sa sœur dans ses bras avant de la serrer farouchement contre lui.

— Lord Ildris, dit Ana en souriant à celui-ci. Vous devez vous sentir las, après cette longue chevauchée. Alors, si vous le souhaitez, je vais vous conduire à votre suite où vous pourrez vous installer et vous reposer.

Elle sourit à nouveau avant d'ajouter :

— Laissons les autres à leurs retrouvailles. Nous les reverrons tout à l'heure, au dîner.

Après avoir incliné la tête devant elle, le dignitaire s'avança avec elle sur l'allée traversant les jardins.

— J'ai appris que vous aviez une fille, dit-il au bout de quelques instants.

— Oui, et j'espère que vous aimez les jeunes chiens-loups parce que nous en avons huit, en ce moment.

— J'ai moi-même deux de ces chiens, répliqua-t-il d'un ton aimable. Peut-être pourrons-nous procéder à un échange ?

— Et vous vous y connaissez en échanges, n'est-ce pas ?

Ç'avait été plus fort qu'elle. Mais bon, libre à lui de réagir comme il l'entendait.

Lord Ildris demeura silencieux.

— Pourquoi maintenant ? insista Ana en montant les quelques marches menant à la terrasse du rez-de-chaussée. Après tant d'années, pourquoi la rendre maintenant ?

— C'est à Claudia qu'il faut poser la question, répondit-il avec calme. Mais nous ne la *rendons* pas et ne l'avons jamais forcée à quoi que ce soit, ni autrefois ni maintenant. Elle est restée avec nous de son plein gré et a décidé de retourner vers les siens quand elle s'y sentirait prête. C'est tout ce que je peux vous dire.

Surprise et de plus en plus intriguée, Ana le conduisit vers l'une des suites réservées aux invités de passage et en ouvrit la porte.

— Vous ou Claudia suivez-vous un régime particulier ? Êtes-vous allergiques à certains aliments ?

— Ni elle ni moi ne souffrons d'allergie et nous mangeons de tout.

— Parfait. Le dîner est servi à 19 heures.

— Merci. Puis-je vous féliciter pour vos fiançailles ?

— Je vous remercie, répondit Ana avec un grand sourire.

— Une femme dotée du sens de l'humour représente un atout considérable pour un souverain, répliqua-t-il. Quant à moi, je suis ravi de faire votre connaissance, madame…

Il s'interrompit en haussant les sourcils.

— Comment dois-je vous appeler ?

— Ana ! répondit-elle en riant. Reposez-vous bien, Lord Ildris. Vos affaires vont vous être apportées. Enfin, une partie d'entre elles. Le reste sera déposé en lieu sûr jusqu'à votre départ. À tout à l'heure.

Longtemps après le dîner, Ana rejoignit Casimir dans sa chambre et attendit qu'il commence à se déshabiller. Il avait accompagné sa sœur jusqu'à sa suite et était resté un moment avec elle avant de regagner ses propres appartements.

— Ainsi, Claudia est bien vivante, murmura-t-il, l'air un peu perdu.

— Oui. Et elle aime beaucoup Sophia.

La sœur de Casimir avait en effet fait la conquête de la petite fille qui l'avait dévorée des yeux durant tout le dîner.

— Oui, acquiesça-t-il en desserrant sa cravate. Je lui

ai demandé pourquoi elle était restée loin de nous durant toutes ces années.

— Casimir, tu n'es pas obligé de m'en parler maintenant, tu sais ? Ni même de m'en parler du tout.

— Elle m'a répondu qu'elle avait eu l'occasion de revenir à plusieurs reprises, poursuivit-il, mais qu'elle ne souhaitait pas retourner là où elle n'était pas désirée. Elle a dit que mon père l'avait reniée. Qu'il pensait qu'elle n'était pas de lui car ma mère avait eu un amant.

— Avec ces yeux-là ?

— Cet amant était mon oncle, qui avait les mêmes yeux. Il est mort lors d'un accident de chasse, dans les montagnes. Avant la naissance de Claudia.

— Il est mort pour de vrai, lui, ou il risque de réapparaître d'un instant à l'autre ?

Une lueur chaude éclaira le regard de Casimir.

— J'aime ce que tu apportes dans mon univers, Ana.

— Tout le plaisir est pour moi.

Elle portait une toute nouvelle chemise de nuit en soie couleur ivoire et aurait bien aimé l'inaugurer avec lui, mais ce n'était sans doute pas le moment de songer à ce genre de frivolité…

Casimir défit ses boutons de manchette.

— D'après Claudia, et je la crois sans difficulté, mon père avait découvert l'infidélité de ma mère et a fait assassiner mon oncle. Et il l'a ensuite reconnue comme sa fille avant de changer d'avis quand elle a été enlevée. Il l'a abandonnée à son sort, purement et simplement. Et, lorsque ma mère a compris la véritable raison de son attitude, elle s'est suicidée.

Que dire face à une telle ignominie ? Rien.

— Lord Ildris et sa femme ont recueilli Claudia. Quand elle a eu dix ans, ils lui ont tout dit et lui ont demandé si elle désirait rentrer au palais. Elle a répondu qu'elle voulait rester avec eux. À dix-huit ans, ils lui ont reposé la question.

— Et elle a répondu la même chose, enchaîna Ana avec calme.

— Durant toutes ces années, elle m'a laissé croire qu'elle était morte… par ma faute, en quelque sorte. Je me suis senti responsable de sa mort et de celle de ma mère. Personne ne m'a jamais détrompé, dit-il d'une voix rauque. J'aimerais être en colère contre eux, contre Claudia, mais je n'y arrive pas. Elle a pensé que personne ne voulait d'elle et a considéré son enlèvement comme une chance, pas un crime. À présent, elle a prêté allégeance aux tribus du Nord et non à la couronne de Byzenmaach.

— Ce qui ne l'a pas empêchée de revenir vers toi, en portant les couleurs royales. Ne tire pas de conclusions trop hâtives de tout cela, Casimir. Parce que j'ai bien l'impression que vous désirez la même chose elle et toi : un renouveau.

Ana s'interrompit un instant avant de demander :

— Se considère-t-elle comme ta sœur, ou ta demi-sœur ?

— Je n'en sais rien. Nous n'avons pas abordé le sujet.

— Que préférerais-tu ? Le mensonge ou la vérité ?

— En tant qu'homme ou que monarque ?

— Nous sommes dans ta chambre, Casimir. Ici, c'est à l'homme que je m'adresse, pas au roi.

Une lueur fauve traversa son regard.

— L'identité du père de Claudia ne change rien à ce que je ressens pour elle, répliqua-t-il. Ni à ma joie de la savoir vivante et en bonne santé. Claudia est ma sœur, point final. Je ne fais pas les choses à moitié.

— Non, en effet, fit Ana en plissant les paupières. Tu as appris le russe. Et pas à moitié.

— Ah… Oui.

— Il n'y a pas si longtemps, tu m'as laissée te parler en russe. Tu m'as même *priée* de le faire.

— Pour ma défense, dit-il en déboutonnant sa chemise, je précise qu'au départ je désirais seulement t'entendre *lire* en russe. J'avais même apporté un livre dans ce but. C'est toi qui as… pris certaines libertés par rapport au texte.

— Tu n'avais pas dit que nous n'avions plus de secret l'un pour l'autre ?

— En effet, dit-il en refermant les doigts sur la boucle de sa ceinture en cuir.

— Répète ce que tu m'as dit tout à l'heure.

— Je voulais d'abord disposer des bougies partout, répliqua-t-il, les yeux brillants. Des bijoux. Un diadème…

— J'aime beaucoup les diadèmes, dit-elle. J'attends toujours…

— Je t'aime, lâcha-t-il en français.

Ce n'était ni sa langue maternelle, ni la sienne.

— Encore…

— Je t'aime, répéta-t-il en russe. Plus que je ne pourrai jamais le dire.

Un éclat doré éclaira son regard tandis qu'il ajoutait, dans sa langue maternelle :

— Et je t'aimerai toujours, Ana.

Cette fois, elle le crut.

— Moi aussi, je t'aime. Mais tu le savais déjà. Tu veux que je te donne quelque chose à faire ? demanda-t-elle en haussant les sourcils d'un air malicieux.

— Je suis à ton entière disposition, ma chérie.

Le Casimir facétieux et rieur était de retour. L'homme merveilleux qui venait de lui offrir son cœur.

— Eh bien, tu pourrais ôter le reste de tes vêtements, pour commencer.

— Avec le plus grand plaisir…

Épilogue

Deux semaines plus tard.

Ana se préparait pour le bal sous le regard attentif de la future petite duchesse, tandis que sa future belle-sœur achevait de se maquiller, aussi nerveuse qu'elle à la perspective d'être présentée à la haute société de Byzenmaach.

Les couturiers avaient travaillé jour et nuit pour que les robes soient prêtes à temps. La sienne était dos nu, en soie ivoire rehaussée au niveau du bustier de broderies de perles d'une nuance un peu plus foncée. Celles-ci montaient sur sa gorge pour former une sorte de col noué sur la nuque. Un coiffeur réputé lui avait fait un chignon stylé et, pour tout bijou, Ana portait des perles aux oreilles, et, fixés à l'aide de fils invisibles, de minuscules diamants dans les cheveux.

Sans oublier la bague de fiançailles au diamant rose trouvée sur sa table de nuit ce matin-là.

Dans moins d'un an, elle épouserait l'homme qu'elle aimait et qui l'aimait de tout son être, de tout son cœur.

Apparaissant à côté d'elle dans la haute psyché, Claudia leva les mains pour ajuster son diadème. Ana ne pouvait en porter avant son mariage, mais, Claudia appartenant à la famille royale, elle s'en était choisi un dans les collections royales où elle s'était rendue avec

Ana, Sophia et Rudolpho. Avant d'entreprendre cette mémorable expédition, elles s'étaient promis de réussir à faire sourire le digne conseiller.

Et non seulement elles y étaient parvenues, mais elles l'avaient vu se détourner pour dissimuler ses larmes.

Après cela, elles l'avaient laissé en paix et il avait vite repris son flegme habituel, puis elles l'avaient retrouvé en grande discussion avec Sophia qui voulait savoir s'il préférait qu'elle porte ses bagues aux doigts ou aux orteils.

Rudolpho lui avait alors raconté l'histoire de chacune des bagues avec un tel mélange de sérieux et d'humour que cet exploit lui avait valu trois fans à vie.

Tournant les yeux vers sa future belle-sœur, Ana admira la robe de soie couleur bronze chatoyant au moindre mouvement et mettant en valeur son corps mince. Sur ses épaules nues, Claudia portait une écharpe pourpre et blanche marquant son appartenance à la famille royale. La croix fixée sur l'écharpe au niveau de la taille, joyau offert par les tribus du Nord, rappelait quant à elle l'allégeance de Claudia envers ceux qui l'avaient recueillie autrefois et auprès desquels elle avait choisi de rester.

En plus du diadème ayant appartenu à sa mère, elle avait choisi un collier de diamants et des boucles d'oreilles assorties. Quant à ses longs cheveux, ils étaient rassemblés en un élégant chignon similaire à celui d'Ana.

Sophia, future duchesse de Sanesch et membre autoproclamé de l'Ordre du Dragon, n'allait pas au bal. Aussi portait-elle une chemise de nuit en coton blanc bordé de dentelle, sur laquelle ressortait un long collier de perles de pacotille noué sur sa hanche à la façon d'une écharpe. Pieds nus, elle se mit à danser autour de sa mère et de sa tante, prête à se rendre à son propre bal imaginaire.

— J'ai des bijoux pour vous, dit-elle en desserrant le poing.

Deux petits galets lisses et mouchetés de vert apparurent.

— Ce sont des pierres du dragon et il y en a une pour chacune de vous deux. Vous devez les porter tout près du cœur.

— Merci, dit Claudia en prenant délicatement l'un des deux galets avant de le glisser dans son bustier. Il va me donner du courage.

— Tu peux le garder, précisa Sophia.

Ana prit le second galet et imita Claudia.

— Merci, ma chérie. Comment nous trouves-tu ?

— Vous êtes belles comme des princesses. Papa dit qu'il va danser avec vous toute la nuit.

— J'ai l'impression qu'on parle de moi, fit une voix derrière elles. En bien, j'espère…

— Évidemment ! répliquèrent Ana et Claudia en chœur.

— Sommes-nous prêtes ? demanda Casimir.

Ana haussa un sourcil espiègle.

— As-tu ta pierre du dragon ?

— Oui, dit-il en se tapotant la poitrine à la place du cœur.

— Allez-y, suggéra sa sœur. Je reste avec Sophia pendant que vous accueillez vos invités. Je ferai ma grande entrée un peu plus tard.

— Mais j'ai besoin de soutien ! protesta Ana.

— Tu as Casimir. Fais-moi plaisir, s'il te plaît : je voudrais lire une histoire à ma nièce et lui montrer ensuite la cachette secrète d'où l'on domine la salle de bal. Je la ferai monter sur une chaise et nous glisserons le panneau ensemble pour vous regarder danser tous les deux.

Casimir sourit.

— Elles font de toi ce qu'elles veulent, lui dit Ana.

— Toi aussi. Et tu portes la bague que je t'ai offerte.

— Oui. Que dirais-tu d'un mariage au printemps ?

Le sourire de son fiancé s'agrandit.

— Je suis entièrement d'accord.

— Tes gants ! s'exclama Claudia.

— Mais, si je porte des gants, personne ne verra ma bague !

— Peu importe, chuchota Casimir. Je saurai qu'elle est là.

— Et ton diadème ? questionna Sophia.

— Non, je ne… Oh…

Un superbe diadème apparut dans les mains de Casimir, fait d'entrelacs d'argent sertis de diamants et de perles.

— C'est mon cadeau, dit Casimir. Il ne vient pas des collections royales.

— Mon Dieu, je rêve…, souffla-t-elle.

— Non, c'est bien réel, dit Claudia. Et ton fiancé t'attend.

Ana prit la main de Casimir et se dirigea avec lui vers la salle de bal. Là, il entreprit de la présenter aux invités. Il n'oublia personne et Ana retint le nom de chacun et chacune.

— Tu crois que Claudia et Sophia nous regardent déjà ? demanda-t-elle en entendant les musiciens accorder leurs instruments.

Casimir lui passa le bras autour de la taille.

— Oui.

La musique se déploya dans l'immense salle.

— Je t'aime, murmura-t-il avec un doux sourire.

Cette fois, il l'avait dit en latin.

— J'envisage de te le dire dans toutes les langues possibles et imaginables.

— Tu es mon conte de fées, répliqua Ana. Être avec toi relève de la magie.

Elle lui posa une main sur l'épaule et glissa l'autre

dans sa grande main chaude. Puis ils dansèrent tandis qu'elle imaginait la petite duchesse perchée sur sa chaise et partageant ses impressions avec sa tante bel et bien vivante — pour de vrai.

KELLY HUNTER

Reine par devoir

Traduction française de
LOUISE LAMBERSON

DIADÈME

HARLEQUIN

Titre original :
CONVENIENT BRIDE FOR THE KING

Ce roman a déjà été publié en 2018.

Chapitre 1

Moriana d'Arun avait toujours été très patiente et compréhensive. Mais lorsqu'elle se vit traitée comme un vulgaire paquet, c'en fut trop.

Son frère Augustus ne cherchait pas du tout à l'éviter. Il n'était pas disponible pour bavarder avec elle parce qu'il avait des gens à voir, un royaume à gouverner…

Quel lâche ! Il préférait sans doute attendre qu'elle se soit remise de l'humiliation publique qu'elle avait subie la veille !

Casimir de Byzenmaach ne comptait plus l'épouser ? Et alors ? Au départ, l'idée n'était pas venue de lui, de toute façon. Ni de Moriana. Ils s'étaient retrouvés promis l'un à l'autre dès leur plus jeune âge pour des raisons purement politiques, comme cela se pratiquait entre familles royales.

Et pourtant, de manière inexplicable, la défection de Casimir l'avait… anéantie. À cause de ce rejet, elle se sentait insignifiante, non désirée et surtout, pas à la hauteur. À quoi bon tout ce travail, ces interminables leçons de politique, ces sempiternelles contraintes, ce contrôle, cette retenue guidant le moindre de ses gestes, si c'était pour finir abandonnée ?

D'un pas résolu, Moriana s'avança dans le long couloir. Austère, gris et impossible à chauffer correctement, le palais royal d'Arun n'invitait pas vraiment à la détente ou à la frivolité.

Elle n'avait d'ailleurs jamais compris pourquoi Augustus s'était installé dans l'aile sud, choisissant les pièces les plus sinistres du palais royal.

Quand elle poussa la porte de l'antichambre, le secrétaire personnel de son frère, au service de la maison d'Arun depuis toujours, leva les yeux vers elle.

— Bonjour, princesse, quelle agréable surprise ! dit-il avec son calme habituel.

— Il est là ? demanda Moriana.

— Sa Majesté est au téléphone.

— Il est bien là, donc, répliqua-t-elle en se dirigeant vers la porte du bureau de son frère. Fantastique !

Le secrétaire soupira et appuya sur une touche de l'Interphone posé devant lui. Il ne prononça pas un mot : Moriana était certaine qu'une touche lui était réservée, programmée pour annoncer son arrivée.

Lorsqu'elle pénétra dans la pièce, son frère tourna les yeux vers elle, dit à son interlocuteur qu'il le rappellerait puis posa le combiné devant lui, sur le bureau.

— Pourquoi a-t-on l'impression de se retrouver dans une glacière quand on entre ici ? demanda-t-elle. On croirait qu'il n'y a pas de chauffage ! Tu ne peux pas choisir une pièce mieux chauffée et plus accueillante pour diriger le royaume ?

— Tu devrais peut-être plutôt porter des vêtements plus chauds, répliqua Augustus.

— Il fait très bon aujourd'hui — *à l'extérieur*, riposta-t-elle.

— Si j'avais choisi un endroit plus agréable, j'aurais été dérangé sans cesse par toutes sortes d'importuns qui m'auraient empêché de travailler, dit-il avec un sourire indulgent.

Il s'appuya au dossier de son fauteuil, l'air parfaitement à l'aise, or Moriana se rappelait le petit garçon cloué au lit à cause de la varicelle et l'adolescent aux prises avec sa première gueule de bois. Elle connaissait ses éclats de rire et ses accès de tristesse. Augustus pouvait bien afficher son autorité royale en public, mais en tête à tête il n'était pour elle qu'un grand frère un peu agaçant.

— Que puis-je faire pour toi ? demanda-t-il.

— Tu es au courant de cela ? répliqua-t-elle en brandissant la feuille de papier vélin couleur ivoire.

— Peut-être…

D'un geste brusque, elle plaqua la lettre infamante devant lui sur le bureau en ébène.

— Theo m'a envoyé sa demande. Sa *demande en mariage*, précisa Moriana.

La bouche de son frère tressaillit.

— Je t'interdis…

— Eh bien, sa démarche est compréhensible, l'interrompit Augustus. Tu es disponible et Theo subit de plus en plus de pressions pour produire un héritier. Et au plan politique, votre union serait…

— Nous n'éprouvons que du mépris l'un pour l'autre, l'interrompit-elle à son tour. Rien ni personne ne réussirait à convaincre Theo de passer une soirée avec moi, alors toute sa vie…

— J'ai ma théorie là-dessus…

— Eh bien, garde-la ! coupa-t-elle de nouveau.

— Elle se résume peu ou prou à cela, continua néanmoins son frère : il t'a tiré les cheveux lorsque vous étiez tout gosses, ce qui lui a valu un œil au beurre noir, et depuis ce jour, vous êtes restés des ennemis féroces. Si tu passais quelques heures avec Theo, tu te rendrais compte qu'il n'est pas aussi mauvais que tu le crois. Il a beaucoup voyagé, c'est un homme cultivé et très intelligent, doublé d'un négociateur hors pair. Toutes qualités que tu admires.

— Un négociateur hors pair ? Tu plaisantes ? Il m'a envoyé sa demande en mariage par *lettre type* ! Il a inscrit mon nom dans l'emplacement prévu à cet effet en haut et a signé au bas, c'est tout.

— Et il a le sens de l'humour, en plus.

— Ah… C'est nouveau !

— Tout le monde le pense, sauf toi.

— Et alors ? Pourquoi, d'après toi ?

— Cela ne fait que confirmer ma théorie.

Moriana tira une chaise, s'assit et croisa les jambes, faisant fi de l'étiquette. Augustus soupira. Deux secondes après, elle les décroisa, lissa sa jupe sur ses cuisses et se redressa, le dos droit comme un piquet, puis dévisagea son frère.

— C'est toi qui es derrière cette histoire ?

Il en était fort capable. Lui et Theo n'avaient pas leur pareil pour comploter.

— Moi ? Pas du tout.

— Casimir, alors ?

— J'en doute. Il est très occupé, en ce moment : entre les funérailles de son père, la préparation du couronnement, sa paternité soudaine et la cour qu'il fait à la mère de sa fille…

Moriana tambourina sur l'affreux bureau, pour se donner le temps de digérer les paroles de son frère d'une part, mais aussi parce qu'il détestait ça.

— Si ce n'est ni toi ni lui, *qui* en a eu l'idée ?

Il baissa les yeux sur les doigts, les fixa durant quelques instants, puis ouvrit un tiroir du bureau dont il sortit une longue règle de bois. Il la souleva, comme pour en évaluer la portée, avant d'en poser doucement l'extrémité dans la paume de sa main libre.

— Arrête de tambouriner sur mon bureau.

— Sinon ? Tu me frappes ? riposta Moriana en le défiant du regard.

Mais elle cessa néanmoins son manège et leva la main pour s'examiner les ongles. Pas de dégâts. Peut-être se les peindrait-elle en noir tout à l'heure, histoire de les assortir au bureau d'Augustus et à sa propre humeur.

— Tu n'as pas répondu à ma question. Qui en a eu l'idée ?

— Theo, je suppose.

Levant les yeux, Moriana croisa le regard de son frère. Il savait quelque chose, elle l'aurait juré.

— Ce n'est pas une insulte mais un honneur, Moriana, poursuivit-il. Tu es née et as été élevée pour occuper une position semblable à celle qu'il te propose. Tu représentes pour lui un parti de la plus haute valeur.

— Non, tu ne m'auras pas avec ce genre d'argument, cette fois-ci. J'en ai plus qu'assez d'être la princesse docile qui fait ce qu'on lui dit de faire, qui rend service encore et toujours aux dépens de ses propres besoins et désirs. Je pars faire la fête à Cannes, je vais semer le scandale partout sur mon passage et me livrer aux pires débauches, avec des people aux mœurs dissolues.

— Quand ? s'enquit tranquillement Augustus.

— Bientôt.

Il ne cilla même pas.

— Tu ne me crois pas, je sais, reprit Moriana. Tu penses que je suis une femme coincée dépourvue de tout sens de l'humour et incapable de s'amuser. Eh bien, tu as tort. Je veux connaître le feu et la passion dans les bras d'un amant. Pour une fois dans ma vie, je veux faire quelque chose pour *moi* et connaître l'ivresse ! J'en ai assez, des valeurs que l'on m'a appris à respecter, de ma réputation, de mon sens du devoir envers mon roi et mon pays, de ma virginité… Je vais *m'éclater*, tu m'entends ?

— D'accord, mais ne faisons rien de précipité.

— Précipité ? Tu as bien dit *précipité* ?

Une princesse ne criait pas. Aussi Moriana baissa-t-elle aussitôt la voix d'une octave.

— À dix-huit ans, j'aurais pu flirter, voire plus si affinités, avec le garçon d'écurie. Il était beau, insouciant et il montait comme un dieu. À vingt-quatre, j'ai failli craquer pour un cheikh richissime. Il suffisait qu'il pose les yeux sur moi pour que je fonde. Un an plus tard, j'ai rencontré un musicien qui avait des mains de rêve. Je l'aurais volontiers invité à partager mon lit mais ne l'ai *pas* fait. Tu veux que je continue ?

— Non, par pitié.

— Casimir n'est pas vierge, lui, poursuivit-elle. À vingt-trois ans, il a fait un enfant à une femme de dix-neuf ! Tu sais ce que je faisais, moi, à vingt-trois ans ? Je prenais des cours de danse pour pouvoir sentir la main de quelqu'un sur moi.

— Je croyais qu'il s'agissait de cours d'escrime.

— J'ai fait les deux. C'est pareil, de toute façon — avec un peu de risque en prime. J'ai *attendu*, Augustus. Pas d'idylles, pas d'amants ni d'enfant pour Moriana d'Arun. Rien que le devoir. Et pour quoi ? Pour me voir accuser ce matin dans la presse d'être trop froide, trop austère et trop concentrée sur les collectes de fonds et mes études pour pouvoir consacrer du temps à un homme ? Pas étonnant que Casimir soit allé voir ailleurs !

— Personne n'a dit cela, se défendit son frère en plissant légèrement le front.

— Tu n'as pas lu les journaux, ce matin ?

— Personne ne l'a dit *ici*, corrigea-t-il.

— Qu'est-ce que j'ai fait de mal, Augustus ? À huit ans, j'ai été promise à un garçon indifférent. Maintenant je reçois une demande en mariage — sous la forme d'une lettre type — d'un roi play-boy à qui je déplais depuis toujours. Et tu me dis que je devrais me sentir *honorée* ?

Sa voix se brisa.

— Pourquoi es-tu aussi pressé de te débarrasser de moi ? Suis-je à ce point nulle à tes yeux ?

Moriana redressa les épaules. Elle détestait perdre le contrôle d'elle-même, céder à un accès de faiblesse et laisser entrevoir ses blessures secrètes. Elle avait été habituée à faire bonne figure et à servir autrui. Depuis sa naissance.

Mais la lettre de Theo… La *lettre type*…

— Son oncle fait de nouveau des siennes et remet en question la légitimité de Theo, je sais, reprit-elle. Je lis les rapports. *Tous* les rapports. Je comprends que Liesendaach ait besoin de stabilité et que nous préférions avoir affaire à Theo plutôt qu'à son oncle. Mais je ne suis *pas* la solution à son problème et à son besoin de se marier à la sauvette !

— À vrai dire, tu représentes la solution idéale, répliqua Augustus en l'observant avec attention. Tu rêves de fonder une famille depuis des années ; Theo a besoin d'avoir un héritier. Tu pourrais être enceinte dans moins d'un an.

— Cesse. Ne joue pas avec cela, s'il te plaît.

— Toi et Theo partagez les mêmes objectifs. C'est évident, non ?

Moriana referma les bras autour de son buste et fixa le bout de ses boots, d'une nuance plus foncée que le violet de sa robe. Elle portait des boucles d'oreilles assorties à son collier. Extérieurement, elle offrait l'image même de la princesse parfaite. Mais à l'intérieur, elle était décomposée.

— Peut-être que je ne désire plus avoir d'enfant. Peut-être est-ce incompatible d'élever des héritiers de sang royal, de veiller à leur bien-être, et de se sentir aimé.

— Nos parents ne s'en sont pas si mal sortis, il me semble.

— Ah, tu trouves ? ne put-elle s'empêcher de riposter. Tu crois que je me suis sentie — que je me *sens* — aimée ? Par qui ?

Un rire bref et amer lui échappa.

— Par toi ? Toi qui es prêt à me condamner à un nouveau mariage sans amour dans le seul but de garantir la stabilité de la région ? Par Casimir ? Qui n'a jamais voulu de moi mais n'a jamais eu le courage de le dire ? Par Theo ? Avec sa demande en mariage et son interminable cortège de maîtresses ? Tu crois vraiment que, côté affection et reconnaissance parentale, j'ai été comblée ? Mais sur quelle planète vis-tu, Augustus ? En dehors des moments où vous avez besoin de mes services, aucun de vous ne se souvient que j'existe.

Moriana s'interrompit. Elle se sentait stupide. Stupide d'avoir mis sa vie entre parenthèses durant dix ans et de ne jamais avoir remis en question cette promesse de mariage datant de l'époque où elle n'était qu'une enfant. Elle aurait pu exiger de vraies fiançailles. Elle aurait pu refuser tellement de choses et cesser de s'évertuer à faire plaisir à des êtres qui se fichaient de son sort.

— Il ne feint même pas de m'offrir de l'amour, il ne prétend même pas être attiré par moi.

— C'est ce que tu désires ?

— Oui ! Je veux vivre avec un homme qui tient à moi, qui me désire pour ce que je suis. C'est si difficile à comprendre ?

— Il tient peut-être à toi.

— Pardon ?

— Theo. Il tient peut-être à toi.

— Tu ne penses tout de même pas que je vais croire ça ? répliqua-t-elle en écarquillant les yeux. Si, apparemment. Tu me prends vraiment pour une imbécile !

— C'est une hypothèse.

— Tu veux que je la réfute ? Je peux compter sur les doigts *d'une* main les fois où j'ai senti qu'il me soutenait. La première, c'était lors des funérailles de maman, quand il m'a rattrapée de justesse alors que je trébuchais en montant les marches de l'église. Il m'a fait asseoir et est allé me chercher un verre d'eau, puis il est resté à côté de moi en silence. La seconde et dernière fois, c'était à l'occasion d'un sommet régional à propos du projet d'alimentation en eau, au moment où un délégué complètement ivre m'a posé la main sur les reins. Theo lui a dit que, s'il ne l'ôtait pas tout de suite de là, il allait la lui briser.

— Ça, ça me plaît, fit son frère avec un léger sourire.

— Bien sûr.

— Il est capable de te repérer dans une salle immense et bondée. Il l'a toujours été. Et de décrire en détail la tenue que tu portes.

— Cela prouve qu'il est observateur, rien d'autre.

— Non, c'est plus que cela.

— Je ne partage pas ton avis. Il m'a peut-être fait du charme une ou deux fois, mais par simple défi, et parce qu'il savait que je lui étais interdite, de toute façon.

Se penchant en avant, Moriana s'empara de la lettre et la plia en quatre pour ne plus en voir le contenu infamant.

— Non, Augustus. Il s'agit d'une demande purement intéressée. Theo n'est pas idiot, il sait très bien ce que notre union lui rapporterait au plan politique. Alors que de mon côté je n'en retirerais aucun profit. Rien de ce que je désire, en tout cas.

— Je t'ai bien entendue.

— Parfait, acquiesça Moriana avec un sourire crispé. Je pourrais lui envoyer mon refus par lettre type. Du style : « Cher monsieur,

Après avoir bien examiné votre demande, je suis au regret de vous informer qu'elle a été rejetée. Vous aurez peut-être plus de chance la prochaine fois. »

— Cela ne ferait que l'inciter à recommencer. Tu connais Theo…

— Tu as raison. « Vous auriez peut-être plus de succès ailleurs » ?

Augustus sourit mais son regard demeurait inquiet.

— C'est déjà mieux. Moriana…

— Non, l'interrompit-elle. N'essaie pas de me culpabiliser pour me forcer à accepter.

— Ce n'est pas mon intention. Tu es libre de tes choix.

— Ravie de te l'entendre dire. Je devrais venir bavarder avec toi plus souvent.

Se levant, Moriana contourna l'imposant bureau pour aller embrasser son frère sur le dessus de la tête — principalement parce qu'elle savait que ce genre d'effusion l'agaçait.

— Je suis désolée, chuchota-t-elle. J'apprécie ce que Theo fait pour son pays. Je lui sais gré d'avoir redonné de la stabilité à la région et je lui souhaite bonne continuation. Il y a beaucoup de choses à admirer en lui, je le reconnais, et si je pensais qu'il ressentait de l'affection pour moi et qu'il pouvait être à l'écoute de mes désirs et aspirations, je l'épouserais et ferais tout pour que notre mariage fonctionne. Je ne recherche pas le coup de foudre, mais cette fois-ci je veux absolument que mon futur époux respecte mes besoins, qu'il fasse attention à moi et me soit fidèle.

Et s'il pouvait m'aimer, ce serait merveilleux. Mais ce n'est pas le genre de Theo…

Augustus regarda sa sœur se diriger vers la porte.

— Je t'aime, tu sais ? dit-il au moment où elle posa la main sur la poignée. Et je désire que tu sois heureuse.

Sans se retourner, elle ouvrit la porte et la referma sur elle.

Se prenant le visage entre les mains, il inspira à fond et contempla le téléphone posé devant lui.

Theo n'était pas resté en ligne… Il avait dû raccrocher…

Il souleva l'appareil et le porta à son oreille. Rien. Silence.

— Tu es encore là ? demanda-t-il enfin.

— Oui.

Aïe…

— Je regrette que tu aies entendu notre conversation, Theo.

— Ta sœur est formidable ! Fantastique !

Theodosius de Liesendaach se passa la main dans les cheveux en laissant échapper un soupir.

— Avec le garçon d'écurie… Ça alors… C'est vrai ?

— J'aurais préféré ne pas être au courant, répliqua Augustus au bout du fil. Mais qu'est-ce qu'il t'a pris de lui envoyer une demande en mariage par lettre type, bon sang ? Je croyais que tu souhaitais obtenir sa coopération ?

— Oui, en effet. Et j'avoue que je ne m'attendais pas à un refus aussi catégorique.

— Tu pensais qu'elle allait accepter en poussant des cris de joie ?

— Non, mais qu'elle y réfléchirait, au moins.

— Elle l'a fait, répliqua son ami d'un ton pince-sans-rire. Où en est ton oncle avec sa pétition réclamant ta destitution ?

— Il aura bientôt le nombre de signatures requises.

La pétition se fondait sur une clause de la Constitution de Liesendaach autorisant la destitution d'un monarque n'ayant pas l'intention de se marier et de produire un héritier. Cette clause n'avait pas été appliquée depuis plus de trois siècles.

— Il te faut un plan B, dit Augustus.

— Je l'ai. Il consiste à parler à ta sœur en personne.

— Tu l'as entendue : cela ne l'intéresse pas.

— Un garçon d'écurie… Des stars dissolues… Tu veux vraiment prendre le risque qu'elle passe à l'acte ?

— Parce que tu crois que tu vaux mieux ? Une *lettre type*, bon sang ! Sincèrement, Theo, je pensais que tu ne le montrais pas mais que Moriana ne t'était pas indifférente. Et qu'elle comptait même beaucoup pour toi. Sinon, je n'aurais jamais encouragé cette initiative.

— Elle compte beaucoup pour moi.

Non seulement Moriana possédait toutes les qualités indispensables à la future reine de Liesendaach, mais elle était belle. Très belle, même. Theo n'avait jamais été pressé de se marier, mais puisqu'elle était maintenant disponible…

La colère qu'elle venait de manifester n'était rien comparée à la sienne quand il pensait à tout ce temps perdu.

— Ta sœur s'est préservée pour Casimir qui ne voulait pas d'elle, et toi — son frère et son roi —, tu n'as rien fait pour hâter ou annuler cet engagement. Durant toutes ces années, Moriana est restée dans l'ombre, à attendre. Tu t'es soucié de son sort ? Et Casimir, il se préoccupait de la laisser mariner dans son coin ? Non, franchement, vous ne vous êtes souciés ni l'un ni l'autre de savoir ce qu'elle pensait de cette situation lamentable. Je ne l'aime peut-être pas comme elle désire être aimée — de toute façon, je n'aime personne de cette façon, cela ne m'est jamais arrivé —, mais au moins je sais qu'elle *existe*.

Augustus demeura silencieux.

— Tu as commis une erreur en envoyant une lettre type, dit-il enfin.

— Apparemment, reconnut Theo, les mâchoires serrées.

— Je te conseille de lui laisser le temps de se calmer avant de reprendre contact avec elle.

— Non. Pourquoi ne permets-tu jamais à ta sœur de s'emporter, de se laisser aller ?

Déjà enfant, Theo détestait voir la nature fougueuse de Moriana écrasée sous le poids des attentes royales. Plus tard, c'était l'une des raisons pour lesquelles il s'était autant disputé avec elle. Pas la seule, la frustration sexuelle avait joué pour beaucoup. Mais lors de leurs joutes légendaires, Moriana retrouvait toute sa fougue et il adorait la voir ainsi.

— J'ai besoin de la voir, poursuivit-il en se passant de nouveau la main dans les cheveux. Je ne te demanderai pas de lui parler à ma place, après ce que je viens d'entendre. Tu parles d'un diplomate ! Je suis sous pression, c'est vrai, je dois absolument me marier et produire un héritier, mais ce n'est certes pas l'argument que j'aurais mis en avant !

— Je ne l'ai pas mis en avant, j'y ai simplement fait allusion comme ça, en passant. J'ai par ailleurs chanté tes louanges, je te signale. Plus que je n'aurais dû le faire.

— Je peux lui offrir ce qu'elle désire. Affection, attention, et même la fidélité.

Tout sauf l'amour. Mais bon, on ne pouvait pas tout avoir…

— C'est ce que tu dis. Mais elle semble penser le contraire.

— D'où mon besoin de la voir et de parler avec elle.

— Non, répliqua Augustus. Tu vas devoir *ramper* devant elle.

Chapitre 2

Humiliation publique ou pas, Moriana respecta ses engagements et s'occupa de la préparation de la vente aux enchères destinée à financer la nouvelle aile pédiatrique de l'hôpital. Les lots étant constitués d'antiquités, les organisateurs avaient passé la journée à les disposer dans l'immense salle du palais où aurait lieu l'événement.

Le personnel gérait la partie restauration, la sécurité était en place, ne restait plus à Moriana qu'à se montrer le moment venu et à prononcer un discours susceptible de convaincre les invités de se départir d'une infime partie de leur colossale fortune. Elle était douée pour cela. Sa mère l'avait bien entraînée.

Non que Moriana ait jamais réussi à satisfaire les hautes exigences de la reine du vivant de celle-ci. Il lui avait fallu des années de pratique et une détermination à toute épreuve pour atteindre son niveau de compétence actuel.

Arun n'était pas le royaume le plus prospère de la région. Cet honneur revenait à Byzenmaach, désormais gouverné par Casimir, son ex-pseudo-fiancé. Ce n'était pas non plus le plus beau. Liesendaach était beaucoup plus attrayant, grâce aux embellissements apportés par ses souverains successifs. En revanche, Arun pouvait se targuer d'être le plus avancé en matière de protection sociale, de santé et d'éducation, principalement grâce au travail acharné accompli par Moriana, qui avait pris le relais de sa mère et sa grand-mère.

Cependant, la soirée à venir équivaudrait à une torture. La presse du jour n'avait pas ménagé Moriana, qui avait essayé de passer outre et de faire comme si de rien n'était. Mais le problème, c'était que *personne d'autre* ne se comportait comme d'habitude. Même Aury, sa téméraire assistante personnelle, l'avait observée toute la journée d'un œil inquiet.

Les quotidiens s'étant faits rares au palais ce matin-là, Moriana avait dû s'informer en ligne. Ce dont elle aurait mieux fait de s'abstenir.

Les médias l'avaient en effet élue comme « la princesse la moins désirable de la planète ».

— *Trop froide pour son futur époux*, rapporta-t-elle à Aury qui se penchait pour prendre une épingle à cheveux.

— Non, répliqua celle-ci en enroulant la natte épaisse en chignon. Notre petit jeu habituel ne m'intéresse pas, aujourd'hui. Et vous ne devriez pas lire ces âneries.

— *Bafouée, la Princesse de Glace envisage le noviciat*, poursuivit Moriana.

— Ne comptez pas sur moi pour vous accompagner au couvent. Personne ne se soucie de la coiffure des pensionnaires, là-bas, déclara Aury en saisissant une nouvelle épingle. Écoutez-moi bien, je vais vous donner un gros titre : *Byzenmaach en deuil, frappé à nouveau par la malédiction.*

— La malédiction ? De quoi parlez-vous ?

— Eh bien, disons que vous avez refusé d'épouser Casimir de Byzenmaach pour ne pas risquer de subir le même sort que sa mère, qui a été maltraitée physiquement et psychologiquement par son mari durant des années avant de prendre un amant, puis de mettre au monde l'enfant de celui-ci avant de les voir tous deux assassinés par son époux, et de finir par se suicider.

— Mon Dieu…, murmura Moriana en croisant le regard d'Aury dans le miroir. D'où sortez-vous cela ?

— Du *Journal de la montagne*, quotidien régional diffusé dans le nord de Byzenmaach.

— Quels barbares…

En réalité, Moriana avait entendu son père et sa mère évoquer un scénario semblable à propos des parents de Casimir. Mais elle n'avait rapporté leur conversation qu'à Augustus et n'en parlerait jamais à quiconque.

— *Le roi de Byzenmaach paie pour avoir eu une maîtresse et une fille secrètes*, continua Aury.

— Il me plaît bien, celui-là. Ça lui apprendra, l'hypocrite. Avons-nous le programme de la soirée sous la main ?

— Oui. Et la liste des invités.

Moriana parcourut la feuille de papier que venait de lui tendre son assistante.

— Augustus sera présent et viendra accompagné ? C'est étrange, je l'ai vu ce matin et il ne m'en a rien dit.

— L'information nous a été communiquée cet après-midi. D'autre part, Lord et Lady Curtis vous envoient leurs excuses : leur petite-fille a accouché il y a quelques heures.

— Leur avons-nous adressé nos félicitations ?

— Bien sûr.

— Informez le commissaire-priseur que je réserve les deux couverts pour bébé avec le petit ourson en médaillon. Ce sera parfait, comme cadeau de naissance.

— Je vous ai préparé la robe en lamé argent, ainsi que la parure de diamants de votre grand-mère. J'ai également pris la liberté de sortir la robe rouge garance que vous aimez mais ne portez jamais, et j'ai choisi le collier ras du cou et les boucles d'oreilles en perles parmi les joyaux de la collection royale. La robe en lamé est parfaite pour l'occasion, naturellement, mais j'ai pensé que pour une fois la Princesse de Glace pourrait produire son petit effet…

— Et vous pensez qu'une robe rouge garance et une attitude désinvolte feront l'affaire ?

— C'est mieux que d'avoir l'air abattu.

— Alors, d'accord pour la robe rouge, murmura Moriana. Il ne me manque plus qu'à me trouver un partenaire complètement déjanté.

Elle contempla son reflet en plissant les yeux.

— En fait, non. Je ne suis pas assez cruelle pour entraîner un pauvre innocent dans cette histoire. J'irai seule.

— Vous ne le resterez pas longtemps, croyez-moi. Les opportunistes vont fondre sur vous.

— Le processus est déjà enclenché.

— Un prétendant qui vous plaît ?

— Non, affirma Moriana en refoulant la vision d'yeux gris étincelants. Il s'agit de Theo, pour ne rien vous cacher.

Aury leva les yeux vers le miroir, l'air suffoqué.

— Theodosius de Liesendaach vous fait la cour, maintenant ?

— Faire la cour n'est pas vraiment le terme approprié.

— Peu importe. Vous l'avez déjà vu *nu* ?

— Oui, comme tout le monde, grâce aux paparazzis.

— Quelle vision de rêve…, murmura Aury, songeuse.

Côté physique, Theo était plutôt gâté par la nature, reconnut Moriana en son for intérieur. Et d'après les confidences de ses innombrables conquêtes féminines aux journalistes, ses prouesses d'amant étaient à la hauteur de sa prestance. De façon déconcertante, ses ex gardaient par ailleurs des relations amicales avec lui.

— Vous m'emmèneriez à Liesendaach avec vous, n'est-ce

pas ? poursuivit Aury. De mon côté, aucun problème : je suis même prête à préparer mes bagages tout de suite.

— Vous ne trouvez pas que vous allez un peu vite ? fit Moriana en haussant les sourcils. Arun n'est pas si mal, après tout. Un peu austère, je vous le concède. L'atmosphère y est parfois un peu tristounette. Mais si l'on sait bien regarder, on en voit la beauté.

— Je sais ce qu'il faut regarder, soupira Aury. Et Theodosius de Liesendaach aussi, apparemment. Méfiez-vous de lui.

— Je sais comment gérer Theo.

Son assistante plissa le front d'un air sincèrement inquiet, ce qui ne lui ressemblait pas du tout.

— D'après ce que je sais de lui, il obtient toujours ce qu'il désire. Et s'il décidait tout à coup de *vous* désirer ?

— Ce n'est pas le cas. Theo s'est toujours montré hostile envers moi, dès l'enfance. Et quand il ne me provoque pas d'une façon ou d'une autre, il affiche une indifférence totale à mon égard. Il feint de s'intéresser à moi pour s'amuser, en quelque sorte. Dès que je l'aurai repoussé, il passera à autre chose.

Aury soupira de nouveau, signe annonciateur d'un petit discours. De quelques années l'aînée de Moriana, son assistante ne se privait pas de jouer les grandes sœurs à l'occasion et prenait ce rôle très au sérieux.

— Si vous le permettez, j'aimerais vous donner un petit conseil, commença-t-elle d'un ton solennel. Ne vous laissez pas duper par l'indifférence apparente de Theodosius de Liesendaach. En réalité, il observe, écoute, de façon à pouvoir ensuite tirer parti de n'importe quelle situation. En outre, il devine et anticipe les désirs de tous ceux qui sont partie prenante de la situation en qucstion.

— Il ne sait pas ce que je veux.

— Vous voulez parier ? Il est charmant, certes, désinvolte — et très doué pour faire croire qu'il se fiche de tous et de tout. Mais que savons-nous *vraiment* de lui, au fond ? Réfléchissez-y. Nous savons que durant les quinze premières années de sa vie, il n'a jamais songé au trône. Que dix ans après la mort de ses parents et de son frère aîné, il a attendu patiemment, pendant que son oncle devenu régent dirigeait le pays et le saignait à blanc. Tout le monde croyait Theodosius indifférent, à l'époque. Tous pensaient qu'il se moquait éperdument du sort de son pays. Tous y compris son oncle. C'est ce qu'il *voulait* qu'ils croient.

Aury entreprit de ranger les différents accessoires de coiffure dans leurs casiers respectifs.

— Vous vous souvenez du jour où il a eu vingt-cinq ans et s'est emparé du trône ? poursuivit-elle. Moi, oui. Après avoir anéanti son oncle, il s'est débarrassé de tous les parasites. Et s'il a réussi, c'est parce qu'il connaissait leurs faiblesses et savait où frapper. Ensuite, il s'est battu de toutes ses forces pour remettre le pays sur pied et en faire une nation prospère. Ce n'est pas de l'indifférence. C'est de la patience, de l'organisation, du courage et une détermination farouche. Theodosius de Liesendaach n'a jamais été indifférent au sort de son pays. À mon avis, il est tout sauf indifférent.

— Entièrement d'accord.

Tirant le chariot vers elle, Aury ouvrit le tiroir contenant les rouges à lèvres et choisit un carmin profond, très sensuel.

— Qu'en pensez-vous ?

— Je préférerais quelque chose de plus discret, avec de l'ombre à paupières gris fumé. Il s'agit d'une vente aux enchères caritative, Aury, pas d'une soirée clubbing.

— Dommage.

— Allons-y en douceur. J'ai déjà fait un grand pas en acceptant de porter la robe que vous avez choisie.

Aury lui tendit un autre bâton de rouge, plus clair.

— Que dites-vous de celui-ci ?

— Il est parfait, fit Moriana en souriant. Et je serai prudente, promis.

En plus d'être un lâche, son frère était un traître ! Un manipulateur ! Bouillant intérieurement, Moriana le regarda franchir la double porte, accompagné non d'une femme ravissante mais de… Theo ! Theo, en smoking blanc, s'avançant de sa démarche souple et féline qui le faisait ressembler encore davantage au redoutable prédateur qu'il était.

Lui et Augustus avaient fait les quatre cents coups ensemble autrefois, jusqu'à ce qu'à l'adolescence leurs chemins se séparent. Après la disparition de sa famille, Theo s'était lancé à corps perdu dans une vie de débauche et Augustus l'avait suivi avant d'être rapidement freiné par leur père, alors roi d'Arun, tandis que Theo, n'ayant personne pour l'arrêter, avait bien été forcé de changer de vie quand il avait pris le pouvoir.

À vrai dire, Moriana ignorait quel genre de relation il entretenait désormais avec son frère. Ils travaillaient ensemble à un projet d'alimentation en eau, mais ils ne fréquentaient pas les mêmes cercles.

Le fait de les voir ensemble maintenant, le jour même où elle avait décliné la demande en mariage de Theo, en disait long sur la complicité qui liait encore les deux anciens compères.

Son regard croisant celui de son frère, Moriana détourna les yeux. Sa trahison, en plus du rejet de Casimir et de la proposition insultante de Theo, lui portait un coup si terrible qu'elle avait du mal à garder sa contenance. De toute évidence, ils ne valaient pas mieux l'un que l'autre, songea-t-elle.

Le chef du bureau de presse du palais se dirigea vers elle, le regard pénétrant mais le sourire bien en place.

— Vous êtes pâle, Altesse. Puis-je aller vous chercher quelque chose ? Un rafraîchissement, peut-être ?

— Non, merci, Giles. Tout va bien, ne vous inquiétez pas.

Moriana avait à peine terminé sa phrase que Theo et Augustus vinrent les rejoindre.

— Bonsoir, Majestés, dit-elle en s'inclinant devant eux.

Après avoir passé des années à dominer ses émotions, elle n'allait tout de même pas craquer maintenant.

Son frère la dévisagea, l'air un peu embarrassé.

— Je…

— Quelle surprise de vous voir tous les deux ici ce soir, l'interrompit-elle en souriant.

Theo s'inclina et prit la main gantée de Moriana.

— Une bonne surprise, j'espère ?

— L'espoir fait vivre, répliqua-t-elle nonchalamment tandis qu'il lui baisait la main. Pour ma part, j'espère toujours qu'un jour ceux qui me sont chers me soutiendront, mais je crains que ce jour ne soit encore lointain.

— Pas du tout, il est beaucoup plus proche que tu ne l'imagines, s'empressa d'affirmer Theo. Je suis venu ce soir dans l'unique but d'être vu à tes côtés.

— Ah, vraiment ? J'imagine déjà les gros titres : *La Princesse de Glace s'éprend du Roi play-boy — à Liesendaach, on lui donne une semaine*.

— Peut-être, fit Theo. À moins que je ne dise devant le chef du bureau de presse combien je te respecte en tant que personne et en tant que membre de la famille royale d'Arun. Et que tu peux compter sur mon amitié, mon admiration et mon soutien. J'ajouterai que je ne suis nullement mécontent de te voir libre de ton ridicule engagement vis-à-vis du nouveau roi de Byzenmaach et, enfin, que l'avenir pourrait bien nous réserver des surprises.

Giles s'éloigna après avoir adressé un petit hochement de tête à Theo.

— Eh bien, dit Moriana, sois le bienvenu à notre vente annuelle aux enchères au profit des enfants malades. Tu as vu le catalogue ?

— Non.

— Je vais demander que l'on t'en donne un. En attendant, tu peux jeter un coup d'œil aux lots — tu verras peut-être quelque chose qui te plaît.

— Tu ne m'accompagnes pas ?

— Non, je travaille.

Theo était superbe, comme d'habitude. Personne ne portait le smoking comme lui. Grand, il avait les épaules larges et les hanches étroites, et d'épais cheveux blonds coupés très court faisaient ressortir son visage aux traits aristocratiques. Theo n'était pas beau au sens classique du terme. Il avait les traits un peu trop austères et anguleux. Sa bouche sensuelle prenait vite un pli cruel quand il était de mauvaise humeur. Mais ses yeux étaient magnifiques, d'un bleu clair tirant sur le gris qu'éclairait souvent une lueur amusée. Comme maintenant.

— J'ai d'autres devoirs à remplir et d'autres invités à accueillir, poursuivit Moriana. Mais ton cher Augustus est là pour s'occuper de toi, n'est-ce pas ?

— En effet, acquiesça Theo en soutenant son regard. J'aime te voir porter du rouge. Cette couleur te va à ravir, ainsi que les perles. Tous mes compliments à celle qui a choisi ta tenue de ce soir.

Un petit sourire fit remonter le coin de ses lèvres.

— Toi, peut-être ?

— Non, mon assistante personnelle. Je n'ai pas la chance de pouvoir choisir mes propres vêtements, naturellement, répondit Moriana avec une pointe d'ironie, mais je transmettrai le compliment. Tu en as un autre en réserve, avant que je ne m'en aille ?

— Moria…

— Non ! coupa-t-elle d'un ton sec. Je refuse de t'écouter ! Quand je pense à tes beaux discours de ce matin, ta promesse de me soutenir, de me laisser agir à ma guise. Je t'ai cru et…

— Ton frère n'a rien fait de mal, l'interrompit doucement Theo. Il faut que nous parlions toi et moi, Moriana.

— Parler de quoi ? De ta demande en mariage ? Je t'ai donné ma réponse par courrier, puisque c'est ton moyen préféré de communication. Mais je peux t'en confirmer les grandes lignes. Je refuse. Pas à cause de toi mais de moi. À moins qu'il ne s'agisse de toi, au fond, et de toutes les femmes auxquelles je devrai me mesurer. De toute façon, ma réponse est *non*. J'en ai assez d'écouter votre baratin de rois hypocrites et intéressés. Alors si vous voulez bien m'excuser…

— Va t'occuper de tes invités, répliqua Theo, magnanime. Nous discuterons lorsque tu auras terminé. J'attendrai. J'ai l'habitude.

À ces mots, Moriana ne put s'empêcher d'éclater de rire.

— Tu as peut-être attendu ta couronne, Theo, mais tu n'as jamais attendu une seule femme de ta vie !

Elle le vit serrer les mâchoires tandis qu'une lueur de défi luisait dans ses yeux, à présent plus gris que bleus.

— Tu n'y es pas du tout, princesse, dit-il lentement.

Le désir de relever le défi fut difficile à retenir, mais Moriana se rappela la mise en garde d'Aury. Elle n'avait plus affaire au jeune garçon de son enfance ni à l'adolescent qui la provoquait. L'homme qui lui faisait face avait attendu dix ans avant de sortir de l'ombre et de prendre les rênes du pouvoir.

Alors elle ferait peut-être mieux de se méfier, en effet.

Après avoir accueilli personnellement tous les invités, Moriana alla rejoindre Theo en se répétant de demeurer vigilante et de faire très attention à ce qu'elle lui dirait.

Lorsqu'elle s'approcha de lui, il ne leva pas les yeux des objets anciens exposés qu'il examinait d'un air concentré.

— Tu es douée pour organiser ce genre d'événement, lâcha-t-il, toujours sans la regarder.

— Merci.

Le compliment était peut-être sincère, pour une fois…

— Étant donné que je m'occupe de cette vente annuelle depuis sept ans, je suis devenue experte en la matière, poursuivit-elle d'un ton neutre. Rassembler les objets, sélectionner les invités en fonction de leurs goûts et de la somme qu'ils sont prêts à offrir pour satisfaire ceux-ci — tout en tenant compte des personnes qu'ils aimeraient rencontrer. On dit que je possède un don pour collecter des fonds, comme s'il s'agissait de produire les lots à la dernière minute en espérant qu'ils trouveront acquéreur. Alors qu'en réalité la préparation d'un tel événement nécessite beaucoup de travail de ma part.

— Je n'en doute pas, répliqua Theo.

Il tourna enfin les yeux vers elle.

— Tu es une ambassadrice hors pair pour Arun et tu aurais représenté un précieux atout pour Byzenmaach. Casimir a beaucoup perdu, dans l'histoire.

Ce n'était pas la première fois que quelqu'un le lui disait et ce ne serait sans doute pas la dernière.

— Je ne pense vraiment pas que Casimir ressente un quelconque sentiment de perte.

— Il t'a blessée.

Ces quelques mots faillirent achever Moriana.

— Non, Theo. N'en parlons plus, s'il te plaît. C'est du passé, à présent.

Elle se détourna, brûlant soudain de s'enfuir loin de cette vente, loin de tous et des commérages qui devaient courir sur son compte. Mais elle n'en avait pas le droit. Elle devait garder le contrôle de ses émotions et afficher une sérénité à toute épreuve, en toutes circonstances. Et puis, elle avait un discours à prononcer, dans un petit quart d'heure.

Avant qu'elle n'ait pu faire un pas, Theo lui posa la main sur le bras.

— Tu craques, répliqua-t-il avec calme. Dis-moi ce dont tu as besoin.

Pourquoi ces paroles prononcées d'une voix douce lui firent-elles aussi mal ? Moriana n'en savait rien, mais la douleur était bien réelle.

— Laisse-moi tranquille, Theo. Ne fais pas semblant de te soucier de moi parce que tu attends quelque chose de moi. Comporte-toi comme d'habitude. Sois agressif, provocant. Sois toi-même, celui que je connais et avec qui je sais me battre !

Le visage aux traits nobles sembla se figer tandis que Theo la regardait droit dans les yeux, comme si elle venait de lui porter un coup brutal. Ce qui était absurde. Puis il détourna un instant les yeux, inspira profondément, et quand il les posa de nouveau sur elle, il arborait le sourire dur et provocateur qu'elle connaissait par cœur.

— Je te provoquerai de toutes les façons possibles et imaginables, promit-il d'un ton mielleux. Nous nous battrons jusqu'à ce que nous soyons blessés tous les deux. Dès que tu te seras ressaisie et que tu redresseras la tête, prête à m'affronter. Comme tu le fais d'habitude.

Merci, Theo. Je n'en attendais pas moins de toi.

Petit à petit, Moriana reprit le contrôle d'elle-même, se servant de la colère qu'elle sentait bouillir en lui pour attiser la sienne.

Il fallait dresser un mur entre eux. De rage, d'indignation, de mépris, peu importait pourvu qu'il l'aide à contenir les émotions qui se bousculaient en elle.

— As-tu vu le Vermeer ? demanda-t-elle lorsqu'elle eut enfin réussi à se ressaisir. J'ai pensé à toi quand il nous est arrivé : il compléterait bien la collection de maîtres flamands et hollandais de Liesendaach.

Après l'avoir dévisagée un long moment en silence, Theo hocha la tête et lui offrit le bras.

— Vas-y, princesse. Persuade-moi de l'acheter.

Moriana prit le temps de lui montrer les pièces les plus intéressantes, puis elle prononça son discours et la vente commença.

À la fin de la soirée, une somme fabuleuse avait été collectée ; Theo avait failli acquérir le Vermeer pour un montant exorbitant mais c'était un musée qui avait fini par emporter la vente.

— J'ai cru que tu avais perdu l'esprit, lui dit-elle plus tard.

Presque tous les invités étaient partis, à présent, et il était venu la féliciter avant de s'en aller.

— J'ai fait ce que j'ai pu, répondit-il en souriant. Pour toi.

Son sourire lui rappela leur enfance, les heures passées à pêcher les grenouilles, les soirées tranquilles et parfumées durant lesquelles ils traînaient dans les jardins du palais de Liesendaach, du temps où les parents de Theo étaient encore en vie. Augustus avait toujours été le plus doué pour attraper les grenouilles, mais une fois qu'il les avait sorties de l'eau et examinées sous toutes les coutures, il les relâchait. Alors que ce qui intéressait Theo, c'était de les observer, de les regarder bondir, de repérer les endroits où elles pourraient se cacher plutôt que de chercher à les capturer. Qu'est-ce que cela révélait de lui et de son frère ? s'interrogea machinalement Moriana.

— Alors, on va le boire, ce verre ? demanda Theo.

— Quel verre ? répliqua-t-elle, interloquée.

— Celui que nous allons prendre ensemble, pendant que tu étudies ma proposition.

— Oh ! ce verre-là ! Eh bien, ce ne sera pas pour ce soir : je te rappelle que je t'ai envoyé mon refus par lettre type.

— Ce n'est pas ton style.

— Détrompe-toi. Tu la recevras demain, à moins que tu ne sois encore ici. Augustus t'a offert l'hospitalité, je suppose ?

Theo hocha la tête.

— Eh bien, tu devrais aller le rejoindre, enchaîna Moriana. Quant à moi, je vais me retirer.

— Tu m'avais promis de m'accorder cinq minutes.

— Je ne t'ai rien promis de tel. Et pourtant, je suis là à bavarder avec toi.

— Je t'ai aidée quand tu en avais besoin, tout à l'heure.

Depuis quand la voix de Theo avait-elle le pouvoir de passer sur sa peau comme une caresse ?

— Je ne le désirais pas mais je l'ai fait, poursuivit-il. Et maintenant, voici ce que je demande en échange : un baiser. Ici ou dans un endroit plus intime. Je veux sentir tes mains sur moi. Rien qu'une fois, tu as ma parole. Les miennes resteront tranquilles, promis. Et si l'expérience te déplaît, je m'en irai aussitôt et ne renouvellerai pas ma demande. Tu ne trouves pas cela loyal et honnête, comme proposition ?

Le jeune garçon espiègle et frondeur d'autrefois avait disparu. L'adolescent provocateur aussi. Elle avait affaire à un homme sûr de lui et dangereux.

Theo le Prédateur avait attendu toute la soirée le moment de fondre sur sa proie, en quelque sorte.

— Un verre, un baiser, murmura-t-il. Tu souhaites passer prendre un manteau, une étole ?

— Pourquoi partirais-je avec toi ? Pourquoi accepterais-je ta proposition absurde ?

— Parce que je peux t'offrir ce que tu désires.

— Tu te trompes. Si c'était le cas, je réfléchirais sérieusement à ta demande.

— Un statut.

— Tu parles !

Elle était déjà princesse d'Arun.

Le regard de Theo fouilla le sien.

— De la passion. Tu n'en as jamais éprouvé mais tu désires la connaître.

— Peut-être, concéda Moriana. Mais tu n'es pas le seul à pouvoir inspirer de la passion à une femme. Je n'ai pas besoin de toi pour faire cette expérience.

Un éclat métallique traversa le regard de Theo.

— Serais-tu vexé ? lança-elle avec humour.

— Ou encore… un engagement, poursuivit-il.

— Je suis déjà engagée dans diverses causes, sans parler de mes devoirs envers mon pays et ma famille. On pourrait même dire que je reçois bien peu en retour.

— Un engagement de ma part, conclut-il, le regard toujours soudé au sien. Envers toi.

Chapitre 3

Theodosius de Liesendaach était très doué. Aury l'avait prévenue. Il savait exactement comment s'y prendre pour lui faire battre le cœur d'espoir et de désir.

— Allons discuter de tout cela ailleurs, loin des oreilles indiscrètes, murmura-t-il.

Jetant un regard furtif autour d'elle, Moriana réalisa que les quelques invités encore présents semblaient en effet les observer avec beaucoup de curiosité. Même Augustus les regardait, les sourcils froncés.

Ne te donne pas en spectacle, traduisit-elle. *Souviens-toi de ton rang. Ne me mets pas dans l'embarras et ne me fais pas regretter d'être ton frère.*

Elle lui adressa un imperceptible hochement de tête : *Message reçu, Majesté…*

— D'accord, cinq minutes, dit-elle à Theo.

Puis, sans attendre la réaction de celui-ci, elle s'avança vers la double porte grande ouverte avant de se diriger vers ses appartements.

Moriana occupait toute une aile du palais royal qu'elle avait meublée à son goût, puisant notamment dans les collections du palais et achetant le reste sans regarder à la dépense. Au grand dam d'Augustus.

Mais celui-ci avait tort de protester car, en l'espace de cinq ans, elle avait triplé la valeur des collections du palais et dépensé à peine l'équivalent d'une infime fraction de l'ensemble. Non seulement Moriana possédait la sensibilité d'un conservateur de musée, mais elle était une excellente négociatrice et savait marchander, quitte à faire valoir au besoin son statut de princesse royale.

Par ailleurs, elle avait suivi un double cursus universitaire en sciences politiques et arts plastiques. Elle avait des contacts dans le monde entier, était l'ambassadrice d'une douzaine d'organismes caritatifs et prenait ces différents rôles très au sérieux. Moriana pouvait se targuer d'avoir reçu une éducation stricte et parfaite, et avait en outre la chance de posséder une silhouette agréable. C'était du moins ce qu'on lui avait dit.

Mais dans l'immédiat, elle se sentait affreusement nerveuse tandis que Theo faisait le tour de son salon, examinant du regard meubles et objets comme si ceux-ci détenaient des secrets qu'il cherchait à percer.

— Tu désires toujours boire un verre ? demanda-t-elle d'un ton faussement détaché.

Il enfonça les mains dans ses poches, tout en continuant de contempler la sculpture de Rodin posée sur un guéridon.

— C'est une copie, précisa Moriana.

Copie qu'elle avait néanmoins payée une petite fortune.

— Je sais, mais elle est très réussie et restitue toute la beauté de l'original.

— Comment sais-tu que c'est une copie ? répliqua-t-elle, surprise.

— Je le sais parce que mon père a offert l'original à ma mère à l'occasion de leur dixième anniversaire de mariage.

Ah…

— J'ai du whisky, si tu veux.

— Parfait.

Après avoir versé le liquide ambré dans deux verres,

elle se dirigea le plus gracieusement possible vers Theo, debout devant la cheminée, et lui tendit un verre, soulagée de voir que sa main ne tremblait pas.

— Cette pièce me plaît, dit-il. Elle est plus confortable que je ne l'imaginais.

— J'y passe une partie de mon temps.

Elle s'efforçait de ne pas regarder la bouche de Theo, mais depuis qu'il avait parlé d'un baiser c'était très difficile.

— J'aime les teintes vives et les étoffes précieuses, poursuivit-elle, ainsi que les meubles confortables.

— Tu as très bon goût.

Il porta son verre à ses lèvres et en but une gorgée.

— Augustus sait que tu t'approvisionnes dans sa réserve spéciale ?

— A-t-il besoin de le savoir ? Tu sais comment il est... Il risquerait de faire toute une histoire pour une simple petite bouteille.

Elle prit à son tour une gorgée du liquide parfumé.

— Tu m'as envoyé une lettre type, enchaîna-t-elle.

— Que j'avais fait rédiger spécialement pour toi.

— Et en plus, tu te moques de moi !

— Pas du tout. Dans la famille royale de Liesendaach, les demandes en mariage se font toujours par écrit, c'est la tradition.

— Je vois... Mais une demande en mariage est en principe accompagnée d'une bague, fit-elle remarquer.

Cependant, Casimir ne lui en avait jamais offert aucune.

Theo glissa la main dans sa poche et en sortit une ravissante petite boîte en loupe d'acajou.

— Eh bien ! s'exclama Moriana en écarquillant les yeux. Tu l'as fait faire spécialement pour moi, elle aussi ?

— En effet.

Theo était un menteur hors pair. Et elle savait les

reconnaître, elle qui avait grandi entourée de courtisans et de politiciens.

— Tu ne me crois pas ? demanda-t-il, le plus innocemment du monde. Je la pose sur la cheminée pour que tu puisses y réfléchir.

— J'y ai déjà réfléchi.

Elle n'avait même fait que cela toute la journée.

— J'ai décidé de changer de vie, continua Moriana. Je vais prendre six amants, un pour chaque jour de la semaine, en gardant le dimanche pour me reposer. Et je compte me livrer à toutes sortes d'excès : je n'aurai qu'à prendre exemple sur ta vie de débauché.

— Tu ne parles pas sérieusement.

— Oh ! mais si ! Ma prétendue chasteté n'est que le produit de mes inhibitions. Il est temps que je m'en débarrasse.

— Je t'approuve entièrement de vouloir enfin explorer ta sensualité, répliqua Theo avec un sourire crispé. En revanche, je désapprouve la façon dont tu envisages de procéder. Puis-je te suggérer de te choisir un seul partenaire pour entreprendre ce voyage au pays de la volupté ? Moi, en l'occurrence. Nous pourrions envisager une leçon par jour — je m'engage à t'enseigner tout ce que je sais dans le domaine. À supposer bien sûr que tu sois satisfaite de notre petite expérience préalable et que tu acceptes de m'épouser.

— Il faudrait d'abord que j'accepte de t'embrasser, sans parler du reste. Et si je suis satisfaite du baiser mais que je refuse de t'épouser en te demandant néanmoins de m'enseigner tout ce que tu sais, que feras-tu ?

— Rien.

— Pourquoi ?

Après avoir contemplé son verre, Theo le porta à ses

lèvres et le vida d'un trait, puis il le posa sur le manteau de la cheminée, à côté de l'écrin.

— Ce n'est pas ce que je veux ni ce dont j'ai besoin. J'étais sincère en parlant d'engagement. Je suis prêt à prêter la plus grande attention à tes désirs et à tes besoins, et à faire en sorte qu'ils soient exaucés et satisfaits.

Mon Dieu, elle aurait tant aimé le croire...

— Et tu attends la même chose de ma part.

— Regarde la situation en face, Moriana. Tu as passé ta vie à veiller au bien-être des autres. C'est enraciné en toi.

— Oui, mais cela va changer. J'entame un programme composé exclusivement de nouveautés tournant autour d'un seul thème : *Moi d'abord, les autres ensuite.*

— Il serait temps, acquiesça-t-il avec un faible sourire. Pour ma part, je crois qu'un individu peut se faire du bien *et* s'engager envers ceux qui comptent pour lui. Mais parlons franchement, Moriana : qu'est-ce que je ne suis pas en mesure de t'offrir, d'après toi ?

Par où commencer ?

— Tu n'as jamais été fidèle à aucune femme.

— Je n'ai jamais demandé non plus à aucune de m'épouser, souligna-t-il en soutenant son regard. Tu es la première.

Une lueur argentée éclairait ses yeux, exprimant résolution et patience.

— Je pense que nous formerions une bonne équipe, tous les deux, poursuivit-il. Ensemble, nous faisons des étincelles. Il en a toujours été ainsi. Nous nous heurtons, nous nous faisons du mal, alors que nous pourrions au contraire nous faire du bien.

Ses yeux flamboyèrent un bref instant.

— Tellement de bien qu'il n'y aurait plus de place pour d'autres. J'en suis persuadé. Tu me plais, Moriana. J'aurais peut-être dû le préciser dans ma lettre.

— Peut-être, en effet.

— Je le fais maintenant.

— Theo, je ne suis pas la seule à te plaire, comme tu l'as prouvé de façon spectaculaire au fil des années. T'embrasser et apprécier notre baiser ne prouverait rien.

— Tu te trompes. Un baiser pourrait se révéler très instructif pour toi comme pour moi.

Il appuya ses paroles d'un sourire dévastateur.

— Allez, Moriana. Tu n'as rien à perdre. Et puis, tu ne disais pas que tu souhaitais vivre de nouvelles expériences ?

— Si, mais je préférerais les vivre sans attaches.

— D'accord, sans attaches.

Jamais encore elle n'avait vu Theo aussi conciliant.

— Il y a une bague de fiançailles sur ma cheminée, répliqua-t-elle, pince-sans-rire.

— C'est un gage de ma sincérité. Rien de plus.

— OK. Mais si cela ne fonctionne pas, tu t'en vas, déclara fermement Moriana.

— Je t'en donne ma parole.

Incroyable. Il avait l'air si raisonnable, si… charmant. Et il *s'offrait* à elle qui affirmait pour sa part qu'elle allait s'éclater avec une foule d'amants, alors qu'en réalité elle ne savait ni où ni comment s'en trouver un seul.

Un baiser. Ça pourrait peut-être lui servir…

— Très bien. Comment… Comment veux-tu que nous nous y prenions, au juste ?

— À toi de me le dire. L'important étant que tu sois à l'aise.

Il se moquait d'elle. Moriana le devina aux minuscules rides auréolant ses yeux.

— Tu pourrais peut-être t'asseoir ? proposa-t-elle en faisant un geste en direction des sofas et fauteuils.

Theo ôta sa veste avant de la poser sur le dossier d'un

fauteuil, puis entreprit de rouler ses manches de chemise, maniant avec dextérité ses longs doigts, et gardant sa chevalière royale et sa montre.

Il a dû être chippendale dans une autre vie, songea Moriana en le regardant s'installer au beau milieu du sofa de velours pourpre.

— Et maintenant ? dit-il, les jambes écartées et les yeux mi-clos.

— Tu as dit que je pouvais aussi te toucher.

Elle n'avait pas bégayé, mais de justesse…

— Je n'ai pas changé d'avis.

— D'accord. Très bien. Alors…

Au lieu de s'avancer vers lui, Moriana avala une gorgée de whisky pour se donner du courage, mais faillit s'étrangler.

Theo ne la brusqua pas. Il attendit une bonne minute avant de rompre le silence.

— Pose ton verre et viens. Il est difficile d'embrasser quelqu'un à une telle distance.

Allait-elle vraiment l'embrasser ? Le toucher ? Le caresser ?

— Qu'est-ce que tu as à perdre ? murmura-t-il.

Rien. Absolument rien.

Moriana posa son verre à côté de celui de Theo et tourna le dos à la cheminée. Ensuite, elle se dirigea vers le sofa et s'agenouilla dessus, entre les cuisses musclées, tandis qu'il tressaillait et fermait les yeux.

Était-il nerveux ? Impossible, il avait l'habitude de ce genre de situation, tandis qu'elle…

Que devait-elle faire, à présent ? Et où poser les mains ? Sur les épaules de Theo ?

— Comme ça ? demanda-t-elle d'une voix à peine audible.

Il se passa la main sur le visage.

— Oui. Continue.

— Je…

— Caresse-moi.

— Où ?

— N'importe où.

— Je croyais que tu étais censé être patient.

— Je le suis. J'ai même une patience de *saint*.

— Pas vraiment.

Moriana baissa une main, la posa juste au-dessus du genou et sentit la chaleur virile se propager dans sa paume à travers l'étoffe. Tout doucement, elle tendit le pouce vers la couture intérieure du pantalon puis fit glisser sa main sur la cuisse de Theo. Jamais elle n'avait été aussi près d'un homme. Jamais elle n'avait été invitée à caresser, explorer…

Après avoir posé son autre main sur le second genou, elle se pencha en avant et s'arrêta à quelques millimètres de la lisière entre le col blanc et la peau hâlée.

— Tu sens bon, murmura-t-elle. Qu'est-ce que c'est ?

— Du savon, répondit-il d'une voix rauque.

Les mains agrippées au velours pourpre, il laissa échapper un soupir haché et renversa la tête en arrière, les yeux toujours clos.

Moriana recula légèrement pour le regarder et vit le petit pli qui lui creusait le front, entre les sourcils.

— Tu fermes les yeux pour pouvoir et te concentrer et t'imaginer que je suis quelqu'un d'autre ?

Il les rouvrit pour la foudroyer du regard.

— Tu es la femme la plus exaspérante que je connaisse, Moriana ! Je pense à toi, il va falloir t'y habituer !

Pas de problème, elle pourrait très bien s'y habituer. D'autant que ses mains continuaient lentement leur progression, comme si elles se mouvaient d'elles-mêmes.

Lorsqu'elles arrivèrent près des hanches, Theo souleva le bassin.

— Tu es très… réactif, murmura-t-elle.

— Oui, dit-il dans un souffle.

— Tu es toujours comme ça ?

Cette fois, il demeura silencieux. Les yeux de nouveau fermés, il la laissait faire. Complètement.

Moriana en profita pour mieux le regarder. Partout. Elle contempla son entrejambe, fascinée par le renflement qui tendait le tissu. Elle l'effleura du bout des doigts, juste en dessous de l'endroit qu'elle brûlait de caresser. Un halètement franchit les lèvres de Theo, mais il garda les paupières closes.

— Caresse-moi où tu veux, murmura-t-il, je ne suis pas ici pour te juger.

Toujours lentement, elle laissa ses mains remonter sur les hanches étroites, sur le ventre plat et ferme, le torse musclé, le cou, puis elle effleura sa bouche. Quand il se mordit la lèvre, Moriana la caressa jusqu'à ce qu'il se détende. Laissant échapper un son rauque, il tourna la tête pour mieux sentir la caresse. Il était très beau, ainsi abandonné.

Était-ce cela, le sexe ? L'abandon total à l'autre ?

Moriana se pencha pour l'embrasser dans le cou, sous l'oreille. C'était moins dangereux que de l'embrasser sur les lèvres.

— Ce n'était pas un vrai baiser, murmura-t-elle contre sa peau. Juste un essai.

Pour toute réponse, il lui caressa le pouce du bout de la langue, aussi continua-t-elle sa lente exploration. Enhardie par un gémissement de Theo, elle fit glisser ses lèvres sur la mâchoire un peu rugueuse en même temps que, les doigts tremblants, elle effleurait la puissante érection.

L'instant d'après, Moriana refermait la main autour du membre viril et appuyait les lèvres sur la bouche offerte.

Un baiser. Un seul.

Parce que c'était Theo et qu'elle le croyait : il ne la jugerait pas, quoi qu'elle fasse. Et si elle le lui demandait, il s'en irait.

De façon étrange, Moriana se sentait… en parfaite sécurité avec lui.

Les lèvres de Theo étaient incroyablement chaudes et douces, sa bouche avait un goût de whisky auquel se mêlaient d'autres parfums, plus riches, plus intimes. Il la laissait prendre son temps, la laissait faire tandis qu'elle s'enhardissait et resserrait les doigts autour de son érection.

La langue experte jouait maintenant avec la sienne, la taquinant avec un tel art que Moriana ne put retenir une plainte. Ou plutôt une prière, pour le supplier de lui en apprendre davantage.

Un baiser et elle se sentait… éblouie, grisée. Galvanisée. Et lorsque Theo écarta soudain la bouche de la sienne, elle fut gagnée par un affreux sentiment d'abandon.

— Respire, murmura-t-il.

Elle obéit, puis enfouit son visage dans le creux de l'épaule de Theo pour dissimuler son trouble.

— Bon, chuchota-t-elle. C'est fini.

Réalisant qu'elle avait toujours la main refermée autour de la puissante érection, Moriana la retira d'un geste vif et redressa la tête tandis que Theo riait doucement.

— Tu avais dit que je pouvais te caresser.

— Et je n'ai pas dit le contraire depuis. Verse-moi un autre whisky avant que je n'oublie ma promesse de ne pas *te* caresser.

Moriana se releva le plus dignement possible. Puis, lui tournant le dos, elle s'éclaircit la gorge et se dirigea vers la bouteille de whisky. Quand elle se retourna, Theo se tenait de nouveau devant la cheminée, le visage impassible.

— Il t'a plu, ce baiser ? demanda-t-il avec calme.

— Oui.

— Et me caresser ? C'était bien ?

— Très.

La bouteille à la main, elle le rejoignit, frôlant son bras au passage.

— Et c'était par ailleurs très instructif, merci.

Theo prit le verre qu'elle lui tendait.

— Cela t'a excitée ?

Après avoir porté son propre verre à ses lèvres, Moriana en but une gorgée.

— Oui.

— Épouse-moi…

Theo la vit se retourner brusquement. Durant un moment, elle contempla l'écrin, puis elle lui fit de nouveau face, l'air serein.

Elle allait accepter. Il en était certain. Outre l'intensité du baiser qu'ils venaient de partager, elle n'était pas sans savoir les bénéfices que leur union apporterait tant à Arun qu'à Liesendaach.

— Je suis flattée par ta proposition, répondit-elle d'un ton poli.

Ce n'était pas un *oui*.

— Et surprise par ta galanterie. D'autre part, je suis très impressionnée par ma réaction à… à… Tu sais ce que je veux dire, n'est-ce pas ?

Une légère roseur colora ses pommettes mais elle continua d'une voix posée :

— Tu as de toute évidence beaucoup d'expérience en la matière alors que je suis aussi novice qu'une jeune fille sortant du couvent. Si je t'épousais, je me laisserais emporter par cette… passion que tu me ferais découvrir. Et puis tu te lasserais de moi et irais voir ailleurs.

Elle secoua la tête, l'air grave.

— Cela finirait mal, pour toi comme pour moi.

— Pourquoi me lasserais-je de toi et irais-je voir ailleurs ?

— C'est ce que tu fais d'habitude.

— Cela ne signifie pas que je le ferai toujours.

— Il y a en outre l'histoire de ta famille à prendre en considération — je fais allusion au style de vie de ton père.

Le mariage de ses parents avait été… compliqué. Les funérailles conjointes de sa mère, son frère et son père encore davantage, sept des anciennes maîtresses de ce dernier étant venues y assister, histoire de s'afficher publiquement et d'être vues par les paparazzis. Avant la fin de la soirée, trois d'entre elles avaient offert leurs charmes à Theo, âgé alors de quinze ans, en guise de réconfort.

— Mes parents sont morts depuis longtemps, dit-il d'un ton neutre. Laissons-les en paix. Et en dehors de ceci.

— Ton père n'était pas vraiment un modèle de fidélité conjugale, insista-t-elle. J'ai besoin de savoir si tu envisages de vivre comme il a vécu.

— Je ne suis pas mon père.

— Et moi, je ne suis pas ta mère. Elle était tolérante, réaliste et décidée à fermer les yeux sur les infidélités de son époux, en échange d'un titre et d'une grande part du pouvoir. Je possède déjà suffisamment de titres et de pouvoir, et je ne me sens plus du tout tolérante ou réaliste. Désires-tu vraiment épouser une femme qui préférerait arracher les yeux de son mari plutôt que de le voir aller satisfaire les exigences de sa libido dans les bras et le lit d'une autre femme ?

Quel aplomb ! Quelle détermination… Theo avait

toujours perçu la véritable nature de Moriana, et il était ravi de la voir se révéler enfin telle qu'elle était vraiment sous ses dehors de princesse réservée.

— Je préférerais ne pas perdre la vue.

— Dans ce cas, choisis-toi une autre épouse, et tu pourras garder tes maîtresses *et* la vue.

— Je pourrais aussi t'être fidèle. L'amour ne m'intéresse pas, Moriana. Tu le sais aussi bien que moi. Mais si tu m'aides à me sortir de la situation périlleuse dans laquelle je me retrouve à cause de mon oncle… Si tu portes ma bague, je te serai fidèle. Considère cela comme faisant partie de notre arrangement. Je m'engage à t'offrir ce dont tu as besoin en échange du service que tu me rends. Nous ne sommes plus des adolescents toujours prêts à s'écharper, nous avons changé. Alors, accepte.

Mais elle ne prononça pas le petit mot de trois lettres.

— Qu'est-ce qu'il te faut encore ? lança-t-il, agacé.

— Ce baiser, tout à l'heure…, commença-t-elle d'un ton hésitant. C'était normal ?

Normal ? Qu'entendait-elle par là, au juste ?

— Vu que je n'ai aucune expérience, reprit-elle, je ne peux pas savoir si c'était bon, désagréable ou médiocre. Toi, si.

— C'était bon.

Très bon, même.

— Ne me dis pas que tu n'as jamais embrassé Casimir ?

Elle détourna les yeux.

— Pas comme ça.

— Il n'y a eu aucun autre homme ?

Pour toute réponse, elle secoua la tête.

Aucun homme… À la pensée de la vie qu'elle avait menée à cause de ses prétendues fiançailles avec Casimir, Theo sentit la colère s'emparer de lui.

— Qu'est-ce que je dois faire pour te convaincre, bon sang ? T'embrasser de nouveau ? T'offrir un baiser encore meilleur que le premier ?

Comme elle ne disait pas non, il se rapprocha d'elle et prit possession de sa bouche. Cette fois, il fut moins patient. Et il ne s'interdit pas de la toucher. Refermant la main sur sa nuque délicate, il passa l'autre bras autour de sa taille et l'attira contre lui.

Elle n'aurait pas dû l'exciter autant. Ni le halètement qui s'échappa de sa bouche pulpeuse avant qu'il ne dévore ses lèvres. Elle ne résista pas longtemps à l'assaut et s'ouvrit à lui, s'offrant tout entière.

À dix ans, lorsqu'un arrangement avait été passé entre les deux familles royales de Byzenmaach et d'Arun, destinant Moriana à Casimir, Theo n'avait vu là qu'un prétexte pour taquiner la fillette qu'elle était alors.

À quatorze ans, cet accord l'avait ulcéré. À ce moment-là, il savait déjà ce qu'était le désir et il était tout à fait conscient de désirer Moriana, avec une intensité farouche qui n'avait jamais disparu ni diminué depuis lors. Il avait eu beau la tourmenter, la provoquer, se quereller avec elle, il s'était interdit toute tentative d'approche. Ce tabou avait dirigé sa vie et il ne l'avait jamais enfreint.

Theo avait quinze ans lorsque son père avait deviné qu'il se consumait pour Moriana et lui avait dit clairement que la jeune fille était, et serait toujours, inaccessible pour lui.

Un peu plus tard, ses parents et son frère trouvaient la mort. Le choc émotionnel et le chagrin l'avaient alors amené à fermer son cœur à tout jamais. Auprès des femmes, Theo ne recherchait qu'une seule chose : l'assouvissement des sens et l'oubli. Elles ne représentaient rien d'autre pour lui.

Et maintenant, à trente ans, il recherchait toujours la même chose. Personne n'avait réussi à combler le trou béant qui s'était ouvert en lui après cet horrible accident. Cependant, il était capable de donner à une femme ce qu'elle attendait de lui. Il suffisait de le lui permettre.

Une plainte résonna soudain, montant de ses propres lèvres. Moriana y répondit par un gémissement qui l'enivra. Sa bouche avait un goût délicieux, de whisky mais aussi de fleurs printanières. Son inexpérience ne faisait qu'exacerber le désir de Theo. Leurs langues s'enlaçaient, se repoussaient pour mieux se retrouver, dans un ballet d'un érotisme torride.

Le corps pressé contre le sien était ferme et doux à la fois. Theo avait toujours admiré la silhouette fine et délicieusement féminine de Moriana. Ses hanches rondes, ses longues jambes galbées…

Il brûlait de sentir ses mains fines l'explorer, de lui faire découvrir tout ce qu'elle désirait connaître et dont elle avait été cruellement privée jusqu'à présent.

Mais pas avant d'avoir obtenu ce que lui désirait.

Theo écarta sa bouche de la sienne en gardant la main sur les reins de Moriana.

Elle avait les joues roses, les lèvres gonflées, les yeux étincelants… Elle avait l'air… vivante, telle une fleur découvrant le soleil après une longue hibernation.

— Notre lit ne serait pas un lieu de tristesse et d'ennui, princesse, dit-il en reculant. Le poids de la couronne est déjà assez lourd sans y ajouter celui de l'infidélité. Si tu es à moi, je n'irai jamais voir ailleurs, Moriana. Nous nous entendons bien physiquement, alors épargne-toi des expériences hasardeuses avec des inconnus et fais-moi confiance : je sais de quoi je parle.

Il récupéra sa veste et tourna les yeux vers l'écrin posé sur la cheminée.

— Maintenant, je te laisse réfléchir. Tu sais ce que je veux.

Chapitre 4

Moriana ferma à peine l'œil de la nuit. En partie parce que les paroles de Theo, et le souvenir de ses baisers, repassaient en boucle dans son esprit. Elle ne pouvait s'empêcher de penser et repenser à sa demande en mariage, au petit écrin resté sur le manteau de la cheminée.

Mais ce qui l'empêchait de dormir, c'était surtout la frustration dont elle était la proie depuis le départ de Theo.

Repoussant la couette, Moriana se leva et alla se préparer un bol de yaourt nature auquel elle ajouta des rondelles de banane et des myrtilles, avant d'aller s'installer dans le salon. Où l'attendait l'écrin contenant la bague de fiançailles.

Si Theo l'avait choisie lui-même — ce dont elle doutait fort —, à quoi ressemblait-elle ? Avait-il opté pour un bijou classique et discret ? Un solitaire, par exemple ? Ou quelque chose de plus glamour : une énorme pierre précieuse entourée de diamants ? Il en était tout à fait capable.

Elle se dirigea vers la cheminée, prit la ravissante petite boîte et la posa sur la table basse, à côté du bol. Puis elle s'installa dans un fauteuil pour savourer son yaourt.

Une fois qu'elle eut terminé, Moriana se leva, prit l'écrin et passa le doigt sur la surface lisse et satinée. C'était un bel objet en soi. Le retournant, elle découvrit le logo du créateur, qu'elle ne reconnut pas.

Theo lui avait proposé le mariage et il ne plaisantait

pas. Il lui avait promis d'être fidèle, lui avait offert des baisers qui l'avaient fait fondre tout entière. Il avait même réussi à lui faire oublier l'humiliation de la veille et les unes de la presse.

Il n'avait pas d'amour à lui donner, il avait été franc sur ce point, mais là, dans ce même salon, il lui avait fait un don très précieux. Grâce à lui, Moriana s'était sentie désirée.

Cela n'effaçait ni n'excusait la lettre type, et elle continuait de considérer sa proposition comme stupide et déraisonnable. S'engager avec Theo dans une union dépourvue d'amour représenterait une aventure dangereuse et sans doute douloureuse. En revanche, l'épouser comporterait des avantages auxquels elle n'avait jamais songé auparavant.

Theo lui-même, par exemple. Nu et prêt à l'action…

Fermant les yeux, Moriana prit une inspiration profonde et souleva le couvercle de l'écrin. Puis elle compta jusqu'à trois et rouvrit les yeux.

Il avait choisi un diamant ovale mis en valeur par de minuscules perles gris tourterelle et serti sur une monture en or blanc d'une finesse inouïe. Moriana avait eu l'occasion de voir des diamants superbes mais celui-ci était d'une beauté à couper le souffle. Ni trop volumineux par rapport à la taille de sa main, ni trop petit pour passer inaperçu.

Elle passa la bague à son doigt : celle-ci était parfaitement ajustée.

— Démon…, murmura-t-elle sans pouvoir s'empêcher de sourire.

Apparemment, il avait choisi ce bijou pour elle.

Son sourire s'évanouit. Comment Theo avait-il réussi, en deux baisers, à lui donner l'impression d'être aussi vivante ? Vibrante ? Il s'était montré si réceptif à ses caresses, si libre et si sûr de lui, se rappela-t-elle avec un frisson de ravissement et de frayeur mêlés.

Jamais personne n'avait usé d'une telle liberté avec elle, et Theo lui avait fait l'effet d'un aphrodisiaque.

Ensuite il avait dit que c'était bon, et elle l'avait cru.

Leur éventuel mariage comporterait également des avantages sur le plan politique, songea-t-elle. Il renforcerait la stabilité de la région, et elle-même représentait un atout considérable pour Theo, notamment à cause de ses connaissances en sciences politiques.

D'autre part, après ces baisers et les dernières paroles de Theo avant son départ, sa propre inexpérience en matière de sexe la préoccupait beaucoup moins, car le rapprochement avait été… explosif.

Moriana connaissait sa tendance à se sous-estimer. Sa crainte de ne jamais être à la hauteur avait transformé l'enfant curieuse et vive d'autrefois en une jeune femme limitée par ses obligations et son sens du devoir, et ayant développé une véritable obsession envers les détails. Ses victoires avaient été durement acquises, si bien qu'encore maintenant elle devait sans cesse surmonter sa peur de l'échec.

Et soudain, Theo l'invitait à le caresser, disant qu'il ne jugerait ni son inexpérience ni sa curiosité. Il avait alors suffi de quelques instants pour faire jaillir le désir en elle et ç'avait été une révélation. Moriana avait découvert que toucher Theo, le caresser, le désirer, l'explorer, se faisait sans effort.

Elle revit sa mère trônant à l'extrémité de la table et faisant part — sans jamais se départir de ses bonnes manières — de sa déception après avoir appris que sa fille avait échoué dans telle ou telle tâche. Avant de terminer en répétant pour la énième fois à Moriana qu'un jour elle découvrirait sa vraie vocation et qu'à cc moment-là cela viendrait tout seul.

Mais rien n'était jamais venu tout seul. Qu'elle prenne des leçons d'escrime, de danse, de musique, de dessin ou encore d'équitation. Ni plus tard, au cours de ses études supérieures. Pas plus que dans les tâches qui lui avaient incombé par la suite. Moriana avait toujours dû travailler comme une forcenée pour réussir quoi que ce soit.

Sauf pour embrasser Theo. Elle avait été douée d'instinct.

Elle ferma les yeux et une chaleur délicieuse se déploya aussitôt en elle, au plus intime de son corps. Oui, tout avait été facile, avec lui. Naturel. Et Theo avait partagé son plaisir.

Une force nouvelle naissait en elle, sauvage, indomptable.

À moins que ce ne soit l'ardeur d'autrefois qui, après avoir été bridée pendant des années, rejaillissait soudain, plus mûre et plus adulte. Et qui prenait la forme du désir.

Le désir d'une femme pour un homme. Theo.

Trop bien pour elle, lut Moriana en prenant le premier journal de la pile avant de s'asseoir à la table du petit déjeuner.

Elle contempla la photo accompagnant l'article, prise au moment où elle et Theo discutaient devant le Vermeer. Lui contemplait le tableau tandis qu'elle-même semblait plus concentrée sur son beau profil viril que sur la peinture.

Le deuxième journal qu'elle souleva n'était pas mieux : *Va-t-elle se laisser séduire une deuxième fois ?* Cette fois, le paparazzi l'avait photographiée à l'arrivée d'Augustus et de Theo alors que, l'espace d'un bref instant, son expression trahissait le mélange de stupeur et de fureur qui s'emparait d'elle. Mais sur la photo, elle avait l'air presque… subjuguée. D'où le titre de l'article. L'auteur de celui-ci critiquait sa robe, ses chaussures, son allure. Et, comble de l'imbécillité, il concluait en disant que la relation de confiance existant entre Arun et Liesendaach se voyait sérieusement menacée.

Moriana soupira. Elle avait beau savoir qu'il n'en était rien, les mots ne s'en trouvaient pas moins imprimés.

Alors qu'elle reposait le journal, Theo apparut sur le seuil de la pièce, superbe dans un pantalon gris anthracite et une élégante chemise blanche déboutonnée.

— Tu es encore là, dit-elle en guise de bonjour.

Il hocha la tête en souriant.

— J'ai toujours besoin d'une épouse.

Se rapprochant, il prit à son tour un journal.

— *La princesse ne perd pas de temps en regrets,* lut-il à voix haute avant d'en soulever un autre. Ah… On parle de ta tenue, cette fois.

Après avoir parcouru rapidement l'article, il laissa tomber le journal sur la pile en disant :

— Ne laisse jamais plus personne critiquer tes chaussures : celles que tu portais hier étaient parfaites.

Bien sûr qu'ils étaient parfaits, ses escarpins vintage Jimmy Choo !

— Ces journalistes sont des ignares et des imbéciles, poursuivit-il en s'installant en face d'elle. Un de ces jours, tu devrais te montrer à une soirée en tenue de chasseur de sanglier, je serais curieux de voir leurs réactions.

— Cela t'ennuie, toutes ces histoires, ces ragots ?

— Non, pas du tout, répondit-il d'une voix ferme. Et cela devrait te laisser indifférente aussi. Si la presse s'acharne autant sur toi, c'est uniquement parce que jusqu'à présent tu ne faisais jamais parler de toi. Alors, ils flairent le scandale et en redemandent. À ta place, j'en profiterais pour réinventer mon image — à supposer que tu le souhaites, naturellement. Ou bien tu pourrais les prendre à leur propre jeu : leur annoncer que tu es enceinte de triplés et que tu ne sais pas qui est le père. *Quatre bâtards pour le nouveau roi de Byzenmaach* — Casimir sera ravi !

— Tu es cruel, Theo.

— Peut-être, mais tu as souri.

Quand il s'adossa à sa chaise et regarda Moriana en plissant les yeux, elle sentit aussitôt des étincelles délicieuses éclore et pétiller dans tout son corps.

— Bonjour, murmura-t-il. Jolie robe.

Comme la rouge portée la veille au soir, celle-ci faisait partie des robes qu'elle aimait mais ne portait jamais. Jaune paille, sans bretelles, l'étoffe lui moulait le buste avant de se déployer en corolle souple à partir de la taille et s'arrêtait juste au-dessous du genou. Comme bijoux, Moriana portait deux bagues — mais pas celle de Theo — et des boutons d'oreilles en diamant. Elle était chaussée de sandales plates, type ballerines. Côté coiffure, elle avait rassemblé ses cheveux en simple queue-de-cheval, des petites mèches bouclant autour de son visage et sur la nuque.

— J'ai peut-être décidé de te séduire.

— Dans ce cas, la robe est bien choisie. Il faut que tu te fasses photographier avec, échevelée et les joues roses. Et en ma compagnie, bien sûr.

Il repoussa les journaux d'un geste décidé.

— Pourquoi lis-tu ces niaiseries, puisqu'elles te rendent malheureuse ?

Il prit un croissant dans la corbeille avant de tendre la main vers le pot de confiture de mûres.

— Je te croyais mieux armée pour faire face à ce genre de bêtise crasse. Il va falloir que tu t'endurcisses.

— Cela te gêne que j'y sois sensible ?

— Oui, affirma-t-il, soudain sérieux. À Liesendaach, il est parfois difficile de résister à toutes sortes de pressions. La corruption de mon oncle a laissé des traces. À chaque fois que je crois m'en être débarrassé pour de bon, elles resurgissent ailleurs. Je n'ai pas confiance en mes conseillers. En politique, je me méfie même de tout le monde. C'est tout juste si j'ai confiance dans le personnel du palais. Tu seras mal vue, si tu deviens mon épouse. Des individus intéressés tenteront de t'approcher dans l'espoir de se servir de toi, de façon à ce que tu m'influences dans le sens qui les arrange. Je ne peux rien pour te protéger de ce genre de phénomène, par conséquent j'ai besoin de savoir qu'ils ne te briseront pas. Et d'être certain que tu sauras non seulement te préserver et résister, mais tenir tête à n'importe qui et dans n'importe quelle situation.

— C'est comme ça que tu comptes me persuader d'accepter de t'épouser ? fit Moriana en haussant les sourcils.

— Non. Je réserve ça pour plus tard. Je ne faisais qu'attirer ton attention sur un point important.

Il la regarda dans les yeux avant d'ajouter :

— Je passerai à la persuasion dès que tu seras prête à soutenir l'assaut.

— Après une dernière tasse de café, peut-être…

Le regard toujours rivé au sien, il souleva sa propre tasse.

— Tu as bien dormi ?

— Non, reconnut-elle. Au fait, ta bague est magnifique. J'ai tenu jusqu'à 2 heures du matin avant d'ouvrir l'écrin.

— Bravo, répliqua-t-il avec un sourire moqueur. Je remarque toutefois que tu ne la portes pas.

— Une chose à la fois. Je réfléchis à ta proposition, c'est déjà un progrès.

— Hier, tu me croyais indifférent à toi. Maintenant, tu sais que ce n'est pas le cas.

— Oui, mais cela ne signifie pas que nous soyons mûrs pour le mariage. Pourquoi cette hâte ?

— Nous pouvons toujours attendre le troisième âge, dit-il en baissant les yeux sur sa tasse.

— Tu ne me dis pas tout, Theo. Cette précipitation ne te ressemble pas.

Cette fois, il n'y avait pas de doute : il lui cachait quelque chose. Sinon, il n'aurait pas évité de croiser son regard.

— Je t'écoute, murmura-t-elle. Je sais que tu es obligé de te marier. Liesendaach a besoin d'une reine et toi d'un héritier. Mais j'ignorais que tu subissais autant de pression.

— Mon oncle a lancé une pétition réclamant ma destitution, avoua-t-il enfin. Et comme il ne peut se fonder sur une quelconque incompétence de ma part ou m'accuser de négligence, il a déniché une clause autorisant la destitution d'un monarque si celui-ci n'est pas marié et n'a pas produit d'héritier avant son trentième anniversaire. Personne n'avait connaissance de cette clause avant qu'il ne la découvre et ne l'utilise à ses fins. J'ai eu trente ans le mois dernier. Je peux gagner du temps en freinant le processus par simple contestation juridique, pas de problème. Mais la meilleure façon d'en terminer avec la pétition consiste à me fiancer et à programmer le mariage le plus tôt possible. Lorsque Casimir t'a laissée tomber, je t'ai vue comme la solution idéale.

— Et moi qui commençais à croire que je te plaisais depuis des années et que maintenant que j'étais libre tu étais impatient d'assouvir ton désir secret !

— C'est vrai aussi. J'aurais dû commencer par là.

— Je ne t'aurais pas cru.

Theo soupira, puis prit un deuxième croissant.

— Dis-moi, qui vas-tu épouser si ce n'est pas possible avec moi ? L'une des jumelles Cordova ?

Cette liaison avait défrayé la chronique un an plus tôt, quand il s'était aperçu que depuis des mois il sortait avec deux femmes au lieu d'une.

— Si tu cherches à me provoquer avec cette histoire, tu perds ton temps.

— Je pensais seulement avoir trouvé une solution alternative à ton problème.

Il redressa la tête et plongea son regard dans le sien.

— Je préfère la première solution : toi.

— Je sais.

Sur le plan politique, les jumelles Cordova ne lui apporteraient rien, en effet.

— Mais tu dois également considérer la situation de *mon* point de vue, poursuivit Moriana. Pour la première fois de ma vie, je suis libre de faire ce qu'il me plaît. Je veux m'émanciper, m'amuser, vivre des aventures. Or je sais ce que ta proposition implique : beaucoup de travail. Et je ne suis pas certaine que cela m'intéresse.

— Pourtant, tu étais prête à épouser Casimir, fit-il remarquer d'un ton dur.

Oui, reconnut Moriana en son for intérieur. Elle avait même été *impatiente* de l'épouser. Alors en quoi la proposition de Theo était-elle différente ? Dérangeante et troublante à la fois ?

Durant quelques instants, il continua de manger et elle de siroter son café. Puis, incapable de supporter plus longtemps le silence, elle reprit d'un ton neutre :

— J'ai parlé avec Casimir, ce matin.

Theo leva les yeux de son assiette mais sans faire aucun commentaire.

— J'enquête sur mes défauts. J'ai eu dix ans pour l'embrasser — pour l'embrasser vraiment — et je ne l'ai pas fait. Et lui non plus. Nous avons discuté de cela.

— T'a-t-il dit qu'il se réservait pour le mariage ? demanda Theo en haussant un sourcil. Ou qu'il était aveugle ? Ou encore perturbé sur le plan hormonal ?

— Non, mais je te remercie de sous-entendre par là que de mon côté j'étais complètement apathique.

— Tu ne l'étais pas hier soir.

Non, en effet. L'indifférence de Casimir à son égard ne l'avait jamais blessée parce qu'elle était réciproque. Mais avec Theo, c'était différent. Il ne lui était pas indifférent et ne l'avait jamais été.

— Casimir m'a dit que pour lui l'attirance envers une femme commençait bien avant le premier baiser. Et que ce genre d'attirance ne pouvait être feinte.

— Très intéressant. Et ?

— Je lui ai raconté que tu m'avais demandée en mariage et il a ri. Pourquoi, à ton avis ?

— Je l'ignore. C'est à lui qu'il faut poser la question.

Elle l'avait fait. Casimir avait répondu de façon évasive, disant que tout se mettait en place et qu'il leur souhaitait beaucoup de bonheur. Qu'elle serait plus heureuse avec Theo qu'avec lui. Moriana avait raccroché peu après, de crainte de se montrer impolie et de lui dire le fond de sa pensée.

— Il m'a fait un compliment agréable, répliqua-t-elle, pince-sans-rire. Nos discussions politiques vont lui manquer. Il a ajouté que mes connaissances en la matière étaient vraiment incroyables et que mes remarques et conseils étaient toujours des plus avisés. À ses yeux, je suis une muse politique, en quelque sorte.

Rien ne transparut sur les traits de Theo.

— Ou plutôt, un conseiller de l'ombre, corrigea-t-elle.

— Je n'en ai pas besoin.

— Tu n'en as jamais eu.

Theo demeura silencieux.

— Tu m'as garanti une intimité charnelle réussie, murmura-t-elle. Mais me demanderais-tu jamais conseil ?

— Je… J'y réfléchirai, répondit-il, l'air un peu mal à l'aise. Je te l'ai dit : j'ai du mal avec la confiance.

— Tu te méfies quasiment de tout le monde, je sais. Mais ne veux-tu pas pouvoir faire confiance à ta femme ?

— Il ne s'agit pas de désir mais de ce que je suis prêt à perdre.

— Ah… Tu es un solitaire pur et dur, dans ta tête et dans ton cœur. Tu ne souffres jamais de ta solitude ?

Comment pouvait-il régner en se méfiant de tout le monde ?

— Non.

— Si je comprends bien, le premier devoir d'une reine envers son roi — qui consiste à offrir son soutien inconditionnel à celui-ci, émotionnel, politique, social et physique —, tu n'en veux pas.

Silence.

Moriana s'appuya à son dossier, sidérée.

— Sérieusement, Theo, tu n'as pas besoin de moi. Prends n'importe qui !

De toute évidence, il n'apprécia pas sa conclusion. Pas plus qu'elle n'appréciait le statut qu'il lui offrait.

— Je suis sincère, insista-t-elle. Je serais incapable de rester à tes côtés à ne rien faire. J'ai besoin d'avoir ta confiance pour être ta reine. Sans cela, je ne serai rien. Et je refuse d'être considérée comme quantité négligeable.

— Viens passer une semaine à Liesendaach, dit-il d'un ton brusque. Et j'essaierai de te donner ce que tu désires.

— Il ne s'agit pas de désir mais de besoin — non négociable.

— Il faut du temps pour établir une relation de confiance.

— Oui, acquiesça Moriana avec calme. Et j'en ai. Peut-être pas toi, mais puisque tu souhaites obtenir ma coopération, il faudra que tu en trouves. Je peux m'accommoder d'un mariage sans amour, j'y étais prête depuis longtemps. Mais je ne deviendrai pas ta femme, ta reine, sans être sûre d'avoir ta confiance absolue.

— C'est ton dernier mot ?

Elle acquiesça d'un hochement de tête.

— Dans ce cas, je vais faire tout mon possible. En plus de nous découvrir charnellement, nous pourrons nous livrer à quelques conversations politiques.

— D'accord. Mais soyons clairs : j'ai besoin de gagner ta confiance et je veux que tu me fasses partager ton savoir-faire en matière de sexe. Pouvons-nous considérer cela comme les priorités de ma semaine à Liesendaach ?

Tout embarras disparut aussitôt. Theo le Négociateur, le Conquérant, était de retour.

— J'ai quelque chose à te proposer, murmura-t-il avec un sourire ensorceleur.

Un frisson brûlant la traversa.

— Je t'écoute.

— Je te fais découvrir une nouvelle expérience sensuelle par jour et, pour te prouver ma bonne foi, je vais t'en offrir une tout de suite, ici et maintenant. Mais si au cours de ces voyages au pays de la volupté tu cèdes à la jouissance, si tu as un orgasme… tu porteras ma bague.

— Pas question !

Son corps et ses sens ne résisteraient pas longtemps au savoir-faire de Theo, aussi Moriana craignait-elle de devoir porter la bague avant l'heure du déjeuner.

— OK. Je te propose autre chose. Je te laisse la possibilité de m'arrêter au cours de nos leçons si tu le souhaites. Il te suffira d'un mot. Une alerte à l'orgasme, disons. À ce moment-là, on arrête tout et on fait une pause avant de continuer. Tu pourrais même considérer cela comme un exercice de confiance mutuelle. Et tu ne serais pas obligée de porter ma bague. Facile, non ?

— Je sens le piège…

— Certaines leçons sont plus difficiles que d'autres, c'est vrai. Mais tu n'as pas dit que tu voulais apprendre ? Et puis, il y aura des moments drôles, or tu as dit aussi que tu voulais t'amuser, si je me souviens bien. Alors tu vois, je fais déjà mon possible pour satisfaire tous tes désirs.

— Tu es trop aimable.

La température sembla monter de plusieurs degrés tandis que leurs regards se croisaient et restaient soudés l'un à l'autre. Cette semaine pourrait virer au cauchemar, songea soudain Moriana.

— Tu me proposes une semaine de découvertes sensuelles, de discussions politiques et d'exercices de confiance, répliqua-t-elle. Très bien, mais le romantisme, dans tout ça ?

— Il est inclus dans la proposition.

— D'accord, murmura-t-elle. Je t'accompagne à Liesendaach. Pour une semaine.

Theo repoussa son assiette.

— Parfait. Première leçon. Tu devrais peut-être verrouiller les portes ?

Il se moquait à nouveau d'elle, se dit Moriana en reposant sa serviette sur la table avant de se lever. Il la provoquait.

Très bien. C'était le moment ou jamais de se lancer. *D'oser.*

Au lieu de se diriger vers la double porte pour quitter la pièce comme elle en avait d'abord eu l'intention, elle ferma les deux battants puis resta immobile, tournant le dos à Theo.

— Viens.

Le simple son de sa voix l'excita.

Prenant son courage à deux mains, elle se retourna et s'avança vers lui, l'air plus assuré qu'elle ne l'était en réalité.

Theo sourit, puis il repoussa sa chaise et lui indiqua l'espace libéré devant lui.

— Assieds-toi là, sur la table.

Elle obéit, sous le regard brûlant de Theo qui suivait le moindre de ses mouvements, de ses gestes.

— Fais descendre la fermeture Éclair de ta robe.

— Tu ne peux pas le faire toi-même ? Tu as des mains, non ?

De très belles mains, aux longs doigts habiles.

— Oui, et je vais m'en servir. Mais pour l'instant, je préfère te regarder te déshabiller pour moi. J'adore te voir rougir.

Évidemment. Il suffisait qu'il pose les yeux sur elle pour qu'elle s'empourpre…

Passant les mains dans son dos, Moriana baissa la fermeture Éclair et le bustier de la robe glissa, révélant son soutien-gorge, blanc et sans bretelles.

Les yeux gris s'assombrirent tandis que Theo tendait la main et suivait du bout des doigts la bordure de soie, son pouce effleurant les seins. Il recommença, exacerbant le désir de Moriana.

— Ôte-le aussi.

Ses mamelons se durcirent sous l'étoffe. Theo les caressa doucement sans détacher un instant son regard du sien.

Moriana dégrafa son soutien-gorge. Aidé par Theo, celui-ci tomba bientôt sur le parquet.

— Tu as des seins magnifiques. Parfaits.

Il avait prononcé ces mots presque avec colère.

Personnellement, elle les avait toujours trouvés un peu trop petits, mais elle apprécia le compliment, sincère ou pas.

— Merci.

Le mur était toujours là, en face d'elle. Le même tableau de maître ancien y était accroché. La seule chose qui avait changé, c'était elle. Et peut-être aussi Theo.

— Et maintenant ? murmura-t-elle.

Quand il se pencha vers elle, Moriana ferma les yeux. Mais les lèvres de Theo ne se posèrent pas là où elle s'y attendait. Il l'embrassa sous l'oreille. Lorsqu'elle sentit sa langue lui caresser la peau, elle tressaillit au plus profond de son être.

La bouche experte poursuivit son chemin, avec une lenteur à peine supportable.

— Je te déteste, chuchota-t-elle.

— Tu as tort. Je fais de mon mieux.

Les cheveux courts lui effleurèrent le cou tandis que la bouche taquine descendait sur sa gorge puis sur le renflement d'un sein. Depuis qu'ils étaient découverts, ses mamelons palpitaient, réclamaient. La langue de Theo les effleura tour à tour, en petits cercles délicieusement érotiques…

La chaleur déferla dans son bas-ventre, se propagea entre ses cuisses. Il était vraiment *très* doué…

L'ensorcelant manège dura quelque temps encore, jusqu'à ce qu'il referme les lèvres autour d'une pointe gonflée.

Moriana serra les jambes, de toutes ses forces, en même temps qu'elle laissait échapper un long gémissement.

Il la goûtait, la suçait, la dévorait. Tandis qu'elle fondait, sans résistance aucune. Et quand il redressa la tête pour la regarder, elle eut du mal à reprendre ses esprits.

— Charmant, murmura-t-elle. Intéressant, comme leçon.

— Elle n'est pas terminée. Relève ta jupe.

— Je… Quel est le thème de la leçon, au juste ?

— Les bienfaits de la soumission.

Cette fois, elle eut du mal à soutenir son regard moqueur.

— Mais si tu ne te soumets pas, tu ne les connaîtras jamais, murmura-t-il.

Il savait qu'il avait gagné. Qu'elle était à lui.

Le plus naturellement possible, Moriana saisit le bas de sa robe et la remonta sur ses cuisses avec une lenteur délibérée. Ce jour-là, elle portait une culotte blanche à pois noirs. Jolie mais sans plus. Et pas vraiment sexy. Theo allait-il lui demander de l'ôter ?

— Bien, dit-il d'une voix rauque. Maintenant, pose les mains sur la table et penche-toi un peu en arrière.

Elle obéit puis attendit la consigne suivante.

Mais cette fois, il ne lui demanda rien et referma les mains sur ses cuisses. Puis il posa les lèvres à la base de son cou, à l'endroit où le pouls battait frénétiquement.

— Tu me rends fou, Moriana. Depuis toujours. Tu te crois pleine de défauts alors que tu es parfaite.

Sans lui laisser le temps de répliquer, il lui embrassa l'épaule avant que sa bouche ne glisse sur un sein, mais sans s'y arrêter. Elle poursuivit sur son ventre.

Quelques secondes plus tard, Moriana sentait le souffle chaud caresser l'endroit le plus intime de son corps. Puis Theo écarta légèrement la soie…

Elle avait lu des romans, en avait entendu parler, en avait rêvé. Mais sans jamais imaginer vivre l'expérience en plein jour, dans le salon réservé au petit déjeuner.

À vrai dire, quand elle baissa les mains sur son sexe offert, elle ne savait si elle désirait que Theo continue ou s'arrête.

— Qu'est-ce que tu fais ? demanda-t-il d'une voix rauque en levant les yeux vers elle.

— Je t'aide.

— Repose les mains sur la table, Moriana. Je n'ai pas besoin d'aide !

Sur ces mots, il lui prodigua, à l'endroit même où frémissait son désir, la plus intime des caresses.

C'était extraordinaire. Divin. Le plaisir l'envahissait, avec une telle intensité qu'elle ne résisterait pas longtemps à la jouissance.

— Tiens bon, murmura Theo.

Puis il lui écarta encore davantage les jambes pour l'embrasser à pleine bouche, avec un art qui arrachait des halètements à Moriana. C'était trop. Elle allait jouir. Elle ne pouvait plus se retenir, elle allait sombrer…

— Arrête !

Il s'arrêta aussitôt, fidèle à sa parole. Le souffle court, il appuya le front contre son genou, les mains toujours refermées sur ses cuisses. Une caresse de plus et elle aurait basculé dans l'extase.

Moriana serra les jambes en réprimant un gémissement. Ce simple mouvement avait failli la faire jouir.

— Que veux-tu, maintenant ? demanda-t-il d'une voix rauque.

Il avait l'air presque… hagard.

Un petit rire étouffé franchit les lèvres de Moriana et elle appuya sa paume sur son sexe pour calmer son excitation, mas ce fut une grave erreur.

— Oh non… Non… Arrête… *Arrête*…, supplia-t-elle.

Theo ne la touchait même pas.

C'est alors que, soudain, le plaisir la submergea, la terrassa.

— Tu as perdu, princesse. Tu as joui.

— Non, pas du tout.

— Tu as joui, répéta-t-il d'un ton péremptoire.

— Non, j'ai *presque* joui, corrigea-t-elle avec obstination.

Cherchant des yeux son soutien-gorgc, Moriana l'aperçut et descendit maladroitement de son perchoir pour aller le récupérer avant de le remettre à la hâte. Rajuster sa robe prit plus de temps, l'étoffe s'étant entortillée autour de sa taille.

— Tourne-toi, je m'occupe de la fermeture Éclair.

Elle s'exécuta pour le laisser faire puis lissa sa robe sur son ventre et ses cuisses.

— Tu as joui, lui murmura Theo à l'oreille. Tu le sais et j'aurais davantage confiance en toi si tu le reconnaissais.

— Je ne peux pas, répliqua-t-elle, incapable de le regarder.

— C'est dur, hein ? Pas facile de savoir quand et en qui avoir confiance…

— On verra, dit-elle d'un ton dégagé. Avec le temps.

— Bon, je laisse passer pour cette fois parce que tu en as besoin, manifestement, mais ton corps n'est pas difficile à deviner, tu sais ? poursuivit-il d'une voix caressante. Tu es très sensible, Moriana, et moi, je sais ce que je fais. Tout à l'heure, je voulais que tu jouisses pour moi. La prochaine fois, je vais te maintenir au bord de l'abîme jusqu'à ce que tu me supplies de te faire jouir.

— Cela me paraît…

— Cruel ? Dépravé ?

— Non, parfait.

Comment allait-elle expliquer son allure débraillée à Aury ? se demanda Moriana en se recoiffant avec les doigts.

— Bon, reprit-elle après s'être éclairci la voix. Je vais à Liesendaach pour une semaine et je ne porte pas ta bague. Y a-t-il des détails que je dois connaître, côté protocole ?

— Un dîner officiel vendredi, quatre déjeuners. Emporte une tenue d'équitation si tu souhaites monter et une demi-douzaine de robes du même style que celle-ci pour le petit déjeuner : nous le prendrons ensemble chaque matin. Considère cela comme le moment de ta leçon quotidienne.

Un frisson brûlant la parcourut à cette perspective.

— Et le soir, que fais-tu, en général ? demanda-t-elle.

— La plupart du temps, je travaille.

— Ah…, murmura Moriana, déçue. J'emporterai aussi du travail, alors. Si cela ne te dérange pas.

— Pas du tout. Si nous en avons envie, nous pourrons nous retrouver pour prendre un dernier verre ensemble.

Il recommençait à se moquer d'elle. Pas ouvertement, mais elle le voyait à la lueur malicieuse éclairant ses yeux. Une seule leçon et elle perdait toute volonté, toute capacité de résistance. Au contraire, elle brûlait de passer à la suite.

— Quand comptes-tu quitter Arun ?

— Dès que tu seras prête.

— Je peux l'être dans une heure. Mon assistante me rejoindra cet après-midi avec mes bagages.

— Parfait.

— Theo, il ne suffira pas d'une semaine idyllique durant laquelle tu adopteras un comportement exemplaire pour me convaincre, insista Moriana. Tu perds peut-être ton temps.

— Je ne perds pas mon temps. Je sais que tu seras loyale et que tu feras le maximum pour que cela fonctionne entre nous, dans ton propre intérêt et celui de tout le monde.

Il la regarda droit dans les yeux avant d'ajouter :

— Tu ne pourras pas t'en empêcher. Tu es comme ça.

Chapitre 5

Theo vit avec plaisir les toits d'ardoise se profiler au loin. Le palais royal de Liesendaach était un bel édifice aux murs de pierre blonde et dont la structure en U entourait une immense cour centrale. Six cent quatre-vingt-cinq fenêtres à guillotine rehaussaient encore l'élégance des façades et donnaient sur les jardins, à l'arrière de la propriété.

Le palais employait quatorze jardiniers à plein temps, assistés de nombreux travailleurs saisonniers. Chaque année, au printemps et à l'automne, les jardins étaient ouverts au public et servaient de cadre à divers événements. Certains voyaient là un gaspillage éhonté d'eau, alors que les jardiniers veillaient au contraire à utiliser intelligemment celle-ci. Depuis toujours, ils expérimentaient, plantant de nouvelles variétés, testant de nouveaux systèmes d'arrosage.

En été, la forêt bordant les jardins sur trois côtés protégeait ceux-ci des vents chauds et secs, et freinait les vents glacials venant du nord en hiver.

Les ancêtres de Theo avaient su ce qu'ils faisaient en la conservant. Et les grincheux pouvaient bien protester, il ne laisserait jamais personne réduire les jardins à un caprice de souverain frivole.

Moriana connaissait le palais mais n'y était pas venue depuis longtemps, aussi Theo demanda-t-il au pilote de survoler le domaine royal pour qu'elle ait un aperçu de l'ensemble. Il voulait qu'elle l'apprécie.

— Nous ne recherchons pas la beauté pour elle-même, expliqua-t-il. De nombreux botanistes travaillent ici en permanence ; nous organisons des ateliers pour les enfants des écoles ; nos équipes s'occupent également d'agronomie et d'élevage. Côté mécénat, nous soutenons…

— Je sais, Theo, l'interrompit-elle doucement. Le palais royal de Liesendaach est beau et utile à la fois, et il doit le rester. Tu n'as pas besoin de le défendre. Pas avec moi.

— As-tu une idée de la façon dont tu pourrais partager ton allégeance entre Liesendaach et Arun ?

Moriana tourna la tête vers lui, un petit sourire doux-amer aux lèvres.

— Si je t'épouse, ma loyauté ira tout entière à Liesendaach.

— Comment le vivrais-tu ?

— Vu le traitement auquel j'ai droit en ce moment de la part des médias, je trouverais cela délicieux ! Et puis, cette situation nouvelle pousserait peut-être mon frère à se marier.

Après s'être interrompue un bref instant, elle poursuivit :

— Cela fait presque vingt ans que ton pays n'a pas de reine. Par conséquent, je ne serais pas obligée de prendre le relais de quiconque. Nul n'attendrait de moi que je sois aussi parfaite, ou meilleure dans mon rôle que celle qui m'aurait précédée. Je serais moi, c'est tout. Je trouve cela libérateur, d'une certaine manière. Et cela ne me fait pas peur.

Une petite moue désabusée arrondit sa bouche pulpeuse.

— Byzenmaach m'aurait également permis de repartir de zéro.

— Oui, mais ils n'auront pas la chance de t'avoir pour

souveraine, répliqua Theo avec un brin d'humeur. Tant pis pour eux.

— Tu as raison.

L'hélicoptère venant d'atterrir, ils descendirent tous deux de l'appareil. Theo espérait faire une arrivée discrète mais la gouvernante du palais en avait manifestement décidé autrement. Samantha Sterne les attendait à l'entrée la plus proche de l'héliport, avec son air trop serein annonciateur d'orage.

— Vous connaissez la princesse Moriana d'Arun, n'est-ce pas, Sam ? commença Theo d'un ton dégagé. Elle sera mon invitée durant une semaine. Vous avez reçu mon message concernant la préparation des appartements de la reine ?

Moriana avait beau ne pas porter sa bague, Theo entendait bien saisir la moindre occasion de faire comprendre à tous qu'elle n'était pas une simple invitée.

— Oui, Majesté.

Sam se tourna vers Moriana et s'inclina devant elle.

— Je vous prie de bien vouloir m'excuser, Altesse. Les femmes de chambre achèvent de tout préparer. Les appartements n'avaient pas été utilisés depuis longtemps, vous comprenez, et je tenais à ce que les pièces soient aérées, que l'on y apporte des fleurs, du linge…

— Et il vous a annoncé ma venue un quart d'heure à l'avance, c'est cela ?

— À peu près, Altesse, répondit Sam avec un léger sourire.

— Madame suffira. Je peux vous appeler Sam ?

Celle-ci acquiesça d'un hochement de tête avant de se tourner vers Theo.

— Majesté…

Et voilà, le calme allait laisser place à l'orage…

— Votre cousin est arrivé ce matin et a demandé à vous

voir. Comme vous étiez absent, il a insisté pour attendre votre retour et je l'ai installé dans la suite dorée en demandant à George de veiller à ce qu'il ne manque de rien.

— Je m'en charge, déclara Theo.

Durant la régence exercée par le père de son cousin, ce dernier avait résidé au palais, mais sans jamais manifester la moindre convoitise envers le trône. Il préférait mener sa vie de play-boy plutôt qu'une existence dévolue au devoir, mais il avait toujours eu le don de semer la pagaille autour de lui. Il *adorait* cela. D'un côté, il chantait les louanges de la famille tandis que, de l'autre, il était prêt à poignarder Theo dans le dos. Cependant, il y avait bien longtemps que Benedict n'avait recherché sa compagnie.

Après avoir acquiescé d'un hochement de tête, Sam s'éloigna dans le hall, ses talons aiguilles résonnant sur le sol dallé de marbre.

— Elle est très jeune pour diriger une maison royale, fit Moriana en la suivant du regard.

— L'ancienne gouvernante était entièrement dévouée à mon oncle. Pas Sam.

— Elle est en outre très jolie.

— Et très compétente, aussi, ajouta Theo.

— J'espère bien. Si nous nous marions, j'aimerais faire venir quelques personnes d'Arun.

— Votre gouvernante en chef ? dit-il en haussant un sourcil.

— Non, Augustus me tuerait. Je voulais simplement te faire remarquer que certains changements seront inévitables en ce qui concerne l'organisation interne du palais. J'aimerais que les choses soient faites comme je l'entends et j'ai bien l'intention de veiller à ce que cela soit possible. Ne t'inquiète pas, poursuivit-elle en baissant la voix. Si Samantha Sterne est aussi compétente qu'elle est jolie, elle restera à son poste. Mais dis-moi, que se passe-t-il, avec Benedict ?

— Je n'en sais rien du tout.

— Lui et toi étiez très proches à une époque, non ?

— Tu veux dire qu'après la mort de mes parents nous avons fait les quatre cents coups ensemble, c'est ça ? Cela n'a duré qu'un temps et nos chemins se sont séparés — disons que nous n'avions plus les mêmes priorités. Si tu veux mon avis, c'est le moment de porter ma bague. Pour te protéger. Je connais mon cousin : il est capable de t'embobiner sans que tu ne t'en rendes compte, c'est sa spécialité.

— Et comment le fait de porter ta bague me protégerait-il, s'il te plaît ? J'aurais plutôt pensé que cela ferait de moi une cible idéale.

— Je me sentirais mieux si tu la portais, se contenta de répliquer Theo.

— On se sent mieux quand on est propriétaire, dit-elle avec un sourire moqueur. Mais avec ou sans bague, je saurai me débrouiller avec Benedict. On va voir ce qu'il veut ?

— Je vais d'abord te conduire à ta chambre et ensuite *j'irai* voir ce qu'il veut.

— Mais bien sûr, Majesté.

Non, il n'était pas nerveux. Pas du tout. Il ne transpirait pas à la perspective de lui faire visiter ses appartements, de lui montrer les collections récemment acquises, de la présenter à tous. Pas le moins du monde.

Il faisait chaud, voilà tout.

Moriana savait déjà que le palais était magnifique pour y être venue souvent. Mais elle n'avait encore jamais pénétré dans les appartements de la mère de Theo.

Ceux-ci dégageaient une atmosphère à la fois raffinée

et accueillante qui la séduisit d'emblée. Quant à la vue donnant sur les jardins, elle était splendide.

Fascinée, Moriana contempla la marqueterie des parquets dessinant d'élégants motifs floraux, les hauts plafonds au milieu desquels trônaient d'impressionnants lustres de cristal sur lesquels jouaient les rayons du soleil.

— Si ces pièces ne te plaisent pas, nous pouvons…

— Elles me plaisent beaucoup, dit-elle en se retournant.

Son cœur fit un petit bond dans sa poitrine en voyant Theo adossé au mur, les mains enfoncées dans ses poches de pantalon. Il l'observait.

— Et toi ? Où vis-tu, maintenant ?

— De l'autre côté du grand hall, mes appartements sont orientés à l'est. J'assiste au lever du soleil, toi au coucher.

— Et tu as aussi des lustres comme ceux-ci ?

— Tu veux venir voir ?

— Pourquoi pas ? répliqua Moriana en souriant.

Chez Theo, les fenêtres étaient encore plus nombreuses. Des tons de brun et de bleu dominaient, des sources d'éclairage invisibles remplaçaient les lustres, certaines étant destinées à mettre en valeur les œuvres d'art.

Elle s'avança vers le Botticelli dominant la cheminée.

— Il ne bouge pas d'ici, murmura Theo derrière elle. Si tu veux le voir, il faudra venir sur place.

— Mais aurais-je envie de le regarder si je venais ici ?

Une lueur argentée éclaira les yeux bleus.

— Au fait, je voulais te dire que je pourrais me laisser convaincre de prendre plusieurs leçons par jour, poursuivit innocemment Moriana.

— Il faut que je garde de l'énergie.

— Ah… Demain matin, alors. Tu me raccompagnes ?

Lorsqu'ils regagnèrent les appartements de la reine, Theo s'effaça pour laisser passer une femme de chambre

portant un vase, puis une deuxième, les bras chargés de roses. Mais il ne suivit pas Moriana quand elle s'avança dans l'entrée spacieuse.

— Je te laisse t'installer. Si tu as besoin de quoi que ce soit ou si tu désires faire effectuer des changements, appelle Sam.

— Entendu. Salue ton cousin de ma part. Je le verrai au dîner ?

— Vendredi, au dîner officiel. Il fait partie des invités.

— Ah... Tu le vois de temps en temps, alors ?

— Je ne peux pas faire autrement.

— Tu ne vas pas lui proposer de rester après vendredi ?

— Non.

— Parce que je suis là ?

— Entre autres.

— Benedict s'est toujours montré très courtois avec moi.

— Bien sûr, tu es la sœur d'un roi et tu étais promise à un prince héritier — ton rang est supérieur au sien.

Il s'interrompit en souriant.

— Et puis, si Benedict restait, mon attention serait partagée entre vous deux. Je préfère me concentrer sur toi.

Sur ces paroles, il tourna les talons.

— J'ai beaucoup de chance, alors, murmura Moriana.

Theo n'eut pas besoin de partir en quête de son cousin. Il s'était à peine installé dans son bureau que celui-ci vint l'y rejoindre.

De deux ans son aîné, Benedict mesurait quelques centimètres de moins que lui et était aussi vaniteux qu'un paon. Adolescent, Theo l'avait suivi dans les lieux les plus mal fréquentés et n'avait pas eu besoin d'encouragements pour profiter au maximum de ces multiples expériences aussi variées qu'excitantes. Toujours profondément ébranlé par la mort de ses parents et de son frère, il cherchait alors à noyer son chagrin de toutes les façons possibles et imaginables, et avait trouvé en Benedict le compagnon idéal.

Jusqu'à ce que Theo décide de reprendre le trône au père de son compagnon de débauche. Il s'était alors peu à peu écarté de Benedict, qui n'avait pas apprécié son attitude.

Depuis, leur relation avait continué à se dégrader, lentement et sûrement. Surtout après la sinistre découverte qu'avait faite Theo concernant la mort de sa famille.

— Tu pourrais me dire bonjour et m'offrir un verre, non ?

— Je pensais que tu t'étais déjà servi toi-même, répliqua Theo en levant les yeux de son écran d'ordinateur. Qu'est-ce que tu veux ?

— J'ai reçu une invitation au dîner de vendredi, alors me voici.

— Tu es en avance.

— Un peu. Si j'avais su que tu revenais avec une invitée, je ne me serais pas installé. D'un autre côté, je vais pouvoir te voir tenter d'impressionner la charmante princesse d'Arun. Ça promet d'être amusant.

— Benedict, tu as demandé à me parler. Alors, vas-y, dis ce que tu as à dire.

— Très bien. Tout d'abord, je t'annonce que la pétition demandant ta destitution a été abandonnée. Pétition que je n'ai ni signée ni soutenue, je te signale. Si elle aboutissait, je deviendrais ton éventuel successeur, ce qui m'obligerait à me marier et à produire un héritier — ce que je désire encore moins que toi.

Son sourire devint franchement sournois.

— Moriana sait-elle qu'elle est l'heureuse élue ? Vas-tu lui promettre constance et fidélité ? J'aimerais bien voir ça.

— Tu le verras peut-être.

— Je vais rapporter la chose à père. Il sera ravi.

— J'en suis certain. Tu veux bien me dire enfin pourquoi tu es venu ? Tu as besoin d'argent ? Tu n'arrives toujours pas à choisir entre les jumelles Cordova et leur frère ?

— Tu en sais, des choses ! lança Benedict d'un ton moqueur.

— J'ai du travail, répliqua sèchement Theo.

— Père est mourant.

Theo le dévisagea en silence, suffoqué.

— On lui a découvert un cancer il y a deux semaines et celui-ci est trop avancé pour pouvoir être traité. C'est une question de jours, d'où l'abandon de la pétition. Père sait qu'il n'en a plus pour longtemps et que je n'ai aucun désir de monter sur le trône. Il est hospitalisé en France. Je sais que la compassion n'est pas ton fort, mais il désire revenir ici.

— C'est lui qui a choisi l'exil, répliqua Theo en s'adossant à son fauteuil. Il n'a pas besoin de ma permission pour rentrer à Liesendaach.

— Il souhaite venir ici, au palais, et mourir là où il est né.

— Non, c'est hors de question.

Mourant ou pas, Constantine de Liesendaach demeurait un dangereux adversaire.

— Il ne demande pas à occuper la suite royale, rétorqua Benedict. Il est à peine lucide. Je ferai le nécessaire pour assurer les soins médicaux et prendrai en charge tous les frais. Ce qu'il veut, c'est une chambre, n'importe laquelle.

— Eh bien, prends-le chez toi !

Benedict vivait en ville, dans une demeure confortable, aux frais de la Couronne. Ce n'était pas un palace, mais pas un taudis non plus, bon sang !

S'il acceptait d'accueillir Constantine au palais, Theo imaginait déjà l'incessant va-et-vient des dignitaires et des courtisans venant rendre un dernier hommage au mourant. Non, merci. Que Benedict se débrouille avec eux.

— Que crains-tu ? lança celui-ci d'un ton provocateur. Tu as gagné, il a perdu. La chance a tourné et mon père n'avait pas l'étoffe d'un roi, finalement. Peu l'ont. Certains disent qu'il a ruiné l'économie du pays ; d'autres qu'il n'a songé qu'à ses propres intérêts. Ils ont sans doute raison. Mais il t'a par ailleurs élevé et a veillé à ton éducation. Il ne t'a jamais empêché de faire quoi que ce soit. Tu voulais qu'il s'en aille, il est parti.

— C'est ta version des faits. Tu veux la mienne ?

— Oui. Cela m'aiderait peut-être à comprendre pourquoi tu nous as maudits dès que tu as pris le pouvoir !

Benedict se détourna en serrant les poings.

— Je savais que je venais pour rien, dit-il d'un ton lugubre.

— Pourquoi être venu, alors ?

— Parce que c'est mon père. Et que son dernier désir est de revenir mourir là où il est né et a grandi pour enfin trouver la paix.

Il s'appuya de l'épaule au chambranle de la porte en soupirant.

— Il sait que tu penses qu'il a orchestré la mort de ta famille, mais il ignore d'où te vient cette idée. Il m'a chargé de te dire que, s'il avait voulu se débarrasser d'eux, tu aurais toi aussi été à bord de l'hélicoptère.

— J'aurais dû l'être. Au lieu de cela, je m'étais éclipsé pour aller voir les courses hippiques avec toi, tu te souviens ?

— Tu as eu de la chance. Tu ne vas tout de même pas me dire que tu aurais préféré être avec eux ?

Benedict soupira de nouveau.

— Nous étions proches, autrefois. J'ai pris soin de toi.

Tu m'as sauvé la vie.

Jusqu'à ce jour, Theo ne savait toujours pas si Benedict avait ignoré ce qu'il faisait en l'empêchant d'accompagner ses parents et son frère, ou s'il avait été informé de la sordide machination orchestrée par son père et n'avait pu se résoudre à perdre son cousin. Qu'il ait été au courant ou non, Theo était resté vivant. Mais pas ses parents et son frère.

— Tu désires me parler d'autre chose ?

— Oui. Je ne participerai pas au dîner de vendredi ni à aucun autre. Ne compte pas sur moi pour jouer au prince après le départ de mon père. J'en ai terminé avec ça.

— Tu perdras ton titre et ta pension.

Benedict leva les bras au ciel.

— Et je serai enfin indépendant. Ma position est intenable, Theo. J'ai essayé de te joindre, j'ai…

— On ne m'en a pas informé.

— Dans ce cas, vire ton assistant !

Son cousin se passa la main dans les cheveux d'un air las.

— Je n'ai pas non plus l'intention de faire ce que mon père attend de moi. Alors, il est temps que je passe à autre chose.

— J'informerai le personnel de ta décision.

Pourquoi cette sensation de malaise, tout à coup ? Theo la refoula farouchement.

— Au fait, Moriana sait que tu es ici et elle m'a demandé de te saluer de sa part.

— Pauvre petite princesse ! soupira Benedict. Après avoir supporté Casimir, elle hérite de toi… Je suis triste pour elle. Je devrais peut-être lui proposer de s'enfuir avec moi.

— Je ne te le conseille pas.

— Très bien, alors dis-lui que j'espère qu'elle passera un bon séjour à Liesendaach et que je regrette de m'en aller avant d'avoir pu bavarder avec elle.

Il fit une parodie de révérence.

— À bientôt, cousin. Nous nous reverrons aux funérailles.

Sur ces paroles, il fit volte-face et disparut.

Theo ferma les yeux et se massa doucement la nuque. Ses rapports avec Benedict avaient toujours été compliqués et difficiles. Il *voulait* avoir confiance en son cousin. Autrefois, ils avaient été proches. Ils se ressemblaient beaucoup, au fond. Même âge, à deux ans près, et même tempérament. Membres tous deux de la famille royale sans être héritiers présomptifs, ils avaient été soumis à une pression moins forte, jouissant d'une plus grande liberté.

Benedict s'était occupé de lui, en effet. Et parfois, lorsque Theo était acculé et devait faire face aux vautours, il regrettait encore de ne pas l'avoir à ses côtés.

Une demi-heure plus tard, il était toujours assis dans son fauteuil, et n'avait rien fait, pas même rédigé l'e-mail interrompu par l'arrivée de Benedict.

Il ne réagit que lorsque le chef de la sécurité vint frapper à la porte de son bureau. Theo lui avait demandé de surveiller son cousin jusqu'à son départ. Discrètement, bien entendu.

— Il est parti ?

— Oui, Majesté. Après être allé rendre visite à la princesse et avoir échangé quelques mots avec elle.

— Il s'est comporté décemment ?

— Tout à fait, Majesté. Le prince a complimenté la princesse, lui a dit qu'elle était divine avant d'ajouter qu'apparemment la rupture de ses fiançailles avait eu un effet bénéfique sur elle. À ces paroles, la princesse a ri et lui a demandé comment il allait, puis ils ont bavardé de choses et d'autres. Le prince lui a notamment demandé combien de temps elle comptait rester au palais. Une semaine, a-t-elle répondu. Il lui a alors souhaité un bon séjour, lui a dit de ne surtout pas oublier d'aller voir les tableaux exposés dans le salon de l'aile sud-est et a pris congé.

— Vous avais-je demandé un compte rendu de leur conversation ?

— Non, Majesté. Tout cela n'a sans doute aucune importance.

— Au contraire.

Benedict n'avait pas dit à Moriana que la pétition avait été abandonnée. Il n'avait pas cherché à créer de problème comme à son habitude.

— Merci. Ces informations sont très utiles, poursuivit-il.

— Je voulais aussi vous demander quelles mesures vous souhaitiez que je prenne concernant la sécurité de la princesse. Elle a mis à distance les trois agents chargés de sa protection et est venue d'Arun sans garde rapprochée.

Theo souleva le téléphone et composa le numéro des appartements de la reine qu'il se rappelait par cœur alors qu'il ne l'avait pas utilisé depuis bien longtemps.

Une voix chaleureuse et détendue lui répondit. De toute évidence, sa princesse était de meilleure humeur que lui.

— Tu dois être informée de ce qui est envisageable ou non concernant ta sécurité, déclara-t-il sans préambule. Réunion dans dix minutes. Mes agents te conduiront à mon bureau.

— En fait, je viens de demander que le thé soit servi dans le petit salon le plus romantique que j'aie jamais vu, dit-elle gaiement. Un vase empli de roses au délicieux parfum trône sur un adorable guéridon, le soleil entre à flots par les fenêtres ouvertes, la brise fait onduler les rideaux… Les effluves de la forêt montent jusqu'ici et je suis allongée sur un ravissant sofa dont tu vas avoir beaucoup de mal à me déloger… Alors, si cette mise au point concerne ma sécurité et mes besoins en la matière, je désire qu'elle ait lieu ici afin de pouvoir en juger par moi-même. Je veux une démonstration pratique, pas des explications théoriques.

Elle ne céderait pas, comprit Theo. En outre, sa demande n'était pas dénuée de bon sens.

— Très bien. Sois prête dans cinq minutes.

— Je vais demander que l'on ajoute quelques tasses, répliqua-t-elle d'une voix douce avant de raccrocher.

— Nous allons chez elle, dit-il au chef de la sécurité.

Comme il s'y attendait, celui-ci ne fit aucun commentaire et se contenta d'acquiescer d'un hochement de tête.

Moriana eut beau essayer de mener les négociations à sa façon, Theo ne céda que sur quelques points mineurs et soutint son regard en silence tandis que deux des agents reprenaient leur poste de chaque côté de la porte, le troisième restant dans le couloir.

— Ce n'est pas un peu excessif ? demanda-t-elle après le départ du chef de la sécurité.

— Mes hommes connaissent leur travail. Ils n'interviendront qu'en cas de besoin. Je ne plaisante pas avec cela — j'ai besoin de dormir la nuit et par conséquent de savoir que tout le monde est en sécurité au palais. Je peux te protéger, Moriana, mais pour cela tu dois me laisser faire.

Après l'avoir dévisagé un instant d'un air mutin, elle leva les yeux au ciel en soupirant.

— Très bien. Mais je peux savoir d'où vient ce changement d'humeur ? Augustus y est sujet lui aussi de temps en temps. Tu veux encore du thé ?

— Non, merci.

— Que te voulait Benedict ?

— Trop de choses, répondit-il sans réfléchir.

Mais puisqu'il était censé partager ses préoccupations… Jusqu'où devait-il — *pouvait*-il — lui faire confiance ?

— Que tu lui as refusées et cela te travaille, ou bien tu as accepté de faire quelque chose contre ton gré. Je me trompe ?

— Tu me trouves froid ? demanda-t-il au lieu de répondre.

— Non.

— Impitoyable ? Manipulateur ?

— Oui. Comme tous les bons souverains.

— Mon oncle est mourant.

Elle haussa les sourcils.

— Il souhaite passer ses derniers jours ici, au palais.

— Ah…, murmura-t-elle. Et qu'en est-il de la pétition demandant ta destitution ?

— D'après Benedict, elle a été abandonnée.

— Intéressant. Tu le crois ?

Incapable de soutenir son regard pénétrant, Theo se dirigea vers une fenêtre.

— Je ne sais pas.

— Combien de temps reste-t-il à ton oncle ?

— Tu as un téléphone ? répliqua-t-il.

Après être sortie de la pièce, Moriana revint bientôt avec un portable à coque plaquée or et le lui tendit.

Deux minutes plus tard, Theo avait obtenu les coordonnées dont il avait besoin. Puis il s'entretint avec le médecin s'occupant de son oncle en France. Quand il mit fin à l'appel, il savait que Benedict n'avait pas exagéré. Le médecin donnait quelques jours à Constantine. Ce dernier avait refusé tout traitement et son fils avait demandé que l'on respecte ce souhait et que l'on se borne à des soins palliatifs.

— C'est une question de jours.

— Maintenant, nous savons où nous en sommes.

Le calme de Moriana lui fit du bien.

— Il aura droit à des funérailles nationales ?

— Non. Mais la cérémonie se fera avec toute la pompe nécessaire.

— Tu veux que je te donne mon avis sur la question ?

— Je t'écoute.

— Il y a dix ans, tu as mis ton oncle hors d'état de nuire mais sans l'exiler. Or il a néanmoins quitté le pays. Par conséquent, que ce soit avant son décès ou après, tu devras le faire ramener ici et essayer de comprendre le sens de ses actes avant de prononcer un discours officiel dans lequel tu parleras de fragilité humaine, de tentation et de pardon, que tu le penses ou non. Alors, fais un geste maintenant. Débarrasse-toi de ce qui te pèse. Montre à ton peuple — et à ton oncle — que tu es capable de compassion.

Assise sur le sofa recouvert de soie damassée rose poudré et sirotant son thé d'un air serein, Moriana offrait l'image parfaite de l'éminence grise.

— Ton oncle ne représente plus aucune menace pour toi, poursuivit-elle. Benedict non plus : la Couronne ne l'intéresse pas. Elle est à toi.

— J'ai néanmoins besoin d'une reine.

— Oui. Et maintenant, tu peux prendre ton temps pour trouver celle qui correspond à tes besoins.

Il l'avait déjà trouvée. Elle était là, en face de lui.

— À quelle fréquence Augustus te demande-t-il conseil ?

— Quasiment chaque jour. Pourquoi ?

— Tu es douée.

— J'ai grandi en écoutant mon père parler librement des affaires de l'État tous les soirs, au cours du dîner, répondit-elle avec un grand sourire. Il n'évoquait pas de problèmes majeurs mais nous avions toujours une question importante à débattre, en plus de la conversation habituelle concernant notre journée. Il nous invitait à donner notre avis, à défendre nos positions, à examiner chaque aspect du problème pour tenter de le résoudre. C'était un enseignement très précieux.

— Et ta mère participait à ces discussions, j'imagine ?

— Oui, bien sûr. Mon père prêtait toujours attention à ses remarques. Après la mort de ma mère, son rôle de chef d'État a perdu tout attrait à ses yeux, c'est entre autres pour cette raison qu'il a abdiqué prématurément.

Elle reposa sa tasse sur la table basse.

— Je t'effraie, n'est-ce pas ? Tu n'as pas l'habitude de fréquenter des femmes qui tiennent à partager une intimité intellectuelle avec leur cher et tendre.

À vrai dire, Theo n'avait pas l'habitude de partager ce genre d'intimité avec quiconque.

— Tu es prévenu, ajouta-t-elle tranquillement.

— Oui, j'ai bien entendu.

Et il était disposé à aller plus loin. Il régnait et avait toujours régné seul. Mais la perspective de pouvoir profiter de ce genre d'échange, en toute sérénité et objectivité, d'alléger un peu son fardeau…

— Tu as l'air presque… paniqué, dit Moriana.

— Non, pas du tout.

Je me rends compte de ce qui m'a manqué durant toutes ces années.

Elle se leva et vint le rejoindre près de la fenêtre.

— Qu'est-ce que c'est ? demanda-t-elle en désignant le petit pavillon, à la lisière de la forêt.

— L'ancien atelier de ma mère. Elle peignait. À présent, c'est devenu le QG des jardiniers.

— Tu veux bien m'emmener faire un tour dans les jardins ?

— Maintenant ?

Un petit sourire aux lèvres, elle le dévisagea un instant puis hocha la tête en silence.

— Il te faut un chapeau. Et une écharpe pour te protéger les épaules.

Moriana le regarda en roulant des yeux.

— Qu'est-ce qu'il y a ? Le soleil est violent et tu as la peau claire.

— J'ai les cheveux châtain foncé, les yeux bruns, la peau mate, et quand je m'expose au soleil, je bronze. Et tu commences à me rappeler ma mère !

La mère d'Augustus et de Moriana avait été un véritable tyran.

— Tu n'ignores pas que les mères ont de temps en temps raison, n'est-ce pas ? murmura Theo.

Lorsqu'ils atteignirent les portes du palais, Moriana aperçut un chapeau de soleil, une ombrelle ainsi qu'une grande écharpe de coton clair posés sur un guéridon.

Elle soupira. Theo sourit et souleva l'écharpe qu'il déplia avant de lui en envelopper les épaules. Puis, après lui avoir posé le chapeau sur la tête, il lui tendit ses propres lunettes de soleil en lui demandant d'emporter de l'eau.

— Nous allons faire un tour dans les jardins, pas un trek en haute montagne ! Pourquoi es-tu aussi…

— Prévenant ? proposa-t-il en haussant un sourcil.

— J'allais plutôt dire *bizarre*. Nous nous sommes promenés ensemble dans ces jardins des dizaines de fois, mais tu ne m'avais encore jamais proposé de chapeau.

— Je n'étais pas le maître des lieux. Un jour, tu en portais un, je me souviens. Vert vif, à grands bords souples et orné d'un ruban rouge à pois violets. Tu t'étais fait une longue tresse qui t'arrivait au milieu du dos et dont le ruban était assorti à celui du chapeau.

— Je me rappelle ce chapeau. Mais pas le jour auquel tu fais allusion.

— Ton frère t'avait mise au défi d'aller nous chercher une bouteille de vin à la cuisine, mais tu lui avais répondu que tu avais déjà deux mauvais points de conduite et que par conséquent il devrait aller la chercher lui-même parce que tu ne pouvais dépasser trois points par jour.

— Tu te souviens de ce qui m'avait valu ces deux mauvais points ?

— Le premier, c'était parce que tu avais choisi des chaussures qui n'allaient pas avec ta robe et que cela avait embarrassé ta mère devant ses amies. Le second, parce qu'au cours du déjeuner tu avais oublié le nom de l'épagneul de quelqu'un.

— Oh… Je vois…, murmura Moriana en resserrant l'écharpe autour de ses épaules.

Les critiques avaient ponctué les journées de son enfance. Ces remarques plus ou moins sévères s'étaient révélées constructives, bien sûr. Mais pas seulement. Elles l'avaient également blessée, démoralisée, découragée. Certains soirs, Moriana se couchait en proie à une détresse abyssale et passait la nuit à pleurer, convaincue d'être un cas désespéré.

— Je prenais les critiques trop à cœur, dit-elle. Cela m'arrive encore, d'ailleurs.

— Mais tu fais des efforts pour changer. *Toi d'abord*, tu te souviens ?

Un sourire chaleureux adoucissait les traits de Theo et ses yeux étaient plus bleus que gris.

— Je ne t'avais jamais trouvée aussi jolie que ce jour-là, poursuivit-il. Et tes chaussures me semblaient parfaites. Pour finir, c'est moi qui ai dû aller chaparder la bouteille de vin…

— Oui, je m'en souviens, maintenant. Ensuite, tu m'as ignorée jusqu'à ton départ.

— J'avais quatorze ans. Tu étais la fille la plus ravissante que je connaisse. Ton chapeau me donnait envie de glisser la tête dessous et de t'embrasser, et le vin m'aurait presque donné l'audace de le faire. Mais tu étais déjà promise à un autre et j'étais encore un gentil garçon, à l'époque. T'embrasser aurait provoqué un incident diplomatique qui m'aurait attiré les foudres de mon père. Alors, je t'ai ignorée, forcément.

Ses paroles faisaient à Moriana l'effet d'une caresse.

— Pourquoi me racontes-tu ces détails maintenant ?

— Parce que cela fait du bien de se confesser, répondit-il avec malice. Je regrette encore de ne pas être passé à l'acte.

Sans lui laisser le temps de réagir, il passa la tête sous le bord du chapeau et embrassa Moriana sur la joue.

— Tu veux de la romance, non ? dit-il, comme pour justifier ce baiser furtif.

— Tu peux cesser de me faire la cour, Theo. Tu es libre, maintenant.

— Oui, je sais, répliqua-t-il en enfonçant les mains dans ses poches et en fixant l'horizon. Mais j'ai peut-être envie de te faire la cour quand même.

Chapitre 6

Quelques heures plus tard, Moriana explora les possibilités de rangement dont elle disposait, en compagnie d'Aury qui venait d'arriver avec ses bagages.

— Si je me souviens bien, la reine de Liesendaach collectionnait les costumes, dit celle-ci. Des vêtements anciens portés autrefois par les membres de l'aristocratie, des masques de carnaval vénitien des uniformes russes, toutes sortes d'habits et d'accessoires. Ils doivent toujours être quelque part, non ?

L'un des deux agents de sécurité postés à l'entrée toussota discrètement, attirant l'attention d'Aury.

— Vous vouliez dire quelque chose ? lui demanda-t-elle.

— Oui, madame. Il y a une collection de costumes entreposée au deuxième étage, juste au-dessus de cette pièce.

— Je n'ai pas remarqué de fenêtres, dit Moriana.

— Il n'y en a pas, Altesse. Il s'agit d'une sorte de grenier aménagé en réserve et vous y trouverez la collection de la défunte reine. La petite porte située tout au fond, sur la gauche, ouvre sur un escalier. Vous savez, celle qui ressemble à une porte de placard ?

— J'adore les escaliers secrets ! s'exclama Aury en lançant une œillade à l'agent. Comment vous appelez-vous ?

— Aury…, gronda Moriana.

Son assistante n'allait tout de même pas séduire les agents de Theo cinq minutes après son arrivée !

— *Tout* est si charmant, ici, répliqua cette dernière avec une nouvelle œillade en direction du pauvre agent qui ne savait manifestement plus où se mettre.

Il était des plus charmants, en effet, reconnut Moriana. Et plutôt costaud…

— Comment vous appelez-vous ? insista son assistante.

— Henry, madame.

— Robuste, comme prénom, répliqua Aury. Eh bien, vous possédez un atout précieux, Henry : vous savez où sont les choses.

Sans faire de commentaire, Moriana alla ouvrir la petite porte et découvrit un escalier en spirale qui disparaissait dans l'obscurité.

— Si vous voulez monter là-haut, je dois d'abord aller y jeter un coup d'œil, intervint le prénommé Henry.

— Entendu.

Deux minutes plus tard, Henry monta en éclaireur tandis qu'Aury le suivait du regard en laissant échapper un petit soupir songeur.

— Après vous…, dit Moriana.

— Merci, Altesse.

— Vous êtes vraiment incorrigible, Aury.

Mais en réalité, elle partageait l'enthousiasme de son assistante. Le palais de Theo semblait tout droit sorti d'un conte de fées, alors pourquoi ne pas en profiter au maximum ?

Lorsqu'elles arrivèrent en haut des marches, Henry se dirigea vers un vieux panneau électrique et actionna des interrupteurs en faïence jaunie tandis que l'espace s'éclairait, portion après portion, révélant de longues rangées de costumes semblant s'étirer à l'infini.

— Tout est rangé par époque et par couleur, dit-il.

— Comment se fait-il que vous soyez aussi bien renseigné ? demanda Moriana.

— Ma mère était la couturière de la défunte reine, expliqua Henry. J'ai passé beaucoup de temps ici, enfant.

— Vous vous déguisiez, je parie, dit Aury. En centurion ?

Il sourit sans répondre.

— Que fait votre mère, à présent ? demanda Moriana.

— Elle travaille au palais, Altesse. Comme femme de chambre.

— Savez-vous si elle est de service en ce moment et, si oui, pensez-vous qu'elle aimerait venir nous rejoindre ?

Theo avait passé l'après-midi au téléphone à s'entretenir avec divers spécialistes, y compris le médecin français qu'il avait rappelé. Il avait organisé le transfert et parlé au téléphone avec son cousin. Car il n'acceptait d'héberger Constantine qu'à une condition : Benedict devait venir s'installer lui aussi au palais et s'engager à y demeurer jusqu'au décès de son père.

Son cousin avait accepté sans problème et n'avait fait aucun commentaire sur le revirement de Theo. Il l'avait au contraire remercié et lui avait promis de ne pas s'attarder au palais une fois que tout serait terminé.

Lorsque Theo rejoignit Moriana — la sécurité l'avait averti de son escapade au dernier étage —, elle était assise au milieu de vêtements de toutes les couleurs possibles et imaginables qu'elle triait, aidée par son assistante personnelle, deux femmes de chambre, Sam et trois agents de sécurité.

— Theo ! s'exclama-t-elle, les pommettes roses. Tu m'as cherchée ? Nous jetions simplement un coup d'œil à ces merveilles et… parlions d'organiser une exposition et de te…

— De vous demander ce que vous en pensiez, murmura Sam.

— Oui, c'est cela, enchaîna Moriana avec un grand sourire.

— Et quel serait l'intérêt d'une telle exposition ?

— J'en vois déjà plusieurs. Pense aux enfants !

— J'aimerais en avoir quatre, répliqua-t-il en lui rendant son sourire.

Cette fois, elle devint écarlate.

— Viens, s'il te plaît, poursuivit Theo. Il faut que je te parle.

— Bien sûr, murmura-t-elle en se levant aussitôt.

Puis, après avoir adressé un petit sourire d'excuse aux autres, elle le suivit tandis qu'il s'avançait entre deux haies de costumes.

— Qu'y a-t-il ? demanda-t-elle lorsqu'ils descendirent l'escalier en spirale.

— La presse sait que tu es ici.

— Comment le savent-ils ?

— De la même façon qu'ils savent toujours tout. Ils m'ont vu à la vente aux enchères hier soir, au palais d'Arun, et ont déjà pris contact avec mon attaché de presse. De mon côté, je veux les laisser mariner. Et toi, comment vois-tu les choses ?

— Et si je faisais comme si de rien n'était ? proposa-t-elle d'un air malicieux. Oui, je m'abstiendrai de tout commentaire. Je ne leur dois rien, après tout. Et puis, ils n'ont pas vraiment une attitude amicale envers moi, n'est-ce pas ?

Theo partageait son avis et approuvait sa position.

— Tu veux vraiment quatre enfants ? reprit-elle.

— Pourquoi pas ? Et toi, en veux-tu ?

Il se rappelait la réponse de Moriana à Augustus.

— Me proposerais-tu toujours de t'épouser si je te répondais que non ?

Après avoir refermé la petite porte derrière eux, il se tourna vers Moriana qui le regardait d'un air moqueur.

— Inutile de me répondre. Je sais très bien que tu as besoin d'héritiers.

— Mais as-tu envie d'en avoir ? insista Theo.

— Oui, répondit-elle d'un ton calme. Et il ne devrait pas y avoir de problème.

— Tu te souviens de cette conversation, à Arun, alors que nous étions adolescents ?

Les princes héritiers des quatre royaumes voisins étaient réunis au grand complet — lui-même, Augustus, Casimir et Valentin —, ainsi que Moriana et la sœur de Valentin. Moriana avait été contrainte de subir un test de fertilité quelques jours plus tôt et s'était déclarée scandalisée que l'on puisse abuser ainsi d'une jeune fille et s'immiscer dans son intimité. Valentin et sa sœur avaient alors révélé qu'eux aussi avaient été soumis à un test semblable, ainsi que d'autres destinés à détecter d'éventuelles tares génétiques. Casimir avait enchaîné en disant que de son côté il avait été soumis à *deux* tests ADN.

C'était Valentin qui avait osé lui demander s'il était bien le fils de son père. Casimir avait acquiescé d'un ton lugubre en le foudroyant du regard.

— Je m'en souviens comme si c'était hier, murmura Theo.

— Moi aussi, dit Moriana. Est-ce mal de me sentir soulagée parce que l'horrible père de Casimir est mort ? Et de penser que les choses seront plus faciles pour toi une fois que ton oncle sera parti ? Franchement, j'avoue que cela me donne beaucoup d'espoir pour mon avenir — et celui de mes futurs enfants.

— De *nos* futurs enfants.

— Tu continues à me faire la cour, si je comprends bien. Alors que ton problème est maintenant résolu.

— En partie seulement : il me faut toujours une épouse. Et je fais tout mon possible pour être ouvert et t'accorder ma confiance alors que ce n'est vraiment pas facile, je t'assure. Je te pose des questions, je partage mes pensées. Tout à l'heure je t'ai exposé un problème personnel — je fais des progrès, non ?

Il s'interrompit un instant et reprit son sérieux.

— Me marier est moins urgent, c'est vrai, mais j'en ai toujours l'intention.

— Je… Je vois, répliqua-t-elle, l'air pas très convaincu.

— Tu doutes de ma bonne foi, reprit-il en fronçant les sourcils. Qu'est-ce que je peux encore améliorer, d'après toi ?

— Je… Theo, j'apprécie tes efforts et les confidences que tu m'as faites aujourd'hui. Vraiment.

— Mais tu ne prends toujours pas ma proposition au sérieux.

— Maintenant, si.

Quand elle se mit à se mordiller la lèvre, il fut pris d'une envie furieuse de l'embrasser.

— Je me demande ce que Casimir va faire concernant sa fille, dit-elle soudain.

— Pourquoi penses-tu à lui tout à coup ? demanda Theo, désarçonné.

— J'ai d'abord pensé au besoin d'un roi d'avoir un héritier — c'est toi qui as abordé le sujet, je te rappelle. Puis à Casimir. Il reconnaîtra sa fille, m'a-t-il dit, mais elle n'en demeurera pas moins une enfant illégitime et ne lui succédera jamais.

— T'a-t-il parlé de la mère de sa fille ?

— Non. Enfin, si, mais brièvement. Il a simplement dit

que tout était en suspens. Mais j'ai la très nette impression qu'elle compte énormément pour lui.

— Et lui compte pour toi.

Un fait qui avait toujours déplu à Theo.

— Oui, bien que je n'aie jamais nourri de sentiments amoureux envers lui. Je lui suis attachée et, durant plus de vingt ans, j'ai cru que je l'épouserais. Il a une fille de six ans dont personne ne connaissait l'existence. Il envisage peut-être d'épouser une roturière — et de surcroît une étrangère. Il enterre son père, avec lequel il a toujours entretenu des rapports difficiles. Et maintenant, il monte sur le trône. Je ne voudrais pas être à sa place.

Et elle était bien mieux sans lui.

— As-tu l'intention de l'aider, de le conseiller ? reprit-elle.

— S'il me le demande, oui.

— Pourquoi n'as-tu jamais demandé d'aide à personne lorsque tu es monté sur le trône ?

— De l'aide à qui ? Au roi de Byzenmaach ? Le père de Casimir a soutenu la régence de mon oncle. Thallasia est resté neutre jusqu'à ce que Valentin accède au trône. À ce moment-là, j'étais sorti de la période la plus difficile. Ton père était le seul à m'avoir jamais tendu la main mais je n'ai pas accepté son aide parce que je n'avais pas confiance en lui. Je me méfiais de tout le monde.

— Nous le savions et nous en parlions. Au début, mon père te prenait pour un bon à rien. À sa décharge, tu avais tout fait pour donner cette impression.

— C'est la meilleure façon de se cacher, répliqua Theo avec un petit sourire en coin.

— Mais lorsque tu as mis ton oncle hors d'état de nuire et entrepris de réparer les dégâts qu'il avait causés, mon père est devenu ton plus grand supporter.

Elle tourna la tête vers lui.

— Serais-tu surpris d'apprendre que, si mon frère a succédé à notre père précocement, c'était pour que tu aies un allié en qui avoir confiance ?

Theo s'immobilisa et regarda Moriana continuer d'avancer dans le couloir.

— Tu me suis ? lui lança-t-elle par-dessus l'épaule.

Les mots lui manquaient. La journée avait déjà été riche en surprises, mais celle-là était *vraiment* de taille…

— Qui es-tu, Moriana ?

— La princesse d'Arun, sœur de roi, fille de roi, et potentiellement ta future épouse.

— J'ai besoin d'un remontant.

— Moi aussi. Tu m'emmènes dans un bar ?

Oui, celui de ses appartements.

— Viens, répliqua Theo en la rejoignant et en l'invitant à bifurquer dans un couloir adjacent.

— C'est le moment ou jamais de t'informer que, si nous nous marions, je devrai avoir un droit de regard sur tout ce qui concerne l'éducation, la protection sociale et la santé ainsi que les arts, et je tiens à être tenue au courant du projet d'alimentation en eau auquel vous travaillez tous les quatre.

Ils étaient arrivés à ses appartements, à présent. Theo ouvrit la porte avant de s'effacer pour laisser entrer Moriana.

— Nous en reparlerons plus tard, si tu veux bien. Mais je suis surpris qu'Augustus soit disposé à te laisser partir…

— Pour être franche, il n'est pas particulièrement content de ma façon de gérer mon compte en banque, dit-elle d'une voix douce. Il a eu du mal à digérer mon dernier découvert.

— Qu'avais-tu acheté ?

— Une tapisserie qui nous appartenait depuis longtemps mais avait été vendue par mon arrière-grand-père, avec sept autres faisant partie du même ensemble.

— Et tu comptes les récupérer toutes ?

— Malheureusement, elles ont été vendues à des personnes différentes. Ma grand-mère en a racheté une ; ma mère en a retrouvé trois autres. Augustus en a récupéré une de son côté et moi deux, dont la responsable dudit découvert. Sachant qu'elle représentait la pièce ultime d'un ensemble, le vendeur m'en a demandé un prix d'or. J'ai accepté, et ensuite Augustus a bloqué mon compte jusqu'en juin dernier.

Elle avait l'air plus amusé qu'irrité par ce désagrément...

— Par conséquent, c'est le moment idéal pour songer à me marier, poursuivit-elle. Et dis-moi, je bénéficierai bien d'un compte personnel, si je deviens ta reine ?

— Oui, mais tu devras justifier tes dépenses. Je parle bien entendu des plus importantes.

— Naturellement — je le fais toujours, répliqua-t-elle en traversant le salon.

Elle s'arrêta devant l'une des fenêtres.

— Ce sont les écuries royales que l'on aperçoit au loin, n'est-ce pas ?

Se souvenant de son allusion au garçon d'écurie, Theo se retint de serrer les poings. Mais comme il ne pouvait lui révéler qu'il avait entendu sa conversation avec Augustus, il fut bien forcé de prendre son mal en patience.

— Oui. Tu n'as pas envie de te détendre un peu ?

— Mais je suis tout à fait détendue ! Pas toi ?

— Pas vraiment, non, reconnut Theo.

— Tu penses à ton oncle.

— Oui, et à Benedict. Et à toi. Ainsi qu'à l'avenir et à ce que nous pourrions en faire.

— Je comprends que tu aies besoin d'un remontant...

Sur ces paroles, elle se retourna, lui faisant face.

— D'autant que tu n'as plus la possibilité de te vider la

tête auprès de maîtresses prêtes à tout pour te faire oublier tes soucis. C'est dommage.

— Moriana, si tu continues, je vais t'étrangler !

Un sourire malicieux éclaira ses traits fins.

— Es-tu prêt à me prodiguer la leçon numéro deux ? Parce que, de mon côté, je le suis.

— Elle est prévue pour demain matin.

— Je ne sais pas si je pourrai patienter jusque-là… Mais bon, je pourrais toujours aller…

— D'accord pour une petite leçon supplémentaire, l'interrompit Theo à la hâte.

Une vision insoutenable l'avait assailli, de Moriana galopant les cheveux au vent, poursuivie par un tout jeune cavalier beau comme un dieu…

— Tu t'assois sur le sofa ? proposa-t-il. À moins que tu ne préfères mon lit ?

Elle le dévisagea en silence, les yeux brûlants.

Lui tournant le dos, Theo alla ouvrir la porte de sa chambre. L'instant d'après, elle passait devant lui et s'asseyait sur le lit avant de poser les mains sur ses genoux.

— J'ai quelque chose à te demander, dit-elle.

— Oui ?

— J'aimerais que tu sois nu, cette fois-ci.

— Pas de problème, répliqua-t-il en s'avançant vers elle. Tu veux me déshabiller ?

Elle crispa légèrement les mains.

— Je ne m'attendais pas à jouer un rôle aussi actif.

— Considère cela comme une faveur. Tu peux commencer par déboutonner ma chemise, si tu veux. C'est moins…

— Je n'ai pas peur, tu sais ! coupa-t-elle, le menton haut.

— Parfait.

Elle commença par la boucle de sa ceinture en cuir et ses mains ne tremblaient pas, remarqua Theo. Quand elle eut ouvert sa braguette, il perdit patience et déboutonna lui-même sa chemise.

Doucement, elle se pencha en avant, ferma les yeux et appuya la joue contre sa peau, juste au-dessus de la ceinture du caleçon. Lorsqu'elle tourna ensuite la tête pour mieux savourer le contact, il serra les poings pour ne pas glisser les doigts dans les longs cheveux soyeux et la guider. La leçon du jour consisterait à l'encourager à prendre le contrôle des opérations et à en découvrir les avantages. Et pour cela, il devait lui-même lâcher prise, se laisser aller.

Se débarrassant de sa chemise, il la laissa choir sur le tapis. Moriana le dévorait des yeux. Lentement, elle fit glisser le pantalon sur ses jambes. Quant à Theo, il prit ensuite son temps pour l'allonger sur le lit et s'étendre à côté d'elle.

— Quel est le thème de la leçon ? demanda-t-elle.

— Découverte mutuelle de nos corps, murmura-t-il. Caresses réciproques.

Jusqu'à ce qu'ils deviennent fous de désir tous les deux.

— Sans pénétration, précisa Theo.

Seigneur, il ne s'était pas adonné à ce genre de sport depuis l'adolescence...

— Facile ! ajouta-t-il, non sans humour.

Prenant Moriana dans ses bras, il la souleva et l'installa sur lui afin qu'elle maîtrise la situation.

— Je me déshabille ? demanda-t-elle.

— Je t'en prie.

L'étoffe de la robe était divinement douce, celle de la culotte caressait son membre excité.

Se redressant, Moriana ôta celle-ci mais garda sa robe et se rassit sur lui avec une lenteur presque insupportable, puis elle se pencha en avant.

— J'aime te sentir contre moi, murmura-t-elle.

Theo ferma les yeux en s'efforçant de penser à n'importe quoi, sauf à la chaleur moite se répandant sur son érection.

Toujours aussi lentement, elle commença alors à glisser contre lui, sur lui…

— Comme ça ? chuchota-t-elle.

— Oui, acquiesça-t-il en passant les mains sous sa robe.

Il referma les doigts sur les fesses rondes et fermes, aidant Moriana à profiter au maximum de l'expérience. Puis il glissa la main vers le sexe offert et caressa le clitoris gonflé, mais tout en la laissant faire. Quand il recommença, elle se redressa et lui saisit la main.

Les yeux clos, elle se mit à trembler tandis qu'il mettait tout en œuvre pour lui faire découvrir la volupté dont elle avait été privée si longtemps.

— Prends-moi, Theo, gémit-elle. Je t'en supplie.

— Non, pas avant que nous soyons mariés.

— Depuis quand as-tu besoin d'être *marié* pour faire l'amour à une femme ! protesta-t-elle d'une voix rauque.

— Depuis toi.

Il la fit basculer sous lui. Le plaisir rugissait littéralement en lui, presque impossible à endiguer.

— Je te caresserai avec ma langue et mes mains pendant des heures, je t'emmènerai au bord de l'extase, mais tu ne m'auras en toi que lorsque tu seras mienne.

— Je te déteste, chuchota-t-elle.

Cependant, quand elle lui saisit la tête pour rapprocher son visage du sien avant de l'embrasser avec passion, elle semblait loin de le détester…

— Tu me désires, comme une folle.

— Oui, haleta-t-elle. Theo, je vais…

Jouir. Et lui aussi. Il s'abandonna avec elle, complètement.

— Tu as joui de nouveau, inutile de le nier ! J'ai gagné.

Moriana se contenta de rire. D'un petit rire équivalant à un aveu.

— Cela est rare, tu sais ? D'atteindre le septième ciel en même temps.

— C'est vrai ? demanda-t-elle ingénument.

— Oui, très rare, même.

— Tu me fais toujours la cour, répliqua-t-elle en fouillant son regard.

— Oui, et je continuerai jusqu'à ce que je t'aie conquise. C'est clair, non ?

— Je ne suis pas quelqu'un de facile, Theo. J'ai parfois mauvais caractère.

— Il faut bien que la libido réprimée trouve un exutoire.

— Je suis très exigeante, avec moi-même et autrui. Si tu me déçois, je serai très dure avec toi.

— Je n'en attends pas moins. Et si je te trouve trop dure avec toi-même ou les autres, je te le dirai.

— Je peux m'immerger dans le travail et être inaccessible.

— Les tâches ne manquent pas, à Liesendaach.

— Et je serai très exigeante aussi en matière de leçons.

— Je suis disposé à t'en donner autant que tu le voudras. Et prêt à passer à la suivante dès maintenant. Ôte ta robe.

— Maintenant ? répéta-t-elle en écarquillant les yeux. Mais… On vient juste de terminer la deuxième…

— Je t'ai promis tout à l'heure de te maintenir au bord de l'extase pendant des heures, répliqua Theo. Et je suis un homme de parole.

Vingt minutes plus tard et après qu'il lui eut offert deux orgasmes fulgurants coup sur coup, Moriana le supplia d'arrêter.

— Je t'ai convaincue de m'épouser, à présent ?

— Non, pas encore, murmura-t-elle avec un lent sourire terriblement sexy. Mais j'apprécie beaucoup tes efforts.

Chapitre 7

Moriana ouvrit les yeux, regarda autour d'elle et reconnut la chambre de Theo. Elle était allongée dans son lit, nue. Et seule.

À l'extérieur, il faisait nuit ; la pièce baignait dans la pénombre. Par la porte entrouverte, elle aperçut de la lumière dans le salon, lequel semblait éclairé par des bougies.

Les souvenirs défilèrent lentement dans son esprit, voluptueux et sensuels. Theo avait joué de son corps comme un violoniste de son instrument. Attentif à ses moindres réactions, il s'était adapté en permanence de manière à satisfaire ses désirs. Il l'avait devinée et fait languir.

Mais il ne lui avait pas fait l'amour. Enfin, pas complètement.

Moriana descendit du lit et alla prendre une douche avant de se diriger vers l'immense dressing. Trois des murs étant recouverts de miroirs du sol au plafond, elle vit son reflet et resta figée sur place. Tout son maquillage avait disparu, elle avait les cheveux en bataille… Theo ne l'avait pas traitée en princesse mais en femme. Une femme avide de sensations que Moriana découvrait avec curiosité et plaisir, et un appétit insatiable. Grâce à Theo.

Choisissant une chemise blanche en coton doux, elle l'enfila avant de prendre une cravate bleu tendre qui lui servit de bandeau. À présent, elle se sentait davantage maîtresse d'elle-même.

Mais pas tout à fait. Jamais elle n'avait été habitée par un doute aussi profond.

Après avoir passé sa vie à réprimer sa nature passionnée, elle lui laissait désormais libre cours et Theo l'y encourageait. Avec lui, elle perdait peu à peu le contrôle acquis au prix d'efforts continuels. Aux yeux de sa famille, ç'avait été primordial.

Sentant une présence derrière elle, Moriana se retourna et vit Theo qui l'observait, vêtu d'une ample chemise gris tourterelle et d'un pantalon en toile blanc cassé.

— Que faut-il pour achever de te convaincre ? demanda-t-il en s'avançant vers elle, pieds nus. Que dois-je faire pour te persuader que je peux t'offrir tout ce dont tu as besoin ?

— Tu sembles être en mesure de me satisfaire, en effet, répliqua-t-elle en souriant.

— Arrête, dit-il.

— Arrête quoi ?

— De te retrancher derrière ton masque habituel, tout en sérénité et politesse. Ça ne fonctionne pas quand tu es nue sous ma chemise.

Il regarda ses cheveux.

— Et que tu portes ma cravate préférée.

— C'est vraiment ta préférée ?

— Elle l'est à partir de maintenant.

Des reflets argentés éclairèrent ses yeux bleu-gris. Il fallait qu'elle s'habitue aux compliments de Theo, à l'intensité de son regard.

— Le dîner est prêt. Ce sera la partie romantique de la soirée, avec chandelles. Viens…

— Oh…, dit Moriana en s'arrêtant sur le seuil.

La lumière dorée des bougies se répandait dans la pièce,

faisant jouer des ombres çà et là sur la table dressée pour deux. Ouverte sur la terrasse, la porte-fenêtre laissait passer les senteurs montant de la forêt et la douceur qui imprégnait encore l'atmosphère.

— Ce palais me plaît de plus en plus…, murmura-t-elle.

Dans celui d'Arun, tout de pierre grise, il faisait toujours sombre et froid. Alors qu'à Liesendaach la lumière régnait en maître.

À moins que cette impression de chaleur et de lumière n'émane de l'homme qui s'asseyait maintenant en face d'elle, l'air parfaitement détendu.

— Tu dînes souvent ici ? demanda Moriana en reposant sa fourchette à dessert.

Le repas avait été exquis, les mets raffinés, le vin délicieux.

— Oui, assez souvent. Il y a une salle à manger familiale, évidemment, mais elle n'a pas été utilisée depuis des années. Pas depuis la régence de mon oncle.

— Où ta famille dînait-elle ? Avant, je veux dire.

Avant l'accident d'hélicoptère qui avait coûté la vie aux parents et au frère aîné de Theo.

— En été, ma mère aimait dîner sur la terrasse orientée à l'ouest. Le reste de l'année, notamment par les froides soirées d'hiver, nous utilisions surtout une petite salle à manger plus intime où brûlait un feu. Je n'utilise plus cette cheminée ni cette pièce. Trop de fantômes y rôdent.

— Tu ne te sens jamais seul, ici ?

— Seul ? Il y a des gens partout.

Certes, mais il s'agissait du personnel. Il avait perdu deux familles, réalisa Moriana. L'une dans un horrible accident, et l'autre lorsqu'il avait pris le pouvoir et destitué son oncle. Pas étonnant qu'il garde ses distances avec tout le monde et ne fasse confiance à personne.

— J'ai suivi ton conseil, poursuivit-il. Benedict et mon oncle arriveront demain ou après-demain : cela dépendra de l'état de santé de Constantine. L'ambiance risque de ne pas être très drôle. Je songe à te renvoyer à Arun jusqu'à ce que tout soit terminé.

Moriana prit sa serviette de table et la replia pour se donner une contenance. Subitement, elle se sentait nerveuse. En fait, elle n'avait pas du tout envie de s'en aller. De quitter Theo. Non seulement elle venait à peine d'arriver, mais ils faisaient des progrès, tous les deux. Ils apprenaient à se connaître, et pas uniquement sur le plan sensuel.

— Je comprends, dit-elle sans le regarder.

Puis elle leva les yeux vers lui et fut envahie par un désir irrépressible de le réconforter, d'être auprès de lui pour l'aider à traverser l'épreuve qui l'attendait.

— Mais pourquoi ne te dis-tu pas plutôt que je pourrais t'être utile ? Je suis prête à rester, Theo. J'ai perdu ma mère, je sais ce que c'est et quoi faire pour traverser cette épreuve. Toi aussi, naturellement, s'empressa-t-elle d'ajouter.

— J'essaie de t'épargner, pas de te repousser, répliqua-t-il d'une voix douce et grave. Tu préférerais rester ?

— Si tu le…

— Non, l'interrompit-il fermement. Dorénavant, c'est *toi d'abord* ! Alors, qu'est-ce que *tu* veux faire ?

— Rester et être utile, répondit-elle sans hésitation.

Il la regarda dans les yeux.

— Et aussi continuer nos leçons ? Et me voir apprendre à partager mes pensées et mes soucis ?

— Oui, déclara Moriana en soutenant son regard sans ciller.

Benedict et son père arrivèrent le lendemain en fin de matinée et furent installés dans l'aile ouest du palais.

Moriana ne vit le cousin de Theo que deux jours plus tard, au cours d'une promenade dans les jardins. Dès qu'il l'aperçut, il se dirigea vers elle.

Il avait l'air fatigué, ce qui n'avait rien d'étonnant. Son père se mourait, Theo l'ignorait…

— Comment va ton père ? s'enquit-elle après qu'ils se furent salués cordialement.

— Il dort. Pour ne pas dire qu'il est inconscient. Le voyage l'a épuisé, mais il sait où il se trouve. Il a tout reconnu.

— A-t-il demandé à voir quelqu'un en particulier ?

— Non.

— Theo est-il allé le voir ?

— Non. Et je doute qu'il y aille.

— Et toi ? Tu l'as rencontré, depuis votre arrivée ?

— Brièvement.

Ils s'avancèrent côte à côte dans l'allée.

— De toute façon, cela fait des années que nous n'avons plus rien à nous dire.

— C'est ce que j'ai cru comprendre.

— Theo était différent, autrefois. Plus ouvert. Quand il a perdu sa famille, il a traversé une période difficile mais il demeurait accessible. C'est plus tard que tout a changé entre lui et moi — et entre lui et tout le monde. Deux mois après son vingt et unième anniversaire. On aurait dit qu'un mur s'était dressé entre lui et les autres en l'espace d'une nuit. Un mur infranchissable.

Moriana garda le silence.

— Je ne suis pas irréprochable, loin de là, poursuivit Benedict d'un ton aigre. Mais jusque-là, mes défauts ne l'avaient jamais dérangé. Et aujourd'hui, je me plais à penser que je les maîtrise mieux, ces défauts.

— Il compte pour toi ? demanda-t-elle avec calme.

— Il *comptait* pour moi. Je le considérais comme mon frère, alors que maintenant il est un étranger qui *tolère* ma présence. Aussitôt que mon père sera mort et enterré, je partirai d'ici et n'y remettrai plus jamais les pieds. J'ai décidé de changer de vie.

Un petit sourire ironique se dessina sur ses lèvres.

— Il serait temps…

Moriana le comprenait parfaitement. Leurs positions étaient différentes, mais de temps en temps elle était traversée par un désir entêtant de s'en aller, de tourner le dos à ses devoirs royaux.

— Tu es son plus proche parent, fit-elle remarquer. Ton soutien pourrait lui être utile.

À ces mots, Benedict éclata d'un rire bref et amer.

— Theo n'a pas besoin de mon soutien ! Je le sais pour le lui avoir proposé plus d'une fois. Au fait, puisque je ne peux éviter le dîner officiel de demain soir, je viendrai accompagné. De l'une des jumelles Cordova.

— Pourquoi ? répliqua-t-elle en tournant la tête vers lui. Pour embarrasser Theo, ou pour me mettre mal à l'aise ?

— Je ferai d'une pierre deux coups, répliqua-t-il en haussant les épaules. Me croiras-tu si je te dis que l'idée ne vient pas de moi ? Je devais une faveur aux Cordova et ils en ont profité. Ne sois pas jalouse, Moriana. Theo est Theo. Il a connu de près une demi-douzaine des femmes qui participeront à ce dîner, mais il n'a jamais eu envie d'épouser aucune d'entre elles. Il n'y a jamais eu que toi sur sa liste.

— Il… Il avait une liste ?

— Façon de parler. Il nourrissait un désir secret. Ne me dis pas que tu ne le savais pas ! Theo a toujours été attiré par toi, déjà tout gosse. Il est à toi. Depuis toujours.

— Mais…

— Laisse-moi deviner : il a fait passer sa demande en mariage pour un arrangement purement politique, c'est ça ?

— Il me l'a envoyée par lettre type, avec un emplacement pour mon nom et un autre pour sa signature.

Benedict éclata de rire. Haut et fort, cette fois.

— Je déteste qu'on rie à mes dépens, protesta Moriana avec humeur. Pourquoi personne ne me dit-il jamais rien ?

Sa question redoubla l'hilarité de Benedict.

— Sois clémente avec mon invitée. Il n'est pas facile de rivaliser avec toi.

— Tu veux dire que je suis la parfaite Princesse de Glace ? Eh bien, je ne sais pas si tu as lu les journaux ces jours-ci, mais cette image est en train de se ternir. Ce matin, j'ai appris que j'avais l'intention de forcer Theo à m'épouser en me faisant faire un enfant par lui !

Benedict baissa les yeux sur son ventre.

— Félicitations.

— Oh ! ça va. C'est de la pure spéculation, comme d'habitude.

— Ah bon ? dit-il, l'air faussement innocent. Demain, tu devrais leur dire qu'il est de moi.

— Demain, ils écriront sans doute que je me suis bagarrée avec l'une des jumelles Cordova en public. Je ne suis pas partageuse, Benedict, alors il faudrait peut-être que tu la préviennes de surveiller ses paroles — et de faire attention où elle pose les yeux, si tu vois ce que je veux dire.

— Si je lui disais cela, sa jumelle pourrait décider de l'accompagner. Et son frère aussi.

— Pourquoi pas ? Autant les affronter tous à la fois.

— Tu n'as pas froid aux yeux, murmura Benedict en souriant.

Moriana lui rendit son sourire.

— Il paraît. Fais passer le message.

Après avoir continué à marcher pendant quelques instants en silence, Benedict se tourna de nouveau vers elle.

— Fais-moi plaisir, Moriana. Si tu les invites vraiment tous les trois, arrange-toi pour qu'Enrique soit assis à côté de moi. Parce qu'il est mon compagnon.

— Oh…

Pas étonnant que Benedict ne veuille pas du trône.

— Theo est au courant ?

— Il sait que j'aime les hommes et les femmes, mais je doute qu'il sache que j'ai fini par choisir entre les deux. Cela fait des années que j'ai tranché et que je le cache à tout le monde.

— Et ton père, il le sait ?

— Non.

— Mais tu souhaites néanmoins qu'Enrique soit présent à tes côtés au dîner officiel, répliqua Moriana. Pourquoi ?

— Parce que j'ai envie de couper les ponts. Je ne désire pas être roi et c'est la meilleure façon de le faire comprendre à ceux qui pourraient espérer que je rejoigne leur camp après le décès de mon père. Et aussi parce que Enrique croit que j'ai honte de lui et que j'en ai assez d'être lâche. Je me fiche de ce que pensent les gens, désormais. J'aime Enrique et je ne peux pas imaginer de vivre sans lui.

— Si tu es vraiment sûr de toi, je peux leur envoyer une invitation à tous les trois cet après-midi.

— Je veux bien, merci.

— Tu es conscient que c'est avec Theo que tu devrais parler de tout cela, n'est-ce pas ?

— Je ne peux pas parler à un mur.

Un sourire sincère éclaira les traits de Benedict, effaçant d'un coup la fatigue.

— Et je t'aime énormément, princesse. Tu es ouverte,

on peut discuter librement avec toi, tu es intelligente et très sensible. Et superbe, en plus. Theo a bien choisi.

S'arrêtant devant elle, il s'inclina et lui prit la main avant de la porter à ses lèvres.

— À mon tour de t'accorder une faveur, dit-il en se redressant. N'oublie jamais — même si quelqu'un essaie de te faire douter de Theo — qu'il t'a choisie. Il semble même prêt à changer pour toi.

— Tu ne peux pas le savoir…

Pourtant, elle brûlait de le croire.

— J'ai mes sources. En outre, je ne suis pas aveugle. Il continue à te regarder comme s'il n'y avait que toi au monde. Il le fait en ce moment même, d'ailleurs.

Moriana tourna les yeux vers le palais et vit Theo à côté des gardes. Les mains dans ses poches de pantalon, il l'observait, en effet.

— Depuis combien de temps est-il là ?

— Quelques minutes, répondit Benedict. Il n'aime pas te voir te balader avec moi, j'ai l'impression. C'est pour cela que je t'ai baisé la main.

— Tu as quel âge ? Cinq ans ? Ce n'est pas en le provoquant que tu vas plaider ta cause !

— Non, je sais. Mais cela m'amuse. On fait un bout de chemin ensemble ?

— Seulement si tu te tiens tranquille.

— Pas de problème. Je comptais aller faire un tour aux écuries, de toute façon, alors je te laisserai en cours de route.

— Tu es une fripouille, Benedict.

— C'est de famille, répliqua-t-il en souriant.

— Tu es conscient que je vais répéter notre conversation à Theo, mot pour mot ?

— Je ne l'aurais jamais deviné, dit-il d'un ton moqueur.

Le message était clair : *Il comptait sur elle pour tenter de renouer le lien entre Theo et lui.*

— Que voulait-il ? demanda Theo dès qu'elle le rejoignit.

Il avait le regard dur, les mâchoires crispées.

— Te parler. Et comme il a l'impression que tu l'évites, il s'est adressé à moi. Les Cordova viendront au dîner officiel demain soir.

Moriana lui passa les bras autour du cou pour attirer son visage vers le sien.

— Tu lui en veux ? Tu penses qu'il essaie de me détourner de toi ?

— Oui.

— Et tu m'en veux de me laisser influencer ?

— Oui, murmura-t-il contre ses lèvres.

— Tu crains que je sois attirée par lui ?

— Il peut se montrer charmant.

— Pas autant que toi, chuchota-t-elle avant de l'embrasser.

Elle se fichait complètement de la présence des gardes un peu plus loin. Et, à en juger par la fougue avec laquelle il répondit à son baiser, Theo ne s'en souciait pas davantage.

— Je vous ai aperçus, tout à l'heure, lança Aury un peu plus tard d'un ton innocent. Je ne m'étais pas trompée : il est follement épris, c'est évident.

— Pardon ? dit Moriana en dévisageant son assistante.

— Ce ne sera pas seulement le mariage de l'année mais… un mariage d'amour.

— Quel mariage ? Non ! Je ne suis pas amoureuse de Theo. Nous nous entendons bien… physiquement, c'est tout. Et notre union serait profitable.

— Avoir un mari fou d'amour, oui, ce serait profitable, acquiesça Aury, aux anges.

Pour un peu, elle aurait sauté de joie…

— Vous avez entendu, Henry ? poursuivit-elle.

— Oui, madame.

— Henry, combien de fois dois-je vous demander de m'appeler Aury ?

L'agent sourit avec les yeux mais ses traits demeurèrent impassibles.

— Je suis en service, madame. Il y a un protocole à respecter.

— Mais cela ne vous empêche pas de donner votre avis, n'est-ce pas ?

— Sa Majesté sait ce qu'elle fait, madame.

— Vous voyez ? exulta Aury en se tournant vers Moriana. Henry pense lui aussi que Theo est amoureux.

— Ce n'est pas ce qu'il a dit, répliqua Moriana. J'ai besoin de nouveaux agents de sécurité. Et d'une nouvelle assistante.

— Vous avez raison, acquiesça Aury en battant des cils en direction de Henry. Vous n'avez plus besoin de moi, puisqu'un homme prend soin de vous. À mon tour, maintenant.

— Tu ne veux pas qu'elle rentre à Arun ? demanda Theo à Augustus. Parce que cela fait à peine quatre jours qu'elle est ici et j'ai perdu tout contrôle sur le personnel et sur la presse.

Le téléphone collé à l'oreille, il se passa la main dans les cheveux.

— C'est un général en chef déguisé en princesse, soupira-t-il.

— Et tu veux l'épouser ! répliqua son ami d'un ton

moqueur. Alors, amuse-toi bien. Au fait, quand puis-je publier les bans ?

Depuis quand Augustus se montrait-il aussi suffisant ?

— J'y réfléchis. En attendant, j'ai un problème : elle a invité les jumelles Cordova et leur frère à dîner, à la demande de Benedict. Je prends cela comme une déclaration de guerre envers mon passé.

— Tu as bien fait de m'appeler.

— Je ne te demande pas souvent conseil...

— Tu ne me demandes *jamais* conseil, corrigea Augustus.

— Que dois-je faire ?

— Rester tranquillement assis à ta place et savourer le spectacle. Souviens-toi : tu voulais qu'elle se laisse aller...

— Tu veux dire que c'est ma faute ?

— Je dis juste que tu l'as voulu et que tu l'as eu.

— Elle a fait remettre à mon oncle mourant un livre de prières et un ouvrage sur la guerre.

— Très subtil... Tu as déjà mis Constantine hors d'état de nuire. Elle tient seulement à s'assurer qu'il ne la considère pas comme un moyen de passer à la contre-offensive. J'imagine qu'elle fait la même chose avec les Cordova en les invitant. Ma sœur a mis sa petite stratégie au point et tu dois la laisser faire en tirant des leçons de l'expérience. Si tu commets l'erreur stupide de tenter de renouer avec l'une des ravissantes jumelles, tu auras intérêt à protéger la partie la plus virile de ton anatomie, mon vieux !

Theo poussa un juron.

— Moriana se lâche, ne l'oublie pas ! poursuivit Augustus. Et si tu ne tentes pas de l'arrêter, tout ira bien. Au fait, je vais envoyer sa dot par la voie usuelle, c'est-à-dire escortée par trois cents chevaux de cavalerie noirs et leurs cavaliers, depuis mon palais jusqu'au tien — en tenue de cérémonie.

— Je… Quelle dot ?

— Elle ne t'en a pas parlé ? Tableaux, linge de maison, bijoux, un ou deux régiments… Il faudra un peu moins d'un mois à la cavalerie pour parvenir à Liesendaach et je présume que Moriana voudra faire une partie du parcours avec eux. L'idéal serait qu'ils arrivent au palais une semaine avant le mariage, à moins que la cavalerie de Liesendaach ne vienne les accueillir à la frontière. C'est ce qui s'est passé il y a trois cents ans lorsque la princesse Gerta d'Arun a épousé le roi Regulus de Liesendaach — j'ai étudié en détail le protocole royal concernant les mariages. Dans ce cas, il leur faudra un peu plus de temps pour arriver chez toi à cause des joutes et autres festivités qui auront lieu en cours de route.

— Tu es en train de me dire que tu veux que *six cents* chevaux et cavaliers caracolent à travers mon pays pendant deux semaines ?

— Toi qui nous prenais pour des gens austères et excessivement économes, tu es surpris, j'ai l'impression.

Il savourait la situation ! Quant à Theo, il s'était trompé sur toute la ligne à propos de son ami et ce constat l'ulcérait.

— Theo, je me suis déjà entretenu longuement et à six reprises avec mes conseillers afin de décider de la meilleure façon d'honorer Moriana si elle finit par accepter de t'épouser. Nous nous séparerons de l'un de nos trésors nationaux les plus précieux, tu comprends ? Si j'avais des éléphants, je les enverrais.

— Des éléphants ?

— J'ai fait mon boulot, Theo. Bonne chance pour le dîner. Souviens-toi : ne laisse pas tes yeux s'égarer et concentre-toi sur le trophée. Comme tu l'as toujours fait, d'ailleurs.

— Tu jubiles, Augustus.

— Oui, je le reconnais. Une dernière chose, bien que cela aille sans dire : si jamais tu as besoin d'un conseil concernant ta bien-aimée, appelle-moi. Ton futur beau-frère est à ton entière disposition et il sera ravi de t'aider.

Theo raccrocha en fulminant. Jamais plus il n'appellerait Augustus pour lui demander conseil. *Jamais !*

Chapitre 8

— J'ai besoin d'éclipser *toutes* les ex de Theo et je compte sur vous pour m'aider, annonça Moriana à ses auxiliaires.

C'est-à-dire Aury et Letitia Hale, la mère de Henry. Dès qu'elle avait fait sa connaissance, Moriana avait décidé qu'il aurait été stupide de laisser l'ancienne couturière de la reine travailler comme femme de chambre. Stupide et vraiment dommage, à en juger par la façon dont Letitia avait tout de suite repéré quels costumes de la collection étaient dignes d'être retouchés ou restaurés.

— Commençons par la robe, enchaîna-t-elle. Aury, que me suggérez-vous parmi celles que nous avons emportées ?

— Votre préférée pour ce genre d'occasion et qui ne déçoit jamais : la noire. Il y a aussi celle en mousseline de soie couleur d'ambre et brodée de perles…

— Je peux la voir ? demanda Letitia.

Aury alla immédiatement la chercher.

— C'est celle-ci qu'il vous faut, Altesse, déclara Letitia en hochant la tête. La décoration de la salle à manger officielle est à dominante ivoire rehaussée de touches d'ambre et d'argent. Les tables sont en noyer, les parquets un brin plus sombres et la vaisselle blanche comporte des motifs bleus. La robe sera en harmonie avec l'ensemble. Sans compter que ces broderies de perles sont magnifiques.

En effet. À Arun, Moriana se serait sentie déplacée avec

une telle robe, mais à Liesendaach sa tenue s'accorderait à merveille avec le raffinement du palais. Et comme elle avait décidé d'éblouir tout le monde…

— Va pour la robe couleur d'ambre, dit-elle en souriant.

— Pourquoi n'avons-nous pas emporté les rubis ? soupira Aury. Je ne pense pas qu'il nous reste assez de temps pour…

— Aury, l'interrompit doucement Moriana. Nous n'avons *rien* emporté qui puisse aller avec cette robe, vous le savez aussi bien que moi. Je m'en passerai, c'est tout — et cela ne me fait pas peur.

— Parmi les joyaux de la Couronne, il y a des bijoux qui seraient parfaits pour accompagner cette robe, glissa Letitia avant de s'empourprer aussitôt. Cela faisait partie de mes attributions de choisir les bijoux de la reine, vous comprenez ? Je créais même souvent des robes en m'inspirant de certaines pièces.

Elle rougit de plus belle avant d'ajouter :

— Je n'étais pas seulement couturière, voyez-vous. J'étais pour la reine ce qu'Aury est pour vous, expliqua-t-elle en se tournant vers celle-ci.

Si elle épousait Theo et s'installait à demeure au palais, Letitia ferait partie de son entourage proche, se promit Moriana.

— Pourquoi ne pas demander à Sa Majesté de nous autoriser à aller voir les joyaux de la Couronne ? demanda carrément Aury. Qui ne risque rien…

— Je pourrais le lui demander, murmura Moriana.

D'un autre côté, elle avait déjà imposé pas mal de choses, depuis son arrivée. Fait opérer divers changements, pris des dispositions nouvelles…

— Nous allons voter, décida-t-elle.

Elle tourna les yeux vers Henry, immobile à côté de la porte et aussi impassible que d'habitude.

— Vous participez aussi, bien sûr. Alors, qui est d'accord pour que je demande la permission à Theo ? Levez la main !

— Aïe…, chuchota Aury en fixant un point derrière Moriana.

Puis elle sourit jusqu'aux oreilles et dit à voix haute :

— Bonjour, Majesté.

— Bonjour, Aury, répliqua la voix moqueuse de Theo.

Moriana se retourna et le contempla en silence. Il ne s'était pas encore habillé pour le dîner, naturellement, mais il portait un costume gris perle coupé sur mesure qui lui allait à merveille.

— De quoi avez-vous besoin ? demanda-t-il.

— De rubis, répondit Aury.

En même temps que Letitia disait :

— De la collection des mers du Sud, Majesté.

— Les deux, renchérit Aury d'un air conquérant.

Theo sourit à Moriana.

— Ton frère me demande de mettre à ta disposition trois cents de mes gardes montés pour un mois — à supposer que tu acceptes de m'épouser —, et j'ai accepté. Crois-tu sérieusement que je te refuserais de porter des bijoux qui ne demandent qu'à être sortis de leurs tiroirs ?

— J'adore les rois qui ont les pieds sur terre, dit Aury.

— Pourquoi aurais-je besoin de trois cents gardes montés ? demanda Moriana.

— Pour ton cortège, apparemment.

— Augustus t'a-t-il dit qu'autrefois la dot de la future mariée voyageait à dos d'éléphant ?

— Oui, c'est ce que j'ai cru comprendre.

Elle sourit. Aury avait pris une expression angélique. Letitia assistait à la scène avec intérêt tout en conservant sa sérénité habituelle. Quant à Henry et son alter ego, ils demeuraient impassibles, comme toujours.

— Un cortège d'éléphants, murmura Moriana. Réfléchis-y. Il y a pire, comme défi.

— Tu peux prendre ce que tu veux dans la chambre forte du palais, répliqua-t-il. Tout ce qui comporte des rubis ainsi que la collection des mers du Sud. Autre chose ?

— Non, merci.

Letitia secoua la tête, Aury l'imita.

— Ah si, une dernière petite chose : y a-t-il un endroit où nous pourrions discuter stratégie ? demanda Moriana.

— Il n'y en avait pas jusqu'à présent, murmura Theo. Mais nous pouvons en créer un. Ce sera tout ?

— Non, il me faut également le nom de toutes les invitées avec lesquelles tu as entretenu une relation intime.

Mince… Ça lui avait échappé…

Theo ne laissa rien transparaître, tandis que les autres retenaient leur souffle.

— Tu ne devrais pas te soucier de ce genre de détail, dit-il posément.

— Dois-je considérer que toutes celles ayant entre vingt et cinquante ans sont de potentielles ex-maîtresses, alors ?

— Tu peux, sans problème, répondit-il avec calme.

Mais un accent menaçant avait teinté sa voix.

— Laissez-nous, poursuivit-il sans détacher le regard du sien.

Aury et Letitia s'éclipsèrent aussitôt, suivies de Henry et de son comparse.

Lentement, Theo s'avança vers Moriana, assise devant sa coiffeuse, et s'arrêta à côté d'elle.

— Tu peux me dire ce qui ne va pas ?

— J'ai le trac, avoua-t-elle. J'ai peur de commettre un impair. De décevoir tout le monde.

— Tu ne commettras aucun impair.

— Je viens d'en commettre un en te demandant les noms de tes ex. Pourtant, je ne suis pas jalouse. Enfin, pas vraiment. Je demande toujours la liste des invités, j'aime être préparée.

Elle baissa les yeux sur les feuilles de papier posées sur la coiffeuse. Il y avait là non seulement le nom de chaque invité et sa profession, mais aussi un résumé de ses centres d'intérêt, de son statut familial et de ses affinités politiques.

Après avoir soulevé la première page et l'avoir parcourue, Theo prit la deuxième.

— Je les connais presque par cœur, dit-elle. Encore deux heures et ce sera bon.

— Tu procèdes de la même façon pour chaque manifestation à laquelle tu participes ?

— Je le faisais.

Sa mère y tenait.

— Dorénavant, je n'ai plus à être aussi pointilleuse mais je mémorise tous les noms. Je n'ai jamais commis une seule erreur à Arun et je ne désire pas en commettre ici.

— Je n'attends pas de toi que tu te rappelles le nom et la profession de tous les invités de ce soir, répliqua Theo en fronçant les sourcils. Personne ne te le demande.

— Raison de plus pour le faire.

— Cela t'amuse ?

— Pardon ?

— Apprendre tous ces détails par cœur : cela t'amuse ?

— Je… Je ne comprends pas le sens de ta question, répondit Moriana, embarrassée par le regard scrutateur dardé sur elle. Cela n'a pas à être *amusant*. C'est mon rôle et je le remplis du mieux possible, point final.

— Pas aujourd'hui. Je dois aller voir les poulains —

tu peux m'accompagner, si tu veux. Tu nous aideras à effectuer la sélection.

— Theo, c'est gentil, mais je n'ai pas le temps.

— Fais-moi plaisir, dit-il en lui prenant la main pour l'attirer à lui. Je te ramènerai à temps pour t'habiller.

Un quart d'heure plus tard, ils avaient traversé la forêt et le véhicule longeait maintenant un mur de pierre. Puis ils franchirent de hautes grilles en fer forgé ouvragé et Moriana aperçut les écuries au bout de l'allée.

Les bâtiments entouraient sur trois côtés le manège, aussi vaste qu'un terrain de football. Theo se gara et salua d'un geste de la main une femme qui se trouvait de l'autre côté de la piste circulaire. Après lui avoir rendu son salut, la femme se dirigea vers le véhicule tandis que Moriana la dévisageait avec surprise.

À peu près du même âge que sa mère, elle avait un beau visage ovale, des yeux d'un violet pur et portait une tenue d'équitation. Et elle accueillit Theo comme un vieil ami.

— Bonjour Belle, dit celui-ci. Je te présente Moriana. Belle est la responsable en chef de tout ce qui concerne l'élevage des chevaux destinés à intégrer la garde royale.

Bien que ne l'ayant jamais rencontrée personnellement, Moriana connaissait Belle, la maîtresse en titre du père de Theo. Ancienne artiste circassienne, elle avait toujours été proche du défunt roi, lequel avait toujours fait en sorte de la garder à proximité de lui.

— Je vois que mon nom ne vous est pas inconnu, dit Belle en souriant. Vous êtes la princesse d'Arun, n'est-ce pas ? Je me souviens d'avoir vu de temps en temps un tout jeune Theo littéralement furieux à cause de vous. De toute évidence, votre mère ne vous avait pas appris à vous y prendre avec ce genre de lascar… Croyez-moi, il aurait suffi d'un sourire et d'un compliment pour faire de lui votre esclave.

— J'aurais bien aimé le savoir, répliqua Moriana.

— Il n'est jamais trop tard. Venez, je vais vous montrer les poulains avant de les faire sortir. Benedict est déjà passé donner son avis.

Theo tourna vivement la tête vers Belle.

— Il n'a pas à donner son avis.

— Peut-être, mais je respecte son opinion et tu devrais en faire autant, rétorqua Belle avec calme. Il s'y connaît comme personne, en matière de tempérament, et il est de loin le meilleur de nous trois, de ce côté-là.

Sentant la tension monter en Theo, Moriana demanda à la hâte :

— De quels autres critères tenez-vous compte, pour faire votre sélection ?

— Je vais d'abord vous les présenter, répliqua Belle en s'avançant vers le box le plus proche.

Avant de pousser le loquet, elle tourna les yeux vers une autre entrée latérale. Suivant son regard, Moriana aperçut Benedict qui rentrait en menant par la bride un cheval noir.

— C'est Satan, dit Belle. J'ai emmené son grand-père en quittant le cirque. Il est très difficile à monter. Benedict le sort toujours quand il vient — j'ai l'impression qu'ils apprécient tous deux le défi.

Les ayant aperçus à son tour, Benedict les salua d'un hochement de tête tandis que Theo pinçait les lèvres.

— Il ne viendra pas vers toi, si c'est cela qui t'inquiète, reprit Belle avec un petit sourire en coin. Enfant, il ne laissait jamais un cheval en plan après l'avoir monté.

En effet, Benedict enleva la selle et la tendit à un palefrenier avant de conduire sa monture vers la douche.

— Tu lui as demandé des nouvelles de son père, aujourd'hui ? questionna Belle.

— Les médecins me tiennent au courant.

— Les médecins n'y connaissent rien en politique. Tu devrais peut-être aller poser la question à ton cousin.

— Il savait que j'allais venir ?

— Il vient chaque matin, Theo, vers 5 heures, et je le mets aussitôt au travail. Comme autrefois.

Après un bref « Excusez-moi », Theo s'avança vers Benedict.

— Nous continuons sans lui ? fit Belle en se tournant vers Moriana.

Puis, sans attendre sa réponse, elle tira le loquet.

Un poulain gracieux se trouvait dans le box, tout gris.

— Je n'ai jamais vu Theo aussi docile, dit Moriana. Comment faites-vous ?

— J'ai la chance de les avoir connus adolescents tous les deux. Ils étaient inséparables, à l'époque.

— Savez-vous pourquoi ils ont changé ?

— J'ai ma petite idée.

— À cause d'une femme ?

— Ils ne se sont *jamais* battus à cause d'une femme ! s'exclama Belle en levant les yeux au ciel. Il y en avait toujours largement assez pour deux. Sans compter les hommes, pour Benedict. Non, les femmes n'y sont pour rien. Je crains hélas que ce qui les a séparés ne soit un épisode beaucoup moins séduisant.

— Le fossé qui les sépare ne pourrait pas être comblé ?

— Je fais ce que je peux, répondit Belle en souriant. Vous pourriez peut-être essayer de votre côté ?

— Tu as quelque chose à me dire ? demanda Theo à son cousin sans le saluer.

Benedict hocha la tête, toujours concentré sur sa monture.

— Mon père a ressorti la pétition demandant ta destitution. Il dit qu'il a rassemblé suffisamment de signatures et qu'il se fiche que je n'aie pas l'intention de m'opposer à toi et qu'il n'y ait pas d'autre héritier en droite ligne. Son seul but est de semer le chaos. C'est son cadeau de départ pour toi.

— Il doit bien savoir que je me battrai.

— Je n'en doute pas.

— Et que je gagnerai.

Avec le plus grand soin, Benedict commença à brosser le flanc du cheval, du haut vers le bas.

— Si tu annonçais tes fiançailles avec Moriana, la pétition n'aurait plus aucune valeur, dit-il.

En effet. Sauf que… *Moriana d'abord.*

— C'est hors de question.

— Pourquoi ? Ce serait la solution idéale.

— Parce que je le lui ai déjà proposé et qu'elle a refusé.

À ces mots, Benedict eut l'air franchement amusé.

— *Toi*, tu n'as pas réussi à la convaincre ? Non, je rêve…

Il ne fallait *jamais* tendre la perche à Benedict, bon sang !

— Si je faisais pression sur elle maintenant et que j'en appelais à son sens du devoir et au besoin de stabilité dans la région, je la convaincrais. Mais je refuse d'avoir recours à ce type de procédé. Pour la première fois de sa vie, Moriana a l'opportunité de décider par elle-même de ce qu'elle veut faire, de qui elle veut être. Je ne l'en empêcherai pas.

— Tu t'adoucis.

Ce n'était pas un compliment, comprit Theo.

— Tu veux savoir ce qu'elle faisait tout à l'heure ? Elle apprenait la liste des invités de ce soir. Par cœur. Elle a rassemblé des infos sur chacun d'entre eux et elle a peur de commettre des erreurs. Je ne veux pas de ce genre de vie pour elle. Elle mérite mieux. Alors je tiens absolument à ce qu'elle soit certaine de pouvoir être heureuse ici. J'attendrai tout le temps qu'il faudra mais je n'exercerai *aucune* pression sur elle.

— Et si elle persiste à refuser ?

Theo s'empara d'une serviette en éponge et entreprit de bouchonner le cheval, histoire de faire quelque chose. D'autant plus que Benedict le dévisageait maintenant d'un air grave. Presque… inquiet.

— Dans ce cas, je devrai envisager d'autres options. Parce que c'est elle que je veux et pas une autre.

C'était plus facile à dire au flanc d'un cheval qu'à un être humain.

— Ça a toujours été elle.

Appuyée de l'épaule contre la paroi du box occupé par une jument qui allait mettre bas, Belle écoutait les deux hommes en dessinant des motifs géométriques du bout de sa botte. Moriana les écoutait elle aussi, le cœur battant à tout rompre.

Theo faisait passer en priorité non pas le pays qu'il gouvernait, mais son bonheur à elle. Il la laissait entièrement libre de décider de son avenir et refusait de l'influencer.

— Je n'ai aimé qu'un seul homme, dit soudain Belle avec calme en levant les yeux vers elle. J'ai renoncé à tout pour lui, je lui ai tout donné, quand il le voulait, où il le voulait. Et lui, il prenait, prenait, prenait… J'ai toujours pensé qu'un roi ne pouvait se permettre de faire passer une femme avant son devoir. Mais je me trompais. Certains en sont capables.

Sur ces paroles, Belle se rapprocha et se pencha vers

la jument couchée qui commençait à s'agiter, cherchant à se lever.

— Ah… Je savais que ça n'allait pas tarder.

Elle adressa un sourire complice à Moriana.

— Vous voulez voir de quoi ils sont capables quand ils travaillent ensemble, nos deux cousins ?

Se redressant, elle cria d'une voix forte :

— Theo ! Benedict ! Nous avons besoin d'un coup de main !

Chapitre 9

Moriana se prépara pour la soirée avec encore plus de soin que d'habitude, aidée par ses deux précieuses auxiliaires. Les bijoux sélectionnés avaient été apportés pendant son absence, et Aury et Letitia avaient pris un plaisir fou à choisir les parures qu'elles jugeaient les plus appropriées.

La liste des invités était posée devant elle sur la coiffeuse, près de la petite boîte en loupe d'acajou, dont seule Moriana savait ce qu'elle contenait.

Lors de leur retour des écuries, elle s'était attendue à ce que Theo fasse allusion à la pétition, mais il ne lui en avait pas touché un mot. Il avait parlé uniquement du poulain que lui et Benedict avaient aidé à venir au monde sans difficulté. Puis, dès qu'ils avaient eu regagné le palais, il s'était excusé, invoquant un petit problème à régler avant le dîner.

Moriana se concentra sur les bijoux. Elles étaient toutes trois tombées d'accord : c'était la parure des mers du Sud qui accompagnerait le mieux la robe, et qui était la plus belle.

Après avoir enfilé les boucles d'oreilles, elle souleva le collier de diamants et de perles qu'Aury lui referma aussitôt sur la nuque. Quant au bracelet, elle décida de s'en passer.

— Je préfère me contenter des gants blancs, dit-elle.

Ceux-ci lui couvraient les avant-bras et les coudes. *Et lorsque, à un moment donné, elle les ôterait…*

Moriana tendit la main vers l'écrin. Sa décision était prise.

Quand elle glissa la bague à son annulaire, Aury laissa échapper un halètement.

— Vous… ?

— Oui.

— Félicitations, Altesse, dit Letitia avec chaleur.

— Quand est-ce arrivé ? demanda Aury.

— Il m'a fait sa demande avant notre venue à Liesendaach. Depuis, j'ai réfléchi, hésité… Et j'ai fini par me décider.

Son assistante la dévisagea, l'air sincèrement inquiète.

— Vous êtes sûre de vous ? Excusez-moi, Altesse… ajouta-t-elle à la hâte. Je sais que vous vous entendez mieux qu'autrefois, Theodosius et vous. Mais si vous devez vous rendre malade à chaque fois…

— Non, ne vous inquiétez pas, Aury. C'est fini, maintenant.

« C'est elle que je veux et pas une autre. »

Ces derniers jours, Theo lui avait prodigué de multiples attentions, et pas seulement en matière de sexe. Il se souciait vraiment d'elle, de ses besoins, de ses désirs, avait réalisé Moriana. Il était prêt à faire passer ceux-ci avant ses propres devoirs envers la Couronne et son pays.

Il avait dit être incapable d'aimer, mais son attitude ressemblait fort à de l'amour. Et cela convenait tout à fait à Moriana.

Elle désirait vivre à ses côtés, à tout jamais.

— Souhaitez-moi bonne chance, dit-elle en enfilant un gant qu'elle fit passer précautionneusement sur la bague.

Après avoir soulevé le second, elle ajouta :

— Il ne connaît pas encore ma réponse.

— Il va avoir un drôle de choc ! s'exclama Aury avec son franc-parler habituel.

Moriana lissa le gant sur son avant-bras.

— J'espère bien, murmura-t-elle.

Puis elle inspira profondément et saisit l'écharpe bleu indigo proclamant son appartenance à la famille royale d'Arun. Quand Aury l'eut aidée à la fixer sur le côté de sa taille, Moriana dit à son reflet :

— Tu seras à la hauteur. Tu es princesse d'Arun et future reine de Liesendaach. Tu ne commettras aucun impair.

Aury acquiesça d'un hochement de tête, l'air grave. Elle avait en effet été maintes fois témoin de son anxiété avant ses apparitions publiques. Elle l'avait vue se préparer méticuleusement dans le but de surmonter le sentiment d'insécurité qui l'envahissait à chaque fois.

Theo regarda Moriana évoluer dans l'immense salle à manger. Il l'avait déjà vue à l'œuvre, mais elle se trouvait alors dans son univers, entourée de dignitaires qu'elle connaissait depuis toujours. Grâce à la dure préparation qu'elle s'était imposée, elle bavardait tranquillement avec chacune et chacun. Elle n'avait pas oublié un seul nom.

Aucun visiteur n'était autorisé à approcher son oncle. Peut-être avait-il eu tort de prendre cette mesure, songea Theo. S'ils savaient qu'il était mourant, nombre de détracteurs du régime actuel préféreraient peut-être retirer leur soutien à l'ancien prince régent.

Certains devaient cependant être au courant. Et cela ne les empêchait pas de soutenir la pétition.

Les propos échangés avec Benedict avant le poulinage continuaient d'assombrir les pensées de Theo. Les signataires désiraient-ils vraiment se débarrasser de lui, ou cherchaient-ils simplement à l'acculer au mariage ? Jusqu'à il y a peu, il n'aurait jamais songé que son manque d'empressement à renoncer au célibat pût lui coûter la couronne.

Il regarda son cousin aller de petit groupe en petit groupe, une coupe de champagne à la main. Benedict n'était pas passé voir son père avant de venir rejoindre les invités. Il avait appelé les Cordova, parlé au frère, et leur bref échange avait été houleux, d'après les agents de sécurité chargés de sa surveillance. Ensuite, il était allé s'habiller, avait avalé deux whiskies coup sur coup et marché de long en large dans son salon jusqu'au moment où il avait quitté sa suite.

Theo regretta à nouveau de ne pouvoir avoir confiance en son cousin comme naguère.

Benedict avait-il été complice du complot ourdi par Constantine ? s'interrogea-t-il encore une fois.

— Qu'a-t-il fait ? demanda une voix féminine derrière lui.

La gouvernante du palais, vêtue d'un superbe tailleur-pantalon noir et d'un chemisier en soie raffinée, noir lui aussi, le regardait.

— De qui parlez-vous ? répliqua innocemment Theo.

Sam lui décocha un regard signifiant qu'elle n'était pas dupe de son petit stratagème, mais il ne réagit pas.

— À quoi devons-nous votre présence ? enchaîna-t-il.

D'ordinaire, Sam n'assistait pas aux dîners officiels, laissant ce soin à ses subalternes.

— Son Altesse avait des souhaits particuliers concernant le déroulement de la soirée, répondit posément Sam. Je veille à ce qu'ils soient respectés.

— Cela ne vous ennuie pas ? insista Theo.

— Pas du tout, au contraire : je considère cela comme un honneur et je tiens à lui faire bonne impression.

Il hocha la tête, concentré à nouveau sur son cousin qui bavardait maintenant avec Moriana. C'était elle qui l'avait rejoint et il y avait quelque chose de si familier, de si complice dans leur attitude que Theo tressaillit malgré lui. Il suffirait qu'ils se rapprochent encore un peu l'un de l'autre pour que les journaux du lendemain les déclarent prêts à s'enfuir ensemble.

D'autant que les journalistes présents semblaient fort impressionnés par la nouvelle Moriana. Sa robe rehaussait sa grâce naturelle, faisait ressortir son port de tête princier. Par ailleurs, le fait qu'elle porte les joyaux de Liesendaach n'était pas passé inaperçu. Quant à lui, il ne désirait qu'une chose : l'emmener dans un endroit tranquille et lui arracher robe et bijoux avant de se repaître de son corps superbe.

Theo regarda Benedict sourire tristement à Moriana qui lui posa la main sur le bras pour le réconforter en lui glissant quelques mots, avant de reculer d'un pas et d'ôter lentement un gant. Pourquoi ? *Pour pouvoir poser sa main nue sur Benedict ?*

Avant même de réaliser ce qu'il faisait, Theo s'avança vers eux à grands pas, fou de rage.

Arrivé à un mètre d'eux, il leva les yeux et vit Benedict le dévisager d'un air stupéfait, puis il baissa le regard sur les mains nues de Moriana et fut pris d'une joie soudaine. Sauvage. Indomptable.

Une lumière radieuse l'éblouit.

Moriana portait sa bague. Elle était à lui.

Soulevant la main fine, Theo en baisa la paume. Puis il prit sa fiancée dans ses bras et l'embrassa.

— Tu es sûre ? murmura-t-il contre ses lèvres.

— Sûre et certaine, chuchota-t-elle en lui caressant la joue. J'accepte de t'épouser. Non, je *désire* t'épouser.

— Je suis là, dit alors Benedict.

Moriana rougit et laissa retomber sa main tandis que Theo foudroyait son cousin du regard.

— Excuse-nous — on te dérange ?

— Oui.

— Benedict ! Je te cherchais !

Furieux contre celle qui osait les interrompre, Theo se retourna et vit Angélique Cordova s'avancer vers eux, vêtue d'une robe rouge coquelicot et arborant un sourire serein.

Il ne manquait plus qu'elle… Mais Angélique était l'invitée de Benedict, qui avait reculé pour lui permettre de rejoindre leur petit groupe.

— Tu as reçu le message d'Enrique ? lui demanda-t-elle.

— Oui, répondit Benedict avec un sombre sourire.

Mais il se ressaisit aussitôt et se pencha pour embrasser Angélique sur la joue.

— Merci d'être venue.

— Il fallait bien que quelqu'un te soutienne, mon chéri. Nous ne pouvions pas *tous* te laisser tomber. Tu fais partie de la famille.

— Vraiment ? intervint Theo.

— Oui, confirma Angélique. Sois indulgent avec mon frère, Benedict. Il a autant peur pour toi que pour lui et pense que ce n'est pas le bon moment. Et je suis d'accord avec lui.

Elle tourna les yeux vers Moriana, comme si elle s'apercevait seulement de sa présence, et exécuta une élégante révérence.

Benedict soupira, avant de se lancer dans un simulacre de présentation.

— Altesse, princesse Moriana d'Arun, permettez-moi de vous présenter l'intrépide Angélique Cordova, l'une des lumières qui éclairent ma vie. Ou plutôt, soyons modestes, une petite lueur qui clignote dans l'obscurité.

— Goujat ! lui murmura Angélique avant de se tourner à nouveau vers Moriana. Je suis ravie de vous rencontrer, Altesse. J'ai tellement entendu parler de vous !

— Et vous avez *tant* de choses en commun, glissa Benedict avec malice.

— Malotru ! répliqua sa compagne d'une voix soyeuse.

— Je suis heureuse de faire enfin votre connaissance, mademoiselle Cordova, répliqua Moriana avec calme. Il semblerait que nous ayons effectivement beaucoup en commun.

Theo battit des cils. Benedict laissa échapper un rire bref. Angélique eut l'air désarçonnée, avant de se ressaisir aussitôt.

— Uniquement parce que j'ai donné de multiples occasions aux paparazzis de taquiner Theo sur son incapacité à distinguer deux femmes entre elles. Les hommes étant ce qu'ils sont, cela s'est naturellement retourné contre moi et je suis vite devenue trop banale pour retenir l'intérêt de quiconque. Je regrette sincèrement d'avoir joué à ce petit jeu stupide, mais cela n'empêche pas l'univers de tourner, n'est-ce pas ?

— Non, en effet, murmura Moriana.

— Puis-je vous présenter tous mes vœux de bonheur ? poursuivit Angélique.

— Vous êtes la première, répliqua Moriana en souriant. Merci.

— Permettez-moi d'être le deuxième, intervint Benedict. À supposer, bien sûr, que Theo ne gâche pas tout en croyant que vous jouez la comédie.

— Pas du tout, dit-elle avec calme. Je suis tout à fait sincère.

— Parfait. Répétez-le-lui souvent.

L'instant d'après, Sam s'arrêtait à un mètre d'eux et attirait l'attention de Theo d'un simple regard.

— Excusez-moi de vous interrompre, Majesté, mais les médecins de votre oncle vous réclament tous les deux, vous et le prince Benedict. Tout de suite.

— Allez-y, dit Moriana. Je m'occupe de tout jusqu'à votre

retour. Je suis sûre que Mlle Cordova et moi saurons nous amuser sans vous et nous découvrir des intérêts communs.

Seigneur... Theo préférait ne pas y songer...

— Va, insista Moriana en se haussant sur la pointe des pieds pour lui déposer un petit baiser sur la joue.

Puis elle se tourna vers Benedict et fit la même chose.

— Allez-y, répéta-t-elle d'une voix douce.

— Impressionnante, cette femme, dit Benedict tandis qu'ils s'engageaient dans le couloir conduisant à l'aile ouest.

— Laquelle ?

— La tienne.

— Garde tes distances avec elle.

Son cousin se tourna vers lui en fronçant les sourcils.

— En ce qui concerne Moriana, je ne représente pas une menace pour toi.

— Je te connais trop pour pouvoir te croire.

— Dans ce cas, tu es un imbécile.

Après cette réplique, Benedict demeura silencieux, ce dont Theo lui fut reconnaissant. Ils continuèrent leur chemin en silence. Quand ils arrivèrent à proximité de la suite où reposait Constantine, l'un des deux agents de sécurité gardant la porte ouvrit celle-ci et Theo s'arrêta pour laisser son cousin entrer le premier.

Benedict le regarda d'un air stupéfait.

— Ce n'est pas mon père qui meurt, dit Theo d'un ton sec.

— Tu es un monstre, murmura son cousin.

Peut-être, mais il ne supportait plus sa monstruosité.

Theo laissa Benedict interroger les médecins. Ils avaient débranché les appareils de soutien de vie et Constantine était allongé sur son lit, les yeux clos. Il n'en avait plus pour longtemps, venait-on de les informer. Ses instants étaient comptés.

Benedict s'assit sur le bord du lit et prit la main de son père, mais lorsque celui-ci entrouvrit les yeux, son regard se concentra sur Theo et non sur lui.

— Je savais que tu viendrais, dit-il d'une voix à peine audible. Pour m'affronter avant que je ne m'en aille.

— Peut-être.

Theo contempla le visage émacié de son oncle.

— Je sais que tu as éliminé les miens, dit-il lentement. J'en ai obtenu la preuve il y a des années et peu m'importe que tu le nies ou que tu passes aux aveux. Tu l'as fait. Je le sais et je sais pourquoi. Je n'ai qu'une seule question à te poser : Benedict était-il au courant ?

Le mourant s'humecta les lèvres du bout de la langue, tenta de parler, puis se mit à rire.

— Cela t'empêche de dormir… mon garçon ?

— Oui, reconnut Theo.

Quant à Benedict, il avait blêmi et semblait pétrifié.

— Père, qu'est-ce que… ?

Il s'interrompit, Constantine commençant à tousser. En fait, il riait autant qu'il toussait, réalisa Theo.

— Mon pauvre fils… Tu crois que je ne sais pas… pour tes relations particulières, tes projets de t'affranchir de la famille ? Ce ne sera pas une grosse perte.

Benedict tressaillit, manifestement atteint au plus profond de son être, mais Theo ne se laissa pas attendrir. Il devait connaître la vérité.

— Je t'ai posé une question, Constantine. Benedict était-il au courant ?

— Faible… comme sa mère.

— *Réponds-moi !*

Un éclat de pure méchanceté traversa les yeux de son oncle.

— Si tu crois que… je… vais te répondre.

Mais Theo ne le regardait plus. Il dévisageait son cousin qui le contemplait d'un air choqué, le regard vide.

Theo se leva d'un mouvement brutal, renversant sa chaise.

— Tu le savais ? C'est pour ça que tu m'as sauvé la vie ?

— C'est ce que tu penses ? répliqua son cousin, livide. Tu me crois vraiment capable de t'avoir sauvé en laissant mourir le reste de ta famille ? Pourquoi, Theo ? Dans quel but aurais-je fait une chose pareille ? Parce que je suis le fils de mon père ?

Il paraissait bouleversé, anéanti.

— C'est pour *cela* que tu m'as puni durant toutes ces années ? enchaîna-t-il d'une voix rauque.

Benedict recula, leur faisant face à tous deux.

— Père, je n'ai jamais été le fils que tu désirais que je sois. Je l'ai toujours su. J'aurais fait n'importe quoi pour obtenir ton approbation. Je la souhaitais plus que tout au monde. Mais plus maintenant. J'ai d'autres devoirs, envers d'autres, d'autres valeurs, et j'en suis heureux.

Il continua à l'adresse de Theo, la voix tremblante :

— Je te libère de toute obligation envers moi. À partir de cet instant, nous ne sommes plus parents. Je ne fais plus partie de la famille royale et je renonce à tous mes droits en qualité de prince. À présent, disparais de ma vue. Quant à moi, je m'en irai dès que tout sera terminé et tu n'entendras plus jamais parler de moi.

Renoncer à ses droits et privilèges princiers n'était pas une mince affaire. Et Theo s'y était pris comme une brute, reconnut-il en son for intérieur. Il n'avait même pas accordé le bénéfice du doute à son cousin.

Et maintenant, Constantine riait de nouveau, et Benedict était brisé, à cause de lui, Theo.

— As-tu besoin… Aimerais-tu avoir quelqu'un auprès de toi ? demanda-t-il. Je peux aller chercher Angélique.

— Malheureusement, ce n'est pas d'elle que j'aurais besoin.

— Son frère, alors. Je peux le faire venir.

— Pour pouvoir afficher ta tolérance envers notre espèce ?

— Non, pour que tu ne sois pas seul.

— Trop tard, il ne viendra pas, répliqua Benedict avec amertume.

— Dans ce cas, je reste, affirma Theo.

— Parce que tu souhaites recueillir le dernier soupir du meurtrier de ta famille…

— J'aimerais voir ce chapitre de ma vie se refermer et un nouveau s'ouvrir, je le reconnais. Benedict, je suis vraiment désolé d'avoir douté de toi.

— Ah… Eh bien, tant pis pour toi.

Le plat de résistance venait d'être servi lorsque Sam vint annoncer à Moriana que Constantine de Liesendaach avait poussé son dernier soupir.

L'absence de Theo et Benedict avait provoqué force rumeurs et les spéculations allaient bon train. Certains disaient qu'ils réglaient leurs comptes à cause de l'attitude familière dont Moriana avait usé envers le prince. D'autres affirmaient qu'Angélique était à l'origine du conflit opposant le roi et son cousin.

Moriana demeura impassible jusqu'à ce que tout le monde ait terminé le plat principal, puis elle leva la main pour réclamer le silence.

Les deux cents convives se turent aussitôt et tournèrent les yeux vers elle avec une curiosité non dissimulée.

— Nombre d'entre vous m'ont félicitée pour mes fiançailles avec le roi et je les en remercie chaleureusement, commença-t-elle. À présent, vous vous interrogez tous sur la raison de son absence. Pourquoi n'est-il pas à mes côtés ? vous demandez-vous. Moriana d'Arun aurait-elle été rejetée *encore une fois* ?

Des petits rires nerveux parcoururent l'assemblée.

— Je vous comprends, dit-elle avec humour.

Elle survola les invités du regard avant de poursuivre d'un ton solennel :

— L'ancien prince régent, Constantine de Liesendaach, a rendu son dernier soupir il y a dix minutes. Le prince Benedict, son fils, et le roi étaient auprès de lui et ils ne viendront pas nous rejoindre ce soir. Le dessert sera servi directement, et ensuite nous nous séparerons plus tôt que prévu. J'espère vous revoir bientôt et dans des circonstances plus agréables, et je vous remercie de votre compréhension.

Comme elle s'y attendait, personne n'applaudit. De son côté, Moriana ne toucha pas à son dessert. Pour la première fois de sa vie, elle quitta une réception officielle sans se soucier de savoir si elle faisait ce qu'il fallait ou non. Croisant le regard d'Angélique Cordova au moment où elle se dirigeait vers la double porte, elle l'invita à la suivre d'un geste.

Elle n'abandonnerait pas l'invitée de Benedict.

— Allons les retrouver, lui dit-elle.

— Je dois appeler mon frère, répliqua Angélique. Pour lui apprendre la nouvelle.

— Désirez-vous vous isoler ?

— Non, merci, ça ira très bien ici, Altesse.

— Essayez de le faire venir, reprit Moriana. Je veillerai à ce que les agents de sécurité ne lui fassent pas barrage.

— Je vais essayer, mais je crois qu'il vaudrait mieux que je remmène Benedict avec moi. Mon frère nous attendra.

Après avoir acquiescé d'un hochement de tête, Moriana s'éloigna pour la laisser téléphoner tranquillement.

— Merci pour cette soirée, enchaîna Angélique. Et pour votre bienveillance.

— Ma mère m'a appris à affronter mes peurs plutôt que de me laisser submerger par elles, répliqua Moriana en se retournant. Et j'avais un peu peur de vous, je l'avoue. Je vous voyais comme une rivale susceptible d'occuper encore une place dans le cœur de Theo.

— Ni ma sœur ni moi n'avons jamais occupé aucune place dans sa vie, affirma Angélique avec un sourire malicieux. Encore moins dans son cœur.

— Dites à votre sœur que je serai ravie de faire sa connaissance. Nous pourrions peut-être aller faire une balade à cheval ensemble un de ces jours. Vous montez, n'est-ce pas ?

— Depuis notre plus tendre enfance, Altesse. Comme vous le savez sans doute, mon père possède un haras en Espagne, assez réputé.

— Oui, je le savais. Alors, à bientôt ?

— Avec le plus grand plaisir, Altesse, répondit Angélique en sortant un téléphone portable de son petit sac de soirée.

Apercevant Sam, Moriana sourit une dernière fois à Angélique et s'avança vers elle.

— Savez-vous où sont Benedict et Theo, Sam ?

— Benedict a regagné sa suite et le roi s'est retiré dans sa bibliothèque privée. Et ils ne sont gais ni l'un ni l'autre.

— Vous voulez bien veiller à ce que tous les invités s'en aillent ?

— Vous pouvez compter sur nous, madame.

— Merci, Sam. Le repas était délicieux, le service rapide et discret — dites à tout le personnel que je suis très contente.

— Je n'y manquerai pas, madame.

— Et demandez que l'on porte une collation légère à Theo, s'il vous plaît. Il n'a rien mangé.

— Oui, madame. Désirez-vous que je fasse porter aussi quelque chose au prince ?

— Non, cela ne sera pas nécessaire. Conduisez Mlle Cordova jusqu'à sa suite lorsqu'elle aura terminé son appel.

La pièce dans laquelle Moriana trouva Theo ressemblait davantage à la tanière de son propre père qu'à une bibliothèque. Le cuir brun et le bois y dominaient, éclairés par des lampes de lecture installées à côté de profonds fauteuils à oreilles, devant un mur tapissé de rayonnages de livres anciens. Une bouteille de whisky et un verre en cristal étaient posés sur une table basse, à portée de main de Theo.

Il regarda Moriana entrer sans dire un mot et sans sourire.

— La fin a dû être rude, commença-t-elle en s'avançant lentement vers lui.

Jamais encore elle ne l'avait vu ainsi. Fermé. Inaccessible.

— Les invités s'en vont, poursuivit-elle. Je leur ai annoncé la mort de ton oncle et leur ai dit que toi et Benedict ne viendriez pas nous rejoindre. J'espère que je n'ai pas outrepassé mon rôle.

— Cela t'arrive-t-il jamais ? Tu es parfaite. Qu'est-ce qu'un homme pourrait désirer de plus ?

Autre chose, à en juger par le léger rictus ourlant la belle bouche de Theo. Elle aurait dû s'en aller, le laisser seul.

— Je peux rester et boire un verre avec toi ?

— Sers-toi. Il y a des verres sur le bar.

Moriana revint se verser du whisky qu'elle sirota ensuite en observant Theo.

— Vous êtes-vous expliqués, Benedict et toi ?

— Non, répondit-il avant de vider son propre verre.

— Est-ce à cause de ses préférences amoureuses ? La famille royale de Liesendaach ne…

— Benedict peut coucher avec qui il veut.

Il pinça les lèvres avant d'ajouter :

— Sauf avec toi.

— D'où vient cette remarque ? À supposer qu'il me fasse une proposition déplacée — ce qui m'étonnerait beaucoup —, je n'encouragerais jamais Benedict. Tu le sais, non ? Je porte ta bague, Theo. Qu'ai-je fait qui te pousse à croire que je pourrais ne pas honorer mon engagement ?

— Rien, répliqua-t-il en reposant son verre.

Puis il se pencha en avant et s'appuya les coudes sur les genoux avant de croiser les mains devant lui.

— J'ai confiance en toi. Vraiment. Je… C'est moi… J'ai été jaloux tout à l'heure, quand tu lui as posé la main sur le bras.

— Je l'ai fait pour le réconforter. Son ami avait refusé d'assister au dîner et il n'était pas bien.

— Il se servait de toi.

— Non, Theo. Benedict peut devenir méchant, notamment avec toi, mais rien de plus. Il n'est pas dangereux. Quant à toi… Pourquoi lui en veux-tu ? Que t'a-t-il fait ?

— Il faut que je me confie, c'est ça ? répliqua Theo avec un soupir. Que je révèle tous mes secrets, que je te parle de mes échecs, y compris les pires d'entre eux. Pendant des années, j'ai tenu Benedict responsable d'un acte avec lequel il n'avait rien à voir. J'aurais dû avoir confiance en lui.

— Tu pourrais lui demander pardon.

— Mais oui ! Ça arrangerait tout, bien sûr !

— Peut-être.

— Tu ne sais *rien*, Moriana ! Je me demande même pourquoi nous en discutons maintenant.

— Parce que tu n'es pas bien et que je veux t'aider !

riposta-t-elle sur le même ton. Et que, cela t'a peut-être échappé, mais j'ignore toujours de quoi tu parles, en effet. Pourquoi me tiens-tu à l'écart ? Pourquoi me poses-tu des limites et t'en poses-tu à toi-même ?

— Je ne te pose aucune limite ! s'emporta-t-il avec sa fougue d'autrefois. Tu jouis d'une entière liberté ! Tu fais tout ce que tu veux, bon sang ! Le palais *entier* est prêt à suivre tes instructions et à subir une réorganisation totale ; mes régiments ont été mobilisés comme tu le souhaitais ; les rapports que tu avais demandés concernant l'éducation, la protection sociale et la santé sont sur ton bureau. Chaque fois que tu le désires, je m'occupe de toi. Je ferais n'importe quoi pour toi !

— Sauf te confier.

— Je ne viens pas de le faire ? Peu importe les détails. Mon oncle est mort et je ne le pleurerai pas. Benedict est parti et je ne peux l'en blâmer… Alors, assez ! Je n'arrête pas de te faire des concessions, Moriana : à ton tour !

Moriana détourna les yeux. Au lieu d'aider Theo, elle le torturait.

— Excuse-moi. Tu as raison. Je suis venue ici pour voir si je pouvais faire quelque chose pour toi, pas pour te pousser à bout ni me disputer avec toi. D'autant plus que de ton côté tu n'avais pas recherché ma compagnie. Et au lieu de m'en aller et de te laisser tranquille, je continue à bavarder comme une idiote. Je suis désolée, Theo. J'essaierai de faire mieux la prochaine fois.

Reposant son verre, elle s'avança vers la porte, le dos raide et le cœur lui martelant la poitrine.

Calme-toi. Ne panique pas. Respire.

Au moment où elle ouvrait la porte, la main de Theo repoussa celle-ci et la referma, puis il lui passa le bras autour de la taille.

— Reste, murmura-t-il. S'il te plaît. Je ne veux pas être seul.

— Je ne désire pas m'en aller, chuchota-t-elle. Je voulais seulement te faire du bien.

Se retournant, Moriana lui offrit ses lèvres, qu'il prit avec passion, presque brutalement. Puis il la souleva dans ses bras avant de se diriger vers le divan en cuir sans cesser de l'embrasser. Il l'allongea sous lui tandis qu'elle desserrait la cravate de soie avant de faire glisser le smoking sur les épaules de Theo. Mais lorsqu'elle voulut ôter ses boucles d'oreilles, il secoua la tête.

— Garde-les.

— Non, je ne peux pas. Ces bijoux sont trop précieux et la robe est plus lourde qu'elle ne le paraît.

Après avoir détaché les deux boucles d'oreilles, elle essaya d'ouvrir le fermoir du collier mais sans succès. C'était trop compliqué.

— Aide-moi, s'il te plaît, murmura-t-elle.

— Tourne-toi…

Après avoir ôté le collier, il trouva sans problème la fermeture Éclair de la robe.

Quelques instants plus tard, Moriana ne portait plus que sa culotte et ses escarpins à talons aiguilles dont elle se débarrassa, avant qu'il ne lui demande de les garder.

Au lieu de parler, il l'embrassa de nouveau, puis défit à la hâte boutons de manchette et ceinture. Quelques instants après, il était nu.

Nu, superbe et merveilleusement viril.

Quand il s'allongea sur elle, Moriana fut parcourue par un violent frisson. Avec une lenteur presque insupportable, il lui caressa le cou du bout des doigts, puis descendit sur sa gorge…

Elle ferma les yeux pour mieux sentir les sensations

exquises qui se propageaient en elle. Leurs corps étaient prêts à s'unir ; son sexe s'ouvrait, offert. Moriana n'avait pas peur. Elle se sentait un peu… intimidée, c'est tout.

Theo avait exploré, caressé son corps dans ses endroits les plus secrets. Il l'avait goûtée tout entière avec sa bouche, sa langue, mais son membre ne l'avait jamais pénétrée.

— Tu es bien sûre de vouloir cela ? demanda-t-il avec calme.

— Oui. Tu veux oublier, non ? C'est le meilleur moyen.

— Je n'oublierai pas ceci, dit-il d'une voix rauque. Et toi, il faut que tu te laisses aller.

— Je suis prête.

— Non. Tu continues à réfléchir.

Cinq minutes plus tard, Moriana ne pensait plus à rien. Elle n'était plus que sensations, volupté et impatience.

Et lorsque, après lui avoir prodigué les caresses les plus savantes, les plus osées et les plus excitantes, Theo la pénétra enfin, elle se mordit la lèvre parce que, comme elle s'y attendait, ce fut d'abord douloureux. Mais peu importait. Ce qui se passait entre eux était encore plus intime que tout ce qu'elle avait partagé avec lui. Les leçons précédentes avaient été des découvertes ensorcelantes et parfois drôles, mais cette fois il s'agissait de complétude. D'harmonie totale entre leurs deux corps mais aussi leurs âmes.

Jamais Theo n'avait été aussi beau, aussi concentré.

— Ça va ?

— Oui. Fais-moi l'amour…

Sans plus attendre, il s'exécuta. Chaque nouveau coup de reins faisait naître un long tremblement en elle, une onde délicieuse. Peu à peu, Theo instaura un rythme auquel elle s'adapta d'instinct. Les vagues de plaisir montaient en elle, de plus en plus puissantes, menaçant de l'emporter…

— Dis-moi ce que tu veux, dit-il d'une voix rauque.

— Que tu t'abandonnes tout entier.

Après s'être immobilisé un bref instant au-dessus d'elle, Theo se laissa aller en poussant une plainte qui ressemblait à un sanglot.

Moriana cessa de résister à la houle. Un cri lui échappa. La jouissance fut spectaculaire, inouïe. Merveilleuse.

C'était cela qu'elle voulait.

Ne faire qu'un avec Theo. Et l'aimer.

Chapitre 10

Moriana reposait dans ses bras, blottie contre lui, leurs corps demeuraient enlacés, mêlés, et Theo n'arrivait pas encore à croire qu'elle était à lui. Enfin.

— Ça va ? murmura-t-il en lui caressant le bras.

Ai-je été à la hauteur ? Me désires-tu encore autant qu'avant ? As-tu changé d'avis ?

— Tu as perdu la voix ?

— Non. Je suis comblée. Et je réfléchis.

— À quoi ?

— Au fait que ç'a été encore plus incroyable que tout ce que j'avais imaginé. Et j'avais imaginé *beaucoup* de choses…

Laissant glisser les doigts sur l'avant-bras mince, Theo effleura la main posée sur sa poitrine et sentit la bague.

— Quand t'es-tu décidée ?

— Je… Aujourd'hui, lorsque vous êtes venus nous rejoindre, Belle et moi, dans le box de la jument, ou un peu avant. Entre le moment où tu m'as permis de porter les bijoux de la Couronne et avant le dîner, précisa-t-elle. Lorsque j'ai appris que la pétition demandant ta destitution avait été ressortie, j'ai pensé que ce serait le bon moment de t'annoncer que j'étais prête.

Il la repoussa légèrement pour voir son beau visage. Celui qui hantait ses rêves.

— Tu savais que la pétition avait obtenu le nombre de signatures requis.

— Je… Oui, je le savais.

— Lève-toi, ordonna-t-il d'une voix glaciale. Rhabille-toi. Je ne veux pas que tu m'épouses parce que tu estimes qu'il est de ton devoir de consolider mon règne.

— Ce n'est pas le cas.

— Lève-toi ! répéta-t-il. Rhabille-toi et *va-t'en*. Tu crois que je désire que tu acceptes par devoir ? Moriana la princesse parfaite, raisonnable et dévouée. Pour l'amour du ciel, fais *ce que tu veux*, au moins une fois dans ta vie !

— C'est ce que je fais ! Et si tu ne le vois pas, c'est que tu es aveugle ! Je t'aime, Theo. De tout mon cœur, de tout mon être. Mais non, cela ne te convient pas. Je suis trop proche de toi !

Elle se leva précipitamment, ramassa son pantalon et le lui lança.

— C'est *toi* qui t'en vas. Parce que *tu* ne peux pas supporter de partager une trop grande intimité avec moi. Tu cherches une bonne raison de ne pas avoir confiance en moi, comme tu l'as fait avec Benedict. Alors, fiche le camp et laisse-moi tranquille !

Theo se leva à son tour, enfila son pantalon et tendit la main vers sa chemise.

— Moriana…

— Va-t'en ! Tu es incapable de voir ce que les autres voudraient que tu voies. Tu ne pourrais pas reconnaître l'amour si quelqu'un le déposait à tes pieds. Je t'aime, mais tu es trop aveuglé par la méfiance que tu nourris envers tout le monde pour le voir.

— Moriana, je…

— Pars, s'il te plaît, l'interrompit-elle en prenant sa

robe. Je ne veux pas te parler maintenant. Et demain matin, je m'en irai.

Après avoir renfilé sa chemise, il se tourna vers Moriana et resta pétrifié.

La princesse parfaite et toujours maîtresse d'elle-même s'effondrait. Complètement.

— Pour l'amour du ciel, sors d'ici !

Theo s'en alla. Il regagna ses appartements, d'où il appela Aury pour lui demander d'aller rejoindre Moriana.

Ensuite, il se prit la tête entre les mains et s'effondra lui aussi.

Elle aurait dû s'en douter, songea Moriana en contemplant les jardins depuis l'une des fenêtres du salon de la défunte reine. Une lumière douce nimbait les pelouses, les bordures et les parterres de fleurs. Sentant les larmes lui monter aux yeux, elle battit vigoureusement des paupières. Elle ne pouvait, ne devait pas pleurer.

À vrai dire, elle l'avait vue, sentie, l'incapacité de Theo à la laisser pénétrer dans sa vie, à partager avec elle ses pensées les plus intimes et ses sentiments. Mais cela ne l'avait pas empêchée de tomber profondément amoureuse de lui.

« C'est elle que je veux et pas une autre. Ça toujours été elle. »

Quand elle avait entendu cet aveu, elle avait renoncé à toute prudence. Or Theo n'avait pas dit « elle est la seule que j'aime », ni « je ne lui ferai jamais de mal ».

Baissant les yeux sur la bague qu'elle n'avait pas ôtée, Moriana la caressa du bout des doigts, la faisant tourner autour de son annulaire. Elle s'en déferait bientôt et la laisserait sur la coiffeuse, dans son écrin. Fiancée durant moins de vingt-quatre heures : le nouveau record de Moriana d'Arun. Les journalistes allaient s'en donner à cœur joie !

Eh bien, qu'ils s'amusent. Elle s'en fichait complètement.

— Prendrez-vous votre petit déjeuner avec le roi ou préférez-vous que je le fasse servir ici ?

Se retournant, Moriana aperçut Aury à l'entrée du salon, en chemise de nuit et l'air mal réveillée. La nuit passée, elle était venue la chercher et l'avait persuadée de regagner ses appartements, puis l'y avait raccompagnée.

Ensuite, Aury l'avait laissée seule, après s'être assurée qu'elle n'avait besoin de rien. De toute évidence, elle savait que dans certains cas la solitude était le seul remède.

— Je le prendrai ici, merci, Aury. Mais je n'ai pas très faim : des fruits et du café me suffiront.

— Avec une petite tranche de bacon, peut-être ? Sur une tranche de pain maison, accompagnée de tomates et de champignons du potager ?

— D'accord, céda Moriana. Et un yaourt.

— Fantastique ! approuva Aury en souriant. Quant à votre robe, elle est parfaite. Sexy et chic à la fois.

— Tant mieux. Vous avez en face de vous la nouvelle Moriana, Aury. Je devrais sans doute remercier Theo.

— Ou le traiter d'imbécile et de coincé ! Mais bon, c'est mon avis personnel.

Moriana tourna de nouveau la tête vers la fenêtre et savoura la douce caresse du soleil sur sa peau.

— Non, dit-elle. Theo m'a appris beaucoup de choses, cette semaine, et je ne regrette rien. Il m'a fait un bien fou.

Elle aurait dû se contenter de ce qu'il avait à lui offrir et ne pas porter sa bague. Mais cette erreur était simple à corriger. Il suffisait de l'ôter.

Au moment où le petit déjeuner était servi, un assistant de Theo vint lui annoncer que l'hélicoptère du roi serait à sa disposition à partir de 9 heures. Moriana remercia le jeune homme d'un hochement de tête, mais quand il fut parti elle alla refermer la porte sur les agents de sécurité en refoulant ses larmes. Elle avait espéré que Theo viendrait la voir, qu'il lui demanderait pardon de lui avoir parlé de façon brutale.

Elle aurait tant aimé qu'il se batte pour elle.

Parce qu'il savait se battre, non ?

Elle fit glisser la bague sur son doigt et la posa sur la table.

— Alors, c'est fini ? soupira Aury.

Craignant de craquer, Moriana hocha la tête en silence.

— Vous pourriez lui parler…

— Je lui ai parlé, Aury. Pour être réussi, un mariage doit être fondé sur la confiance, or Theo n'a confiance en personne. Je vaux mieux que ce qu'il a à m'offrir et je refuse tout compromis.

Elle devait l'affirmer et le croire.

— Vous avez raison, approuva Aury, l'air néanmoins aussi triste et dubitatif qu'elle-même. Tant pis pour lui.

— J'ai grandi, répliqua Moriana.

Son assistante lui adressa un petit sourire réconfortant.

— Oui, il faut vous concentrer sur cela.

Après avoir promené le regard autour d'elle, Aury leva les yeux vers l'imposant lustre en cristal et ajouta :

— Nous pouvons faire bien mieux que ceci. Et nous trouver un endroit où il y a davantage de soleil et moins de rois.

— Dans le sud de la France, peut-être ? Je vendrai un tableau…

— Je pensais à quelque chose comme ça… Nous pourrions nous y rendre directement d'ici, en emportant seulement ce dont nous avons besoin. Sam expédierait le reste à Arun. Voulez-vous que je les prévienne ?

Aury ne se plaignait jamais des changements de programme, au contraire. Elle y adhérait d'emblée.

— Oui, mais je ne veux parler à personne.

Moriana se sentait incapable de s'entretenir avec Augustus ou son père. Pas maintenant. Elle devait concentrer ses forces sur son nouveau projet et s'efforcer de refouler le chagrin qui la consumait.

— Si Augustus vous pose des questions, demandez-lui d'appeler Theo. Dites-lui que je suis occupée pour l'instant et que je reprendrai contact avec lui depuis la France.

— Vous êtes consciente qu'il va recevoir un choc en apprenant la rupture de vos fiançailles ?

Moriana fit de son mieux pour endiguer la culpabilité qui montait en elle.

— C'est son problème. J'ai essayé de trouver ma place à Liesendaach et échoué. J'ai commis une erreur et j'en subis les conséquences. Personne n'est parfait et j'en ai assez de vouloir être une autre. Je suis moi-même, et libre aux autres de m'accepter ou de me rejeter.

Theo accompagna Moriana jusqu'à l'hélicoptère en s'efforçant de dissimuler la terreur qui s'était emparée de lui.

Durant une semaine, il avait vécu des moments d'une intensité inouïe, éprouvé des émotions qu'il ne se serait jamais cru capable de ressentir. Avec Moriana, il avait ri, plaisanté. Il s'était détendu, abandonné, et avait connu une volupté sans pareille. Mais il n'avait pas avoué à Moriana qu'elle représentait tout pour lui.

Il le lui avait montré, certes, de bien des façons, mais elle ne parlait pas le langage qu'il avait mis au point des années plus tôt, lorsqu'il n'avait personne à qui se confier, personne à qui se fier. Il aurait dû avoir confiance en Benedict et ce regret lui pèserait sans doute à jamais sur la conscience.

Avec Moriana, ç'avait été différent. Theo lui avait fait confiance, plus qu'il ne s'y était jamais hasardé avec quiconque. Et il l'aimait, à la folie, mais ne trouvait pas les mots pour le lui dire.

Aussi était-il là, au pied de l'hélicoptère dans lequel il s'apprêtait à l'aider à monter.

— Ne pars pas.

Ou bien elle ne l'avait pas entendu à cause du bruit du rotor, ou bien elle ne comprit pas ses paroles. Theo se rapprocha d'elle, lui prit le bras.

Seigneur, il devait avoir l'air idiot…

— Mes parents et mon frère sont montés à bord d'un engin semblable à celui-ci et ne sont jamais revenus. Rentre à Arun en voiture, en train, à cheval, mais pas en hélicoptère. Je ne peux pas supporter l'idée de te perdre toi aussi.

Il vit ses yeux bruns s'assombrir, puis elle fit demi-tour pour se diriger vers le palais de sa démarche gracieuse et princière, avant de se retourner vers lui en secouant la tête.

C'était fini. Elle ne partait pas dans ce fichu engin.

La rejoignant, Theo traversa la cour à ses côtés sans qu'ils n'échangent une seule parole. Ils passèrent devant Sam qui se tenait à l'entrée du grand hall mais évita de croiser leurs regards et ne fit aucun commentaire.

Toujours en silence, ils prirent la direction des appartements de Theo. Mais lorsqu'ils furent entrés dans son salon et qu'il se retourna vers elle après avoir refermé la porte, Moriana, adossée à la cheminée, le toisa d'un air… royal.

— Tu peux t'expliquer, s'il te plaît ?

— Je ne voulais pas que tu t'en ailles. Pas comme ça.

— Tes assistants ont organisé ce vol. *Tu* l'as autorisé.

— Je sais, mais j'ai changé d'avis. Tout à coup, j'ai repensé au jour où ma famille a disparu et… j'ai eu peur.

Après un léger silence, elle demanda :

— Qu'a fait ton oncle ?

Theo enfonça les mains dans ses poches. C'était maintenant ou jamais.

— Ce jour-là, j'étais supposé embarquer à bord de l'hélicoptère avec eux, mais à l'époque je n'obéissais pas toujours à mes parents et je n'en faisais souvent qu'à ma tête. Benedict passait par là et m'a convaincu de l'accompagner à l'hippodrome. Le hasard m'a sauvé, a-t-on dit après l'accident. Et moi, je souffrais du syndrome de culpabilité du survivant, d'après Benedict. Ce n'est que des années plus tard que j'ai appris que l'hélicoptère avait été trafiqué à l'instigation de mon oncle. Il convoitait le trône et si je ne l'avais pas anéanti par la suite, il l'aurait conservé.

— Et tu penses que ton hélicoptère a été trafiqué lui aussi ?

— Non. Mais quand je t'ai vue prête à monter à bord… J'ai paniqué. Mon oncle est mort. Benedict est parti. Et tu t'apprêtais à t'en aller à ton tour. Je ne pouvais pas te perdre.

Il aurait aimé qu'elle parle, à présent, qu'elle l'aide, mais Moriana demeura silencieuse.

— J'avais toujours cru que Benedict était au courant du complot ourdi par son père et qu'il… m'avait sauvé la vie. J'ai compris hier qu'il ne savait rien. Il voulait seulement que je l'accompagne voir les courses. Lorsqu'il a compris ce que son père avait fait, et que je l'avais toujours cru complice, il nous a reniés tous les deux. Qui pourrait lui en vouloir ? Je me suis rendu compte que j'aurais dû lui faire confiance. J'aurais dû lui parler davantage, au lieu de tout garder pour moi. Je ne veux pas commettre la même erreur avec toi. J'ai confiance en toi et je veux que tu saches ce que je pense de toi.

— Continue, murmura-t-elle.

— Tu me crois incapable de t'aimer mais tu te trompes.

La semaine que nous venons de vivre a été la plus belle de ma vie. Quant au sexe… C'est fabuleux. Le lien qui existe entre nous est pour moi plus précieux que tout au monde. Je veux t'avoir à mes côtés plus que jamais, et chaque jour. Je le désire depuis mes quatorze ans.

Theo prit une profonde inspiration.

— Je t'aime et je ne veux pas te perdre comme j'ai perdu les autres.

— Tu m'aimes ?

— Comme un fou. Et je suis prêt à passer ma vie à essayer de te rendre heureuse et fière de moi. Pour toi, je ferai tous les efforts possibles et imaginables. Pour nous deux. Et je sais que je m'y suis mal pris la première fois, alors je recommence : tu veux bien m'épouser, s'il te plaît ?

Elle s'avança d'un pas vers lui, tendit la main et s'empara de sa cravate qu'elle s'enroula autour du poing.

— Oui, j'accepte, dit-elle, les yeux pétillant de malice.

Et de bonheur.

Quand elle l'embrassa, Theo eut l'impression de se retrouver au paradis.

— Je te reconduirai à Arun plus tard, d'accord ? chuchota-t-il contre ses lèvres. Ou bien nous irons ensemble en hélicoptère, si tu préfères.

— J'ai des choses à faire ici, répliqua-t-elle en lui déboutonnant sa chemise. Nous pourrions aller à Arun demain ?

— Entendu.

Elle s'attaquait maintenant à la boucle de sa ceinture, mettant tous ses sens en émoi.

— J'ai une lettre type à envoyer aujourd'hui, poursuivit-elle en refermant les doigts sur son membre excité. Dans laquelle je déclare mon amour à l'homme de ma vie.

— Alors, il faut absolument que tu le fasses, murmura-t-il.

— Je te le promets, mon chéri.

Chapitre 11

Un mois s'était écoulé depuis les funérailles de Constantine de Liesendaach, à qui avaient été rendus tous les honneurs dus à son rang. Le lendemain, Theo et Benedict s'étaient expliqués et réconciliés au cours d'une soirée mémorable durant laquelle ils avaient pris la plus belle cuite de leur vie. La réconciliation s'était achevée à l'aube dans les jardins du palais après une tentative de parodie de combat, avec armures et épées qu'ils n'avaient même pas réussi à soulever. Comme ils ne tenaient plus debout ni l'un ni l'autre, ils avaient vite renoncé à simuler tout affrontement et étaient rentrés se coucher.

Moriana et Enrique Cordova, l'ami de Benedict, avaient assisté à l'événement, mais dans un état d'ébriété nettement moins avancé. Moriana aimait beaucoup Enrique, l'humour pince-sans-rire et le calme inébranlable de celui-ci faisant contrepoids au côté sarcastique de Benedict.

Avant le prétendu duel, Theo avait fait Enrique chevalier d'un ordre dont personne n'avait jamais entendu parler et dont Moriana avait déjà oublié le nom bizarre. En revanche, elle se souvenait parfaitement de Benedict et Theo allongés sur le sol et faisant enfin la paix sous l'œil bienveillant des étoiles brillant dans le ciel violet.

À l'aube, Theo avait trouvé son témoin et Benedict retrouvé un cousin. Durant les jours suivants, ils avaient renoué le lien qui les unissait autrefois, pour la plus grande joie de tout le monde.

Moriana contempla le reflet de la femme majestueuse qui se tenait face à elle dans le miroir, vêtue d'une somptueuse robe de mariée blanc ivoire. Les diamants du diadème d'Arun étincelaient de mille feux au moindre mouvement. Letitia avait fait des miracles, assistée d'Aury, sa demoiselle d'honneur, qui la regardait maintenant en soupirant.

Lorsqu'elles furent prêtes à quitter le palais pour se rendre à la cathédrale, elles étaient toutes les deux superbes.

Mais au moment où elles débouchèrent dans la cour du palais, elles s'immobilisèrent, médusées devant le spectacle qui s'offrait à leurs yeux.

Durant trois semaines, Moriana avait chevauché en compagnie de la garde royale tandis qu'elle quittait Arun pour rejoindre Liesendaach. Entourée de trois cents cavaliers montant de superbes destriers noirs, elle avait été accueillie à la frontière par trois cents cavaliers de Liesendaach montant des destriers gris et avait ainsi terminé le voyage escortée de six cents gardes, les fiers chevaux gris ouvrant la marche et les noirs protégeant les arrières.

Chaque soir, diverses joutes et divertissements étaient organisés pour la foule rassemblée venue les voir. À la fin du trajet, Theo était souvent venu rejoindre Moriana et avait chevauché à ses côtés durant la dernière heure avant de passer la soirée avec elle.

Mais ce jour-là — le *grand* jour —, la formation choisie par la garde montée était différente. Les six étalons tirant le carrosse étaient noirs tandis que le reste se répartissait en quatre groupes de quatre : un gris et un noir, un noir et un gris.

Les deux pays se mêlaient et joignaient leurs forces.

Atteindre la cathédrale prit deux heures. À l'intérieur de

la calèche, elles avaient des munitions : des biscuits secs et de l'eau ainsi qu'un ordinateur portable leur permettant de suivre l'événement en direct. L'expérience avait quelque chose de surréaliste : la vue aérienne de la foule se pressant pour voir passer le cortège, les cavaliers, son père et son frère en tête… Et le carrosse lui-même, qui les transportait…

Moriana regarda les invités pénétrer dans la cathédrale. Vit Theo et Benedict arriver en Bentley, puis gravir les marches de l'imposant édifice le sourire aux lèvres avant de disparaître à l'intérieur.

Bientôt, ce fut le moment de retoucher son maquillage. Une fois qu'Aury eut baissé le voile devant son visage, Moriana prit son bouquet de roses blanches et la laissa sortir la première de la calèche.

Quand elle en descendit à son tour, son père et son frère vinrent l'accueillir, et Moriana les embrassa tous deux.

— Tu te sens aimée, maintenant ? demanda Augustus, non sans humour.

Pour lui, ces trois semaines avaient en effet représenté des adieux aussi affectueux que dispendieux.

— Cela te suffit, comme preuve d'adoration ? enchaîna-t-il.

— Tu pourrais aussi me dire que notre mère aurait été fière de moi aujourd'hui et que je vais te manquer terriblement.

Voyant le regard de son frère s'embuer, Moriana battit des cils pour refouler ses propres larmes.

Après qu'Aury eut rajusté une dernière fois son voile, lissé un invisible faux pli, Moriana gravit les marches au bras de son père.

— Prête ? demanda-t-il avec calme.

— Je l'aime.

— Alors, tu es prête.

Les voix du chœur montèrent dans la cathédrale tandis qu'ils s'avançaient tous deux dans l'allée centrale. Soudain, le soleil traversa les vitraux, embrasant leurs couleurs vives. Au bout de l'allée, Theo l'attendait, en uniforme militaire noir à galons dorés. Il se retourna vers elle, la poitrine bardée d'insignes et de médailles, et lui sourit avec tant de douceur et d'amour que Moriana sentit son sourire la pénétrer jusqu'au cœur.

Par la suite, elle se rappela à peine le déroulement de la cérémonie à proprement parler. Mais elle garda un souvenir vivace de l'instant où ils se passèrent tour à tour la bague au doigt. Ensuite, les grandes mains chaudes de Theo avaient tremblé dans les siennes tandis qu'il murmurait :

— Tu es mienne, désormais.

— Oui, pour le restant de nos jours.

— Je t'aime, avait-il chuchoté. Et je suis à toi pour toujours.

Retrouvez prochainement,
dans votre collection

DIADÈME

Mariés avant Noël, de Maisey Yates - N°7

La princesse Zara n'a pas le choix : si elle veut garantir un avenir à son peuple et assurer sa sécurité face aux ennemis de sa famille, elle devra épouser Andres, le prince de Petras. Zara peut s'y résigner, mais que faire du désir irraisonné que provoque en elle ce mystérieux prince déterminé à faire d'elle sa femme avant Noël ?

Un lien indéfectible

Tabitha est enfin enceinte de Kairos, le roi de Petras ! Néanmoins, cette nouvelle arrive trop tard. En effet, ne supportant plus ce mariage sans amour, Tabitha s'apprêtait à le quitter. Et elle doit désormais partir au plus vite, avant que cela ne lui soit impossible. Elle en est consciente, elle prend la fuite à ses risques et périls. Car, si Kairos la rattrape et découvre son secret, il ne lui pardonnera jamais...

Prince et Play-boy, de Lucy Monroe - N°8

En apprenant qu'Amir, le prince dont elle est l'assistante, doit faire un mariage de convenance – et avoir un héritier –, Grace sent son cœur se serrer. Bien sûr, Amir a eu de nombreuses idylles, mais chaque fois il finissait par se lasser... Cependant, aujourd'hui, la situation est différente : comment accepter que celui qu'elle aime en secret depuis si longtemps lie son destin à celui d'une autre femme ?

Un scandaleux arrangement, de Jennifer Hayward

À l'instant où Kostas Laskos, prince de Carnelia, lui propose un mariage de convenance qui assurera la paix entre leurs royaumes –, Stella se fige. Comment cet homme, qui l'a repoussée alors qu'elle avait à peine dix-huit ans, peut-il lui proposer une telle alliance ? Pourtant, les mots qu'elle rêve de lui cracher au visage se bloquent dans sa gorge. Car elle est toujours extrêmement troublée chaque fois qu'elle le voit...

Retrouvez prochainement,
dans votre collection

DIADÈME

Pour l'amour de Bella, de Lynne Graham - N°9

Depuis deux ans, Lucy hait Jax Antonakos avec la même passion qu'elle l'a aimé autrefois. Jamais elle ne lui pardonnera de l'avoir abandonnée après leur aventure. Aussi, lorsque, à Athènes, Lucy retrouve par hasard Jax, est-elle bien décidée à ne pas succomber de nouveau au désir. Elle a bien trop à perdre, aujourd'hui qu'elle est maman d'une petite Bella, dont Jax ignore qu'il est le père…

L'héritier des Montoro, de Katherine Garbera

Dans d'autres conditions, une grossesse aurait été la plus heureuse des nouvelles pour Emily. Un bébé à aimer, que demander de plus ? Pourtant, quand elle apprend qu'elle attend un enfant de Rafael Montoro IV, son amant, elle sent le désespoir l'envahir : Rafael n'aura jamais le temps d'être un véritable papa, lui qui est roi. Alors, malgré la distance et les obstacles, elle mettra tout en œuvre pour rester en contact avec Rafael…